Hahnenkampf

Georg Veit, geboren 1956, hat neben dem Krimi „Münsterland-Mafia“ den historischen Roman „Zeit der Krammetsvögel“ und die Satire „Helmuterkloße“ veröffentlicht. In „Daseinsbestände“ zeigt er sich als innovativer Lyriker. Für seine Gedichte und eine Kurzgeschichte erhielt er Auszeichnungen. Er arbeitet an einem Gymnasium in Coesfeld, ist verheiratet und hat drei Kinder.

Georg Veit

Hahnenkampf

Ein Krimi aus dem Münsterland

Waxmann Münster / New York
München / Berlin

Die Deutsche Bibliothek – CIP-Einheitsaufnahme

Veit, Georg:
Hahnenkampf : ein Krimi aus dem Münsterland /
Georg Veit. – Münster ; New York ;
München ; Berlin : Waxmann, 2002
(Waxmann schwarze Serie)
ISBN 3-8309-1171-8

ISBN 3-8309-1171-8

Postfach 8603, D-48046 Münster

Katalog: http://www.waxmann.com
Bestellungen per E-Mail: order@waxmann.com

Umschlaggestaltung: Pleßmann Kommunikationsdesign, Ascheberg
Titelfoto: Beatrix Veit

Druck: Runge GmbH, Cloppenburg
Gedruckt auf alterungsbeständigem Papier, DIN 6738

Dies ist ein Roman. Ähnlichkeiten mit real existierenden Personen sind reinweg zufällig und unbeabsichtigt.

1

Als die Türklingel schrillte, ließ ich alles fallen. Die heiße Tomatenmarmelade, die ich gerade in die Einmachgläser füllen wollte, spritzte über den Tisch. Ich fluchte.

Wieder klingelte es. Meine Türklingel, muß man wissen, gongt nicht. Kein Dingdong. Sondern sie kreischt, mancher würde sagen: krächzt. Sonja sagt: plärrt.

Meine Küche war versaut. Die herrliche Tomatenmarmelade! Aus der ersten treibhauseigenen Ernte dieses sonnigen Frühlings, aus Feigen, Ingwer, Kaffirlimonenblättern und Limettensaft, gezogen über Nacht. Ich sah aus wie ein Schlachter. In diesem Aufzug öffnete ich die Tür.

Vor mir stand mein dickbäuchiger Nachbar Franz Wissing. Wir siezen uns. Franz Wissing hatte einen hochroten Kopf. Rot war er immer. Diesmal aber war er gefährlich angelaufen. Tomatenrot, sozusagen.

„Aha! Ich dachte schon, Sie wollten nicht aufmachen!“ prustete er. „Aber ich weiß, daß Sie da sind!“

Er zuckte mit dem Kopf in Richtung geöffnete Garage, in der mein roter MX-5 stand, und sah dann spöttisch auf die bespritzte Schürze.

„Und?“

„Und?! – Hier!“

Seine rechte Hand schoß hinter dem Rücken hervor, und ehe ich reagieren konnte, flog ein Federvieh durch meinen Hausflur, klatschte gegen die weiße Wand und blieb liegen. Ich fuhr auf:

„Sind Sie wahns…?“

„Eher Sie! Der war schon vorher tot, wie Sie wissen.“

„Hören Sie mal. Ich glaub’, bei Ihnen piept’s wohl!“

Gegenüber bewegten sich Gardinen.

„Herr Pfühl, jetzt halten Sie mal die Luft an! Morgen werde ich Sie anzeigen: Wegen Tierquälerei und Sachbeschädigung oder so. Sie denken wohl, nur weil Sie Studienrat sind und unsereins nur Volksschule hat, können Sie sich … Da haben Sie sich aber geschnitten!“

Er schrie auf mich ein. Ich sah auf die Reihe der Häuser, deren Fenster geöffnet waren, dann hinter mich auf den Boden auf ein halb aufgeschnittenes Federvieh, einen großen gelbbraunen Flecken an der Wand, die ekeligen Spritzer von Geflügelinnereien überall im Flur und auf die Flaumfedern, die der Wind umherblies. Das Ganze mußte ein Mißverständnis sein.

„Darf ich auch mal?"

„Was denn?"

Ich redete gedämpft, aber fest.

„Ich möchte wissen, was Ihr Auftritt in meinem Hause hier soll, und möchte Sie doch sehr bitten, die Sauerei da wegzuräumen! Haben Sie getrunken, Herr Wissing?"

„Da lache ich ja, Sie, Sie, – Sie Schlächter!"

Er zeigte auf meine Schürze. Seine Stimme war kein bißchen leiser geworden. Ich holte tief Luft. Unsere Augen waren auf derselben Höhe und schenkten sich nichts.

„Gehen Sie bitte von meinem Grund und Boden! Sonst …"

„Aha! Sie drohen. Typisch! Aber das zieht bei mich nicht! Beinahe hätte ich Sie ja noch gesehen, bei dem Gegackere heute morgen! Leugnen Sie etwa, daß Sie meinen Rheinländer massakriert haben?"

Ich verstand überhaupt nichts.

„Was habe ich mit Ihrer Verwandtschaft zu schaffen? Ob Bayern oder Rheinland?"

Immer ungenierter tat sich etwas hinter den Fenstern der Nachbarschaft. Wissing warf sich in die Brust.

„Tun sie nicht so dumm! Ich meine den Hahn da!"

„Waaas?"

„Ach, jetzt tut er so, als …"

Er sprach wie vor Publikum.

„Jetzt ist's gut. Was soll denn dieses Theater? Ich werde doch keine Hähne umbringen!"

Meine Lautstärke hatte sich angepaßt. Wir verhandelten vor gut besuchtem Haus.

„Nicht? Und wer hat das in meinen Briefkasten gesteckt?"

Seine Stimme kippte vor Triumph um, und er nestelte ein Papier aus der Brusttasche seines Hemdes. Ich wurde weiß und rot in einem. Tatsächlich hatte ich diese Kopie in den Briefkasten der Wissings gesteckt. Mein Nachbar stellte sich breitbeinig. Ich mag diese Blockwarttypen nicht. Dann legte er los:

„Sie erkennen das also! ‚Mein Hahn ist tot‘ – in vier Sprachen. Auf Deutsch, Englisch, dann Französisch, sagt meine Frau, und noch Latein dabei. – Pfoten weg! Von wegen! Nee, das Papier kriegen Sie nicht wieder. Schon wegen die Fingerabdrücke. Aber eine Nachbarin hat Sie auch gesehen, wie Sie das bei mir reingesteckt haben. Geben Sie's zu?“

In der Tat hatte ich ihm vor zwei Tagen dieses Liedchen aus der Liederfibel – ein Klassiker unter den Kinderliedersammlungen – zugestellt, nachdem ich über eine Woche lang von diesem Hahn um halb fünf geweckt worden war. Schließlich hat man einen anstrengenden Job. Ein sadistisches Krähen, noch gräßlicher als meine Klingel! Heute morgen hatte das Tierchen mich schlafen lassen. Deswegen also. Ich versuchte, den Nachbarn in den Flur zu ziehen – wegen der Lautstärke und der Leute – und schlug einen leiseren Ton an. Bei meinen Schülern wirkt das immer.

„Bitte, das will ich zugeben. Aber das ist doch zweierlei! Ja, dieses Liedchen ist von mir. Das ist meine Art von Humor. Aber ich krieche doch nicht nachts als Geflügelkiller durch die Gärten. Herr Wissing, das ist doch Unfug!“ Ich hatte mich wieder gefangen. „Und nun holen Sie Ihre Frau und machen hier sauber!“

Der Nachbar ließ sich nicht beruhigen.

„Nee, Herr Pfühl, so leicht geht das hier nicht ab!“ rief er laut und warf sich wieder in die Brust. „Erst mal gibt's die Anzeige. Dann gibt's schönen Tratsch überall – bis hin zu Ihre Schule und dann …“

„Nun hören Sie aber mal auf, Herr Wissing! Das ist doch lächerlich!“

Ich redete wieder so laut wie er. Verhandlungsroutine.

„Für mich nicht, Herr Pfühl! Für mich nicht! Das war ein tolles Geschenk von meinem Neffen. Ein prima Tier. Hat schon vier Wettbewerbe gewonnen …“

„Eben. Aber das hält doch kein Mensch aus. So ein Ruhestörer im Wohngebiet!“

„Wir sind hier ebend in einer ländlichen Gegend …“

„Na, na. Das Gehöft hier hat über dreißigtausend Einwohner!“

„… und da werden ebend mal Tiere gehalten. Kein Nachbar hat sich bisher beschwert. Nur Sie! Aber was man über Sie schon von wegen die Hunde hört … Sie lieben nur Pflanzen, ihre Tomaten auf'm

Wall vor allen Dingen. Da sind Sie immer bei am Rummachen. Als Lehrer hat man ja auch Zeit für so'n Hobby. Aber nun langt es, Herr Pfühl! Wer sollte denn sonst auf so eine Idee kommen und meinen Rheinländer umbringen?"

„Da sind Sie böse auf dem Holzweg! Ich werde doch keine Tiere töten, weil sie krähen oder kacken."

„Und wer sonst kommt in Frage?"

„Was weiß ich!"

„Das sollten Sie aber!" Franz Wissing grinste feist und drehte sich seinem Gardinenpublikum zu. „Ich gebe Ihnen aber eine Chance. Man ist ja Nachbar und Mensch. Sie können mir ja beweisen, daß Sie es nicht gewesen sind. Oder Sie bringen mir ein Alibi. Aber nicht von Ihre schicke Freundin, die man öfters hier über Nacht vor Ihrem Haus parken sieht."

Das war nun genug der Beleidigungen dieses Provinzwartes. Es reichte mir. Als der Kerl wieder hinaussah, knallte ich die Tür zu. Vor der Tür stehend drohte er mir:

„Ich warte bis Sonntagabend! Wenn ich dann von Ihnen nichts höre, gibt's Ärger, das sage ich Ihnen, Herr Peter-Paul Pfühl! Das sage ich Ihnen!"

Da saß ich und guckte auf den versauten Flur. Schweinerei! In der tomatenversauten Küche drehte ich mir eine. Eigentlich rauche ich nicht im Haus. Aber der Geflügelkadaver begann zu stinken. Dann rief ich Gertrud an. Gertrud Brinkmann ist meine Perle. Die kommt sogar am Wochenende, wenn Not am Mann ist. Und nicht nur zum Putzen.

Gertrud war gleich da, und um zwei Uhr – die Zeit meines Mittagsschläfchens – war alles wieder pikobello: der Hahn in einer Mülltüte geruchsversiegelt und die Mülltüte in der gelben Tonne. Das ist müllphilosophisch so ein undefinierter Fall. Als Chemiker hatte ich zu Verpackungsmüll geraten. Gertrud wollte erst Biomüll. Doch konnte ich sie davon überzeugen, daß Polyäthylen sogar ohne PVC länger durchhält als ein Rheinländerkadaver. Vor allem, wenn man nicht mehr in die Tonne guckt. Als Philosoph dachte ich natürlich gleich an Schrödingers Katze. Es gab letztlich den Ausschlag, daß wir uns bei der Vorstellung amüsierten, wie die Leute von der Müllfirma unseren Sondermüll fanden. Wir standen auf der Terrasse, sahen in den feuchtwarmen Frühlingstag und dampften uns zur Erholung eine. Gertrud ihre 120er Eve, ich meine Selbstgedrehte.

„Und was machen Sie nun, Pepa?"

Gertrud, also Frau Brinkmann, meine Haushälterin, darf mich seit dem letzten Sommer bei meinem Spitznamen nennen. Eigentlich heiße ich Peter-Paul. Doch klingt mir das zu sehr nach Papst.

„Sie glauben doch nicht, daß ich mich auf so eine Ebene runterbegebe. Ich bitte Sie, Gertrud!"

„Seien Sie nicht so empfindlich! Wägen Sie kühl ab: Entweder Sie beruhigen Ihren Nachbarn, oder der wird Sie hier unmöglich machen. Und dann die Anzeige!"

Ich blickte Gertrud scharf an.

„Und?"

Sie konnte es nicht lassen, mich anzufassen. Sie hat eine Schwäche für Robert-Mitchum-Typen. Sie blickte scharf zurück.

„Sie machen sich ja lächerlich. Für einen Mann ist das schlimm! Und: Sie kriegen es mit der Polizei zu tun. Für Sie, Pepa, ist das noch schlimmer! Die Polizei wird Sie vorladen, hier aufkreuzen und so weiter und so weiter. Ich kenne Sie. Da können Sie doch nicht plötzlich Lust drauf haben!"

„Vormittags Staat reicht mir."

Ich mag Vater Staat so wenig, wie ich meinen leiblichen Vater mochte. Beide habe ich nur als geizig und penetrant erlebt.

„Und?"

„Hören Sie auf mit Ihrem ‚und', Gertrud. Was soll ich tun? Dem Nachbarn Wissing und seinem Geflügel den Kampfhund vom Nachbarn Wennigmann auf den Hals hetzen?"

Gertrud zwinkerte mir zu und zeigte zum Wall hinauf, wo mein Gewächshaus sich gerade ein paar Sonnenstrahlen gönnte.

„Bevor man wieder Ihr Gewächshaus zerdeppert und Sie sich besaufen, lade ich Sie ein."

„Zur Nachbarschaftshatz?"

„I wo! Zum Hahnenkampf. Tun Sie was für Ihren angeschlagenen Ruf als Tierfreund!"

Ich runzelte die Stirn und drückte meine Selbstgedrehte aus.

„Hier gibt's Hahnenkämpfe?"

„Lassen Sie es mich spannend machen, okay? Ich hole Sie morgen früh gegen elf ab. – Geht das überhaupt?“

Sie grinste. Ich zurück.

„Ich bin das ganze Wochenende frei.“

„Oh!“

Ihr „Oh!“ klang zugleich nach Mitleid und Hoffnung, und ich konnte mir nicht verkneifen, ihr zu erklären, daß Sonja das Wochenende nur bei ihrer Mutter sei.

Den Rest des Tages verbrachte ich mit meinen Tomaten. Höchste Zeit, daß meine Lieblinge an die frische Luft kamen!

Gertrud stand um Punkt elf vor der Haustür und bat um den Schlüssel meines Roadsters. Wenn sie mit meinem Cabrio fahren darf, ist sie glücklich. Sie fuhr uns pfeifend in den Stadtpark zum Hahnenkampf. Leider im Regen, so daß sie in Sonnenbrille und Kopftuch etwas overdressed wirkte. Ich hatte sie knapp davon abhalten können, das Verdeck zu öffnen. „Die paar Tröpfchen!“ hatte sie gemeint. So rücksichtslos kann sie sein.

Man hatte Pavillonzelte aufgebaut. Am Uferweg standen die Käfige für die Hähne, davor Bänke. Es roch nach frischem Gras und Tieren.

Ich hatte eher eine zirkusähnliche Anlage erwartet, doch belehrte mich Gertrud mit heruntergeschobener Brille und umhersuchenden Augen darüber, daß es bei diesen Wettkämpfen natürlich nicht um echte Kämpfe, sondern um ein Hähnewettkrähen ging, was ich nun wieder überhaupt nicht verstand. Doch bevor ich fragen konnte, war Gertrud unter dem Regenschirm irgendeiner Kegelclub-, Kolping- oder VHS-Freundin verschwunden.

Ich sah mich um, fand den Bierstand der Kneipe aus meiner Nachbarschaft und machte dort Punkte gut in meinem Kampf um Integration und Assimilation. Ein Nachbar nickte mir überrascht und freundlich zu. Ich nickte zurück und hob mein Glas. Eine hier übliche Geste höchster Sympathie. Mich fror.

Nach und nach füllte sich die Reihe der Geflügelkäfige mit dem absonderlichsten Viehzeug, so daß ich mich sogar für einige Zeit in den Nieselregen auf die Wiese stellte, um mir die gewaltigen Magnifizenzen anzusehen, die sich reckten und aufplusterten und krähten, als wäre es der schönste Sommersonntag gegen halb fünf in der Früh.

Stimmgewaltige, farbenprächtige Flattermänner! Mit Köpfen, die etwas klein für die Beine schienen. Auf der anderen Seite dagegen Zwergkreaturen wie aus einem Star-Wars-Film. Stelzenlange Beine unter einer gerupften Brust und einem extraterrestrischen Kopf. Ein englischer Zwergkämpferhahn, wie mir ein vielleicht Zwölfjähriger erklärte, der routiniert einen „Araucaner" in den Käfig stopfte. Ich nickte ihm anerkennend zu. Man ist eben immer Pädagoge!

Im Trockenen verputzte ich zwei Würstchen mit Senf und viel Bier. Die Luft im Stadtpark war ländlich vollgesogen.

Gertrud war wie vom Erdboden verschluckt. Ich kann Männern nur den Rat geben, nicht darauf reinzufallen: Eine Begleitung ist bei Frauen – zumal bei lustigen Witwen wie Gertrud – nur als Absicherung gedacht: für den Fall, daß sie niemanden treffen.

Im Nieselregen saßen Kinder, Jugendliche und Erwachsene auf den Bänken und hielten etwas zu schreiben in der Hand. Und dann begann der Wettkampf. Dreißig Minuten lang. Kaum ließ einer dieser Gockel sein Organ erschallen, fuhr der Bleistift des Unparteiischen vom Rassegeflügelzüchterverein nieder. Wie ich später las, wurde in verschiedenen Klassen und Durchgängen gewertet. Doch konnte bei dem Sau-Wetter von den Wyandotten, Bantam-Hähnen, Italienern, Antwerpenern und Holländer-Zwergen die magische Grenze von einhundert Rufen nicht erreicht werden.

Zum trocknen und um den Bier- und Würstchengeschmack mit Kaffee und Kuchen zu vertreiben, setzte ich mich in eines der Zelte. Draußen krähte und gackerte es. Ich suchte weiter vergeblich nach Gertrud und meinem Autoschlüssel und ergab mich schließlich meinem Schicksal. Neben mir war einer älteren Dame die Fanta ihres Enkels in die Sahnetorte gekippt, und ihr Mann hatte Kaffee über ihren Arm geschüttet. Der Henkel der Tasse sei abgebrochen, murmelte der Alte, aber die Frau schimpfte weiter.

Daneben, getrennt durch eine Zeltwand, redeten zwei Männer. Zuerst etwas laut, plötzlich aber leise. Ich wurde – schon aus beruflichen Gründen – hellwach.

„Nee, Paul, nicht bei Große-Hörstings", raunte es. „Ich dachte, Karl hätte dich …"

Die Stimme kam mir bekannt vor.

„Keine Ahnung. Wo denn?"

„Bei Strotmanns.“

„Warum da denn?“

„Die Oma hat da wohl was gemerkt. Irgendwie, sagt Karl.“

Ich horchte auf, setzte mit dem Kauen aus, fahndete in meinem Stimmengedächtnis. Irgend etwas Unangenehmes.

„Vielleicht wegen die Kabels und das helle Licht?“

„Weiß ich nicht. – Besser is, wir wechseln mal, sagt Karl.“

„Und wann?“

„Heute nachmittach.“

„Wieder halb vier?“

„Nee, halb fünf erst, hat Karl gesagt, glaube ich … Karl wollte dich doch Bescheid sagen!“

„Hat er aber nicht. Ich bin mit Meinem trotzdem da. Wofür trainiere ich den Kerl? Die Kohle kann ich brauchen.“

Ich wagte nicht einmal zu schlucken. Wie ein Gläubiger beim Segen verharrte ich mit gesenktem Kopf. In mir kribbelte es. Da war was im Gange! Und diese Stimme! Plötzlich erscholl eine ganz andere Stimme:

„Von mir aus können wir, Pepa!“

Gertrud! Da stand sie – noch immer in Kopftuch und Sonnenbrille – und lächelte unschuldig.

„Na, ist das nicht verrückt? Dieser Idealismus, diese Liebhaberei! Die ziehen ihren Wettbewerb trotz des Wetters durch. Ich find das prima!“

Gertrud hat eine volkstümliche Ader. Ich stellte sie mir juchzend bei einer Hochzeitspolonaise vor und guckte sauer hoch. Gertrud lächelte weiter.

„Seien Sie nicht enttäuscht, Pepa! Bei Sonne schaffen die Männchen hier noch mehr Anschläge. Für den Regen ist der Lärm wirklich prima. – Fahren wir?“

Zehn Minuten später saß ich allein zu Hause und aß gegen den penetranten Würstchengeschmack zwei aufgetaute Tomaten-Tortillas. Die gehackten Korianderblätter schmeckt man aufgetaut nicht durch, und der Teig ist pappig. Ich pfefferte nach und nahm einige Schluck von dem billigen Bongeronde, den mir die Eltern einer Klasse hatten zukommen lassen – für eine Anstreichaktion am Samstag.

Ich mußte nach „Strotmanns“ suchen. Erst im Telefonbuch, dann auf der Karte. Ich tippte auf Bauernhof. Und ich fand einen Hof dieses Namens. Hausnummer 14. Unweit der Kreisstraße Nummer 41. Praktisch. Na, bitte. Ich prostete mir zu und entdeckte im Türfalz eine Flaumfeder, die Gertrud übersehen hatte. Ich werd euch was, dachte ich, legte eine CD von Lightning Hopkins ein und sah mir noch Coulthards und Häkkinens Blamage in Monaco an. Danach war ich wie neu.

Es hatte zu regnen aufgehört, und die Sonne stand im Innenspiegel, als ich auf die 41 einbog. Das Münsterland ist wirklich schön. Das liegt an dem lieblichen Landschaftsprofil. Woanders sieht man vor sich den Deich und hinter sich eine gähnende Leere. Oder man steht zwischen Gebirgsmassiven, die einen kaum atmen lassen.

Ein Schild an der Straße zeigte die Hausnummer 14. Ein Weg führte an einem Wäldchen zum Hof. Ich parkte auf der anderen Seite, nahm mir als Alibi meine Canon EOS 30 mit einem 400er Tele und streifte durchs Gehölz – um Vögel zu photographieren, falls mich jemand erwischte.

Auf dem sauber gefegten Hof standen einige Fahrzeuge, die kaum zum landwirtschaftlichen Fuhrpark gehören konnten. Ich staunte: ein gelber Maserati, belgisches Kennzeichen, daneben ein hellgrauer Transit mit Dürener Kennzeichen, dessen Türen offenstanden und aus dem ein junger Bursche mit Pferdeschwanz herausgesprungen kam. Er griff hinter sich und zog ein Stativ hervor, um es in eine Scheune zu bringen. Ein Hund bellte. Ich fuhr zusammen. Das Vieh war in seinem Zwinger.

Mitten über den Hof zu rennen, war zu riskant. Also pirschte ich hinten herum. Meine Veloursslipper rutschten durch den lehmigen Ackerrand und versanken. Ich sah an mir herunter. Die Hose war waschbar, doch die Slipper hinüber. Ein Geschenk von Sonja … Der Gestank zweier Silos nahm mir den Atem: Kadavermehl und eingesäuerte Silage.

Der Umweg führte mich an einem Wohnhaus vorbei, dann zwischen landwirtschaftlichen Geräten hindurch, die vor sich hin rosteten. An der Rückseite des Schuppens drang plötzlich ein Krähen und Schreien an meine Ohren.

Durch eine niedrige Tür – ich vermute: alter Schweinestall – schlüpfte ich ins Innere des dämmerigen Schuppens und sah vor mir rechts ein grelles Licht. Ich saß zwischen Strohballen, die mich in Hintern und Rücken piekten, versuchte, etwas zu erkennen und hob den Kopf ein wenig heraus. Zuckte aber gleich zurück. Beinahe hätte mich ein Unrasierter mit Tiergesicht und Schlapphut gesehen. Eine ungünstige Position. Ich kroch in dem Geflügelgeschrei und -geflattere an der Wand entlang und zwischen einigen Strohballen wieder nach vorne.

Da sah ich es: ein Videoteam, das seelenruhig mit zwei Kameras auf ein kleines Rund in der Mitte der Scheune hielt, wo zwei Hähne aufeinander losgingen. Hinter den gefiederten Gladiatoren einige sonntäglich gekleidete Herren um die sechzig Jahre, die unter den Scheinwerfern und ihrer eigenen Hitze fuchtelten und schwitzten. Auf dem Boden rote Flecken, irgendwo ein Gockelkadaver. Alles wie ein stickiges, morbides Stilleben. Bilder von angeleuchtetem Blut, zerfledderte und zerfleischte Streithähne, schräger Lichteinfall, der das Schuppeninnere durchschnitt und rasiermesserscharfe Sporen aufblitzen ließ. Und das Schreien der Tiere und Menschen. Zelebrierter Tod im Bauernkolosseum. Die zwei Videoleute hielten drauf, zwei andere schwenkten die Mikros über der Arena.

Plötzlich war Ruhe, einer der Hähne lag am Boden, zuckte und krähte, gab eine Art Knattern von sich und krepierte, umgeben von gierigen Objektiven. Der Sieger war sofort eingesackt. Die tiergesichtige Fassbinderausgabe sprach mit einem der Herren.

Und da hörte und sah ich ihn: die Stimme vom Stadtpark! Sie gehörte – Franz Wissing! Deshalb war ihm sein Rheinländer so lieb und teuer! Augenblicklich stieg ein Triumphgefühl in mir auf. Ich wußte sofort, was mir da geschenkt war.

Mein Nachbar stand breitbeinig in der Arena und verhandelte mit dem Mann, der schließlich in seinen Sakko griff und Scheine hinzählte. Deutsche Mark. Nur Fünfhunderter. Franz Wissing drehte sich um und redete mit dem Kameramann. Man nickte. Weitere Scheine wechselten die Hand. Leider verstand ich kein Wort. Einige Viecher machten Geräusche, und die niederdeutschen Bauernscheunen haben eine miserable Akustik.

Ich hielt meine Canon griffbereit, stellte das Objektiv ein. Der Lärm kam mir gerade recht, um das Klicken und Summen zu übertönen.

Ein Alter feilte am Schnabel seines riesigen Hahnes herum, ein anderer befestigte an einem kleinen einen nagelneuen Sporn, zwei spreizten das Schwanzgefieder ihres Tieres, um ihm einige bunte Federn anzunähen. Irgendein glänzendes Zeug wurde auf Schnabel und Sporen gestrichen. Und es ging weiter.

Diesmal trat ein Großhahn gegen zwei Zwerge an. Seine Beine zitterten offensichtlich vor Angst. Ein trauriger, aschgrauer Hahn. Zuerst hielten die Alten die Hähne gegeneinander, und die Viecher pickten schon einmal aufeinander los. Dann ein Wirbeln von Federn und Beinen und Hälsen. Meinen Nachbarn bekam ich einige Male vorteilhaft ins Bild. Ich verschoß den Film und machte, daß ich davonkam. Mein letzter Blick fiel auf einen Zwerghahn, den der Dicke mit seinem Sporn erwischt hatte und der blutend am Boden zuckte.

Draußen atmete ich auf. Ich war froh, der stickigen Scheune entronnen zu sein.

Plötzlich stand der Tiergesichtige neben mir.

Er hatte sich zwischen dem Maserati und dem Transit aufgebaut. Unter seinem Schlapphut ein ekeliges Grinsen. Ein dunkler Strich in der Kerbe seines unrasierten Kinns. Er zeigte auf meine Canon. Ich schüttelte den Kopf. Er schlug sich auf sein Jackett. Der hatte eine Waffe! Scheiße!

Als ich die rostige Sense sah, war es für ihn zu spät. Als Golfspieler habe ich einen Sinn für Stiel und Schlag. Der Sensenschwung ist für alle Golfer ein großes Vorbild. Er verlangt denselben Rhythmus, dieselbe Gleichmäßigkeit, denselben Übergang vom Rück- zum Abwärtsschwung. Hemmungen waren hier nicht angebracht.

Das schartige Sensenblatt zog ihm mit der Spitze einen Graben durchs Gesicht. Im letzten Moment hatte ich zurückgezuckt. Rostiges Eisen ist bekanntlich schwerer. Sonst wäre ihm die Sense ins Auge gefahren. Seine Haut klappte auseinander. Er schrie auf, faßte sich ans Gesicht und taumelte. Aus der aufgerissenen Rinne quoll Blut. Einen Augenblick stand ich wie gelähmt. Wir sahen uns an. Ein irrer Blick! Ich erschauderte. Er streckte eine blutige Hand nach mir aus. Mit der anderen preßte er den Hut auf seinen Schädel und wimmerte.

Als er mit der Hand in sein Jackett griff, schlug ich sie fort, riß ihm die Pistole heraus. Ein säuerlicher Geruch schoß mir in die Nase, als er schrie:

„Dat wirst du büßen! Jou jou … Ich krieg dich! Egal, wo du bist, du …!“

Ein niederländischer Akzent! Ich stieß den blutenden Kerl auf den Boden und rannte fort. In den Wald und zu meinem Wagen.

Kaum war ich mit meinem Mazda einige Straßen weiter gefahren, hielt ich an. Mir pochte das Herz. Die Hände zitterten am Lenkrad. Im allgemeinen bin ich nicht aus der Ruhe zu bringen. Doch dieses Gesicht! Dieser Geruch!

Als ich durchgeatmet hatte, kamen mir die Kfz-Kennzeichen in den Kopf, und ich schrieb sie in meinen „Grass“, den Fehldruck von „örtlich betäubt“, der bereits vom letzten Jahr einundzwanzig Seiten eng und klein beschriebener Notizen aufwies. Damals war alles gut gegangen.

Zu Hause brauchte ich einige Zeit, um meinen Puls wieder auf normal zu bringen. Nach einer Handvoll Selbstgedrehter ging es. Ich warf die lehmverdreckten Schuhe in den Restmüll und nahm den Film aus der Kamera. Dann sah ich mir seine Pistole an. Ein schönes Stück mit Holzauflage. Natürlich: ein Belgier – eine Browning. Ich reinigte sie – wegen des Geruchs – und legte sie hinter meine Rezeptbücher.

Gegen dieses kranke Gesicht, diesen Geruch brauchte ich dringend einen Ausgleich, und ich schrieb an meinen tierlieben Nachbarn einen Brief: „Wenn Sie noch einen Tag warten, werden Sie Photos vom Hof Strotmann und Karl und Paul zu sehen bekommen … Bald werden Sie in der Nachbarschaft über mich ganz anders reden. Wetten? Ihr PPP.“

Es war noch Zeit, in aller Ruhe das Essen mit Sonja vorzubereiten. Sie braucht nach einem Besuch bei ihrer Mutter immer eine Betreuung. Sonja revanchiert sich hinterher immer so unwiderstehlich. Es sollte gedrehte Nudeln mit Pfifferlingen und Kirschtomaten geben. Ich habe etwas für Nudelteig übrig und knete und rolle und drücke so gerne. Ein netter Ausgleich ist auch das Drehen der Nudelstreifen. Nachdem ich die Schalotten und Pfifferlinge gedünstet, gewürzt und ihren Saft eingekocht und mit zwei Eßlöffeln Tomatenjus zu den Pilzen gegeben hatte, butterte ich die al-dente-Nudeln und rührte alles vorsichtig zusammen, gab zuletzt die halben Cherrytomaten dazu und würzte nach.

Gerade eben hatte ich die Majoranblätter herausgeholt, um sie für die Garnierung zurechtzumachen, da klingelte es. Es war Sonja. Ich war stolz auf mich.

2

Ich war erleichtert. Am folgenden Nachmittag rief sie an. Punkt drei Uhr. Da nimmt sie eisern Rücksicht. Der Abend mit den gedrehten Nudeln war eine vollkommene Pleite geworden. Sonja war schon gegen elf Uhr wieder abgefahren. Ein böser Streit.

Zuerst war alles harmonisch verlaufen. Wie erwartet hatte sie sich über ihre Mutter, die sie vier Tage lang hatte ertragen müssen, ausgelassen. Der alte Tenor: Sie verwöhne Kirsten, ihre pubertierende Tochter. Ich hatte meine Pflichten als moderner Mann bestens erledigt und aktiv zugehört, als es passierte: Sonja wollte unbedingt beim Aufräumen der Küche helfen, sah eine übervolle Plastiktüte mit Verpackungsmüll und entsorgte sie. Danach hatte es zwischen uns geknallt. Und jetzt rief sie an.

„Ich verstehe dich nicht, Pepa. Sag nun endlich, was mit dem toten Hahn ist – und mit den verdreckten Slippern!"

Gestern war ich noch hart geblieben. Auge in Auge bin ich souverän. Aber nicht am Telefon. Da kriegt man mich immer. Ich ging im Wohnzimmer auf und ab und rückte an irgendwelchen Sachen herum. Beinahe wäre mir mein bestes Stück, ein Glaskunstwerk von Peretti mit dem Titel ‚Die Müdigkeit der Pferde', heruntergefallen.

„Sonja, das bist typisch du. Das hat alles nichts auf sich, und du machst mal wieder einen Elefanten daraus. Weißt du noch letztes Jahr? Diese Sache mit dem Toten in der Zeitung? Da hast du sogar deine Tomaten-Quiche riskiert."

„Das war doch was ganz anderes! Aber so ein toter Hahn im Verpackungsmüll und mein teures Geschenk im Restmüll – ich bitte dich! Da werd ich ja wohl noch fragen dürfen."

„Was durchsuchst du eigentlich, kaum daß du ein Wochenende weg bist, meinen Müll?"

„Jetzt machst du einen Elefanten, Pepa! Ich mißtraue dir ja gar nicht. Das ist einfach weibliche Neugier. Und jetzt raus mit der Sprache!"

Das war's, und ich erzählte alles – nur nichts vom Tiergesicht mit dem gelben Maserati. Sonja unterbrach mich nicht ein einziges Mal. Dann aber brach es heraus:

„Pepa, das ist ja richtig widerlich! Und so was hier bei uns! Ich dachte, daran ergötzen sich nur alte Mexikaner oder Anatolier! Aber damit, daß du deinem Nachbarn das Maul gestopft hast, kann es ja nicht gut sein! Solche Leute sind Tierquäler, und das hier kommt für mich gleich nach Kinderpornos. Die Photos müssen natürlich zur Polizei, Pepa!"

Ich war aufgestanden und näherte mich wieder gefährlich den müden Pferden von Peretti. Plötzlich aber erstarrte ich. Mir schoß es blitzartig durch den Kopf: Wissing konnte den Maserati-Mann über mich informiert haben! Natürlich! Als er meinen Brief bekam! Da muß ihm klar geworden sein, daß ich derjenige war, der seinem Video-Partner den Riß über die Visage gezogen hatte. Und jetzt? Er hatte mich in der Hand! Jedenfalls, wenn er wußte, daß dieser Verrückte nach mir suchte!

„Hej, Pepa! Sag was! Die Photos müssen natürlich zur Polizei!"

Mir wurde heiß. Ich stützte mich auf die Sessellehne und fluchte auf meine Blödheit. Niemals hätte ich an Wissing schreiben dürfen! Jeden Moment konnte der Tiergesichtige hier auftauchen! Oder er stand schon längst vor der Haustür! Ich lief mit Sonja am Ohr auf den Flur, dann in die Küche und sah auf die Straße! Der säuerliche Körpergeruch des Kerls kam mir in die Nase.

„Sei doch nicht sauer, Pepa!" kam es aus dem Hörer. „Ich weiß, ich weiß. Du magst die Polizei nicht. Deine alten Wunden. Aber darüber mußt du mal hinweg."

Sonja konnte nicht ahnen, daß mir Vater Staat und seine Freunde und Helfer im Augenblick völlig schnurz waren. Ich setzte mich kerzengerade auf den Küchenstuhl, um mich zur Ruhe zu zwingen. Sonja durfte nichts merken.

„Ich denke ja schon nach, Sonja. Warte mal!" Ich mußte sie schnell von meiner Ehrlichkeit überzeugen. Ich sah herum. Vom Altpapierstapel war ein Flugblatt vom Tierschutzverein heruntergerutscht. Das war's! Eine gute Tat für den Tierschutz! Tierliebe ist für Frauen ein Beweis guten Charakters. „Was hältst du davon, wenn ich mir schriftlich versichern lasse, daß sie das in Zukunft lassen und ein empfindliches Sümmchen für den Tierschutzverein zahlen?"

„Wieviel?" Sonja sprang an! Sie ist Geschäftsfrau.

„Na, zehntausend."

„Uiih!“

Ich hatte es geschafft. Sie war beeindruckt – und still.

„Ich mach das, Sonja. Du hast ja Recht. Diese Typen brauchen eine Lektion! – Wann sehen wir uns?“

Jetzt wäre es mir am liebsten gewesen, den ganzen Tag mit ihr zusammen zu sein. Das wäre besser als die eine Waffe im Haus. Sollte ich Heinz anrufen? Auch Gertrud würde wacker ihren Mann stehen. Durch meinen Kopf zogen Bilder von Belagerung.

„Diese Woche wird's eng. Wir machen eine Werbeaktion für die neuen Bustier-Bikinis und Powersteine.“

„Für was …?“

Sonja betreibt eine Miederboutique. Aber Steine?

„Die werden an der Wäsche in kleine Täschchen gesteckt. Jade für Träume oder Tigerauge für Stärke. Amethyst für Weisheit.“ Hatte sie nichts gegen säuerlichen Körpergeruch? „Das ist doch eine süße Idee, oder?“

Ich riß mich zusammen.

„Und du, was trägst du so?“

„Ich? Da hab ich … Also, Pepa, weißt du! – Wenn, dann Rosenquarz.“

Mit Rosenquarz gegen tiergesichtige Tierquäler?

„Und wogegen ist der?“

„Für Liebe, Pepa. Für viel Liebe.“

Als ich aus der Küche kam, zuckte ich zusammen. Vor der Haustür bewegte sich ein Schatten. Wo war meine Pistole? Ich drehte mich in die Garderobennische. Da klingelte es an der Tür. Ich lugte um die Ecke. Dieser tiergesichtige Kerl konnte es nicht sein. Das hinter der Strukturglasscheibe war jemand Dickeres. Der Nachbar? Nein. Es mußte jemand Kleineres sein. Ich öffnete.

Da stand Wissings Frau. Eine kleine Gedrungene, oben mit der landesüblichen Dauerwelle. Bluse und Rock. Ein tropfender Schirm zeigte auf den Boden.

„Entschuldigen Sie, Herr Pfühl. Ich hoffe, ich störe nicht.“

Ich stutzte. Was wollte die? Ich sah nach draußen, wo gardinenfeine Regenstriche durch die Luft zogen. Weit und breit kein gelbes Auto.

„Bitte, kommen Sie rein!“

Ich wollte die üblich gewordene Nachbarschaftsversammlung vermeiden und schloß hinter ihr rasch die Tür. Drinnen brutzelte meine Kaffeemaschine so laut, als wollte sie jemanden einladen. Frau Wissing lächelte. Ich blieb stur und trat nur ein wenig zurück. Wollte sie mir ein Verhandlungsangebot von ihrem Mann überbringen? Oder eine Drohung? Die Photos hatte ich noch nicht abgeholt. Ich sah sie fragend an. Sie verzog die Nase.

„Ich …"

„Ja?"

Meine Stimme war hart und unnachgiebig. Ich schob ihr den Schirmständer unter den tropfenden Schirm.

„Ich weiß von meinem Mann, was am Samstag hier passiert ist."

„Sie kommen zu spät." Ich fühlte einen engen Zug um meinen Mund. Die hatte nicht mal Putzzeug bei sich. „Es ist schon alles sauber. – Wie kommt Ihr Mann eigentlich zu so was?"

Was wußte sie? Tastete sie sich ran? Meine alte Kaffeemaschine knatterte wie ein Mofa. Für Männer ist Kaffee ein Erfrischungsgetränk, für Frauen eine Droge und signalisiert Gespräch.

„Darf ich Ihnen eine Tasse …?"

Ein Anflug von Mitleid.

„Oh, natürlich! Ja! Danke!"

Ich gab den Weg frei. Frau Wissing setzte sich an den Küchentisch, wo ich das Gebäck nicht weggeräumt hatte.

„Eigentlich wollte ich mich entschuldigen."

„Wollen? Sie meinen: Sie sollen sich entschuldigen!"

Ich konnte sie nicht einschätzen. Ein gerissenes Weib oder eine biedere Hausfrau, die um Ecken herum putzen, aber nicht denken kann? Ich schenkte ihr sparsam ein und setzte mich gegenüber. Ein großporiges Gesicht. Trank sie? Schokoladenmißbrauch? In den Augen aber steckte Wachheit. Vielleicht ein Rest von Bildung und Reiz, der in Jungmädchenjahren geblüht haben mochte, nun aber unter der Last eines schwitzenden Schinders erstorben war.

„Ich gebe zu …"

„Geben Sie auch zu, daß Sie meinen Brief von gestern gelesen haben? – Trinken Sie den heißen Kaffee, Frau Wissing! Der tut gut und ist gegen Krokodilstränen!"

Ihre Augen waren bei meiner barschen Unterbrechung sofort wäßrig geworden. Ich mußte wissen, was sie über den Hahnenkampf und den Maserati-Mann wußte. Jetzt heulte sie los. Ich vermutete, nicht nur wegen dieser unangenehmen Situation hier am Tisch. Über ihren Mann machte ich mir keine Illusionen. Der hatte ein ganzes Frauenleben auf dem Gewissen und ließ sich jetzt an Hähnen aus. Und wenn ich nicht aufpaßte, machte er sich danach über Leute wie mich her, Leute, die studiert hatten.

Frau Wissing trank mit unauffällig gespreiztem Finger. Ihre Unterarme waren etwas drall. Die geblümte Bluse band die Oberarme ab.

„Ich bitte Sie, Herr Pfühl. Lassen Sie uns vernünftig reden!" Sie schniefte und schien sich selbst zur Raison zu bringen. Das Gebäck schob sie von sich. Ihr erster Achtungserfolg. „Ja, mein Mann hat mich geschickt. Aber darum – weiß Gott – geht es mir gar nicht. Machen Sie mit ihm, was Sie wollen. Es geschieht ihm recht. Es geht mir um etwas anderes."

Ich atmete auf. Sie schien nicht zu wissen, was genau auf dem Hof Strotmann passiert war. Ihr Mann hatte sie also nicht geschickt, um mir zu drohen.

Sie sprach mühsam und stockend, pflegte aber einen zivilisierten Tonfall und setzte ihre Worte mit Verstand. Frau Wissing schien für sich selbst zu sprechen. Ich mag tapfere Frauen von miesen Nachbarn. Da habe ich gern Zeit und Kaffee. Eine längere Pause entstand. Ich füllte viel Kaffeemehl und Wasser nach und wartete. Wieder begann das Brutzeln. Sie konnte nützlich für mich werden, wenn es mit ihrem Alten hart auf hart kam.

Als ich mich wieder an den Tisch setzte, blickte sie hoch und forschte in meinem Gesicht. Dann gewinne ich immer.

„Sie haben es nett hier, Herr Pfühl."

„Ja, das ist das Werk zweier geschmackvoller, kluger Frauen. Ein bißchen bemühe ich mich auch, häuslich zu sein."

Sie lächelte über meine sympathische Bescheidenheit.

„Es geht mir nicht um meinen Mann. Ich werde ihm sagen, daß ich nichts erreicht habe. Vielleicht wird er dann ein Einsehen haben."

Ich mußte alles auf eine Karte setzen.

„Ich möchte Ihrem Mann persönlich sagen, unter welchen Bedingungen ich ihm und seinen Kollegen die Negative aushändige."

Ihr Gesicht leuchtete boshaft auf, verfiel aber gleich wieder der Resignation. Ich schenkte nach.

„Es geht mir um meinen Neffen."

„Nehmen Sie ruhig von dem Gebäck. Selbstgebacken."

„Er ist verschwunden."

Was hatte ich mit ihrem Neffen zu tun? Aber – hatte nicht der Wissing den Hahn von seinem Neffen geschenkt bekommen? Sie nahm gewählt vom Gebäck und begann wieder zu weinen. Diesmal schüttelte es sie heftiger. Ich war hilflos. Man kann so eine Nachbarin nicht einfach in den Arm nehmen. Ich schenkte nach.

Der Neffe. Die Wissings hatten nur ein Kind. Eine Tochter. Eine Kohlköpfige, die nach ihrem Vater ging. Den Neffen glaubte ich, öfter gesehen zu haben. Ein zerbrechlicher Jugendlicher, der sogar auf der Straße grüßte. Kam der wegen seiner Cousine? Unvorstellbar!

„Verschwunden?"

Ich wartete, bis Frau Wissing sich beruhigt hatte. Der Neffe war wirklich oft im Hause Wissing gewesen. Ich erinnerte mich. Beinahe wie ein Nachbarkind. Offenbar hatte sie eine tiefere Beziehung zu ihrem Neffen. Patenkind? Ersatzsohn? Ersatzpartner? Unsereins hätte jedenfalls nicht sagen können, ob irgendein Neffe verschwunden war. Meine Neffen sehe ich zu Taufen und Kommunionen. Das reicht mir. Ich sehe ja meine eigenen Kinder kaum häufiger.

„Ich habe ihn seit einer Woche nicht gesehen. Und sonst kam er alle zwei, drei Tage vorbei. Und seine Oma sagt einem ja nichts."

„Oma?"

„Er wohnt bei ihr. Seine Eltern sind irgendwo in Frankreich. Geschieden. Die Oma hat die Erziehungsberechtigung. Sie legt sofort auf, wenn ich am Apparat bin."

Die Oma als Konkurrentin. Eine nette Familiengeschichte. Wäre was für das Goldene Blatt oder diese Vormittagstalkshows. Sie schüttelte mir ihr Herzeleid aus wie Frau Holle die Betten.

„Und Freunde?"

„Fabian war eher Einzelgänger."

Was sollte ich mit ihrem Lieblingsneffen? Frau Wissing hatte sich schon wieder gefangen und steckte ihr Taschentuch weg. Die Tasse war leer. Ich fand, daß es nun reichte. Sie mußte es an meinem Gesichtsausdruck bemerkt haben.

„Ach, Sie können ja nicht wissen … Ich mache mir Sorgen, weil Fabian mir damals, als er den Hahn gebracht hat, gesagt hat, das sei ein besonderes Tier. Ich sollte gut aufpassen, daß Franz keine Kämpfe mit ihm macht. Er brauche ihn als Beweis. – Mehr hat er nicht gesagt. Nur so geguckt und seine Hand gedreht, als ob da was nicht ganz sauber wäre. Seitdem ist er nicht mehr aufgetaucht. Und jetzt mache ich mir Sorgen."

„Sie sollten mit ihrer Geschichte zur Polizei gehen."

„Um Gottes Willen! Ich weiß ja gar nicht …"

Sie unterbrach sich und sah mich traurig an. Hatte sie sagen wollen: …was mein Mann damit zu tun hat? Sollte ich vielleicht nach ihrem Lieblingsneffen fahnden? Sie zuckte mit den Schultern. Das hatte ich gerne! Als Pädagoge muß ich mich jeden Vormittag mit Hilflosigkeiten herumschlagen. Aber nachmittags? Da möchte ich Mensch sein dürfen. Ich stand auf und schaltete die Kaffeemaschine aus. Sozusagen symbolisch. Plötzlich blitzte wieder Boshaftigkeit in Frau Wissings Gesicht.

„Als er Ihren Brief gekriegt hat, hat mein Mann gelacht und gesagt: Der Pfühl wird sich noch wundern! Dem Pfühl werde ich … Na, ja. Ich könnte vielleicht auch was für Sie tun, wenn Sie …"

Ich trat auf sie zu und stützte mich auf den Tisch. Beinahe hätte ich mich einlullen lassen. Bei Frauen werde ich immer wieder reinfallen! Wenigstens eine harte Schale konnte ich präsentieren.

„Wenn ich … – was?"

„Wenn Sie – ich muß wissen, was mit Fabian los ist. Bitte, Herr Pfühl!"

So was! Unglaublich! Jetzt hatte sie schon wieder Wasser auf den Augen!

„Geben Sie mir die Adresse der Oma!"

„Hintere Stegge 5."

Frau Wissing lächelte und stand auf. Vor der Tür drehte sie sich noch einmal um, griff sich ihren Regenschirm und sagte:

„Danke, Herr Pfühl!" Und als ich die Tür öffnete: „Ein Wetter zum Verrücktwerden! Nicht wahr?"

Während ich die Kaffeetassen in die Spülmaschine räumte, flog eine Fliege um mich herum, als wollte sie sich über mich lustig machen. Ich schlug nach ihr. Sie flog in die Maschine. Ich knallte die Klappe zu und drückte den Knopf. Jetzt war mir leichter.

3

Fabians Oma wohnte friedlich. Man kam unter einem Torbogen durch. Ein altes Haus mit Efeu und Blumenkästen. Und einem Schild: Leihbücherei Ännchen Lilienthal. Es roch nach trockenem Kalk und altem Zement. Ich drehte mich um. Keiner zu sehen.

Der Blick in den Rückspiegel, der Blick aus dem Küchenfenster! Das wurde ein Tick. Auch als ich die Photos abholte, glaubte ich, jemanden gesehen zu haben. Einer mit langem Mantel, der mir verdächtig vorkam. Natürlich Unsinn!

Meinen Roadster hatte ich unweit der Hinteren Stegge abgestellt und war hierher zu Fuß gegangen. Die Browning hing schwer im Jakkett. Ich betätigte den Türklopfer. Der Metallring gab einen schweren Ton von sich. Niemand kam. Ich wartete und sah durchs Fenster. Eine weißhaarige Dame winkte mich herein. Ich dachte an Hexe und Pfefferkuchenhaus.

Sie mochte siebzig sein. Das Haus mindestens doppelt so alt. Ihre Puma-Turnschuhe waren nagelneu. Sie stand auf einem Teppichsammelsurium, das den gerissenen Linolboden verdecken sollte, und sagte in einem Ton, der wenig Lust auf neue Kundschaft erkennen ließ:

„Ja, bitte?“

Eine harte und kräftige Stimme. Wie ihr Gesicht. Sie trug viel Silber um den Hals und an den Fingern, war aber ungeschminkt.

„Bitte?“, wiederholte sie.

„Oh, entschuldigen Sie. Das ist ja interessant. Eine private Bücherei! Ich kam gerade vorbei. Da dachte ich …“

„Keine private, eine öffentliche Bücherei! Nur keine städtische.“

Das letzte Wort zog sie in die Länge, daß es mäkelig klang.

„Ach.“

Es roch nach altem Papier, Wandputz und Kaffee. Ich sah mich um und tat interessiert. Rechts führte eine Treppe mit abgetretenen Sisalläufern hinauf.

„Und Ihre Kunden?“

„Alles dabei. Alte und Junge.“

Ich blickte ungläubig. Sie ging um ein beängstigend wackeliges Regal herum, das Stapel von foliierten und geflickten Büchern zusammenhielt und auf dem sich neben den Büchern eine Puppenstube mit einer Sammlung blauer Schlümpfe befand.

„Sehen Sie hier. Alles da: Enid Blyton, Kästner, Nesthäkchen … Die alten Sachen. Die laufen am besten. Hier Hanni und Nanni. Aber die neuen Sachen … TKKG? Potter? Nee! Die gehen bei mir gar nicht."

Die salatgrünen Hosen mit Bügelfalte liefen weiter. Darüber fiel eine graue Strickjacke.

„Hier: Agatha Christie, Kirst, Edgar Wallace. Die alten Krimis. Das neue Zeug, Sheldon, Grisham, King … Sehen Sie, kaum ausgeliehen."

Die Lesernummern waren auf die Innenseiten der Buchdeckel gekritzelt, bei ihren Bestsellern auch auf die letzte Textseite. Ein böses Durcheinander. Auf der Theke sprang ein uralter Elektrolüfter an. Ich schreckte auf. Die Fenster waren mit Decken und Reißzwecken abgedichtet.

„So ein kalter Mai! – Die alten Sachen kriegen Sie kaum noch. Da muß ich die Bücher flicken. Nur manchmal gibt's Neuauflagen."

Sie verschwand hinter einer Theke, die den Raum zur Hälfte abtrennte und unter deren Glasvitrine Tee und einiger Kram angeboten wurde, und wies auf Stapel von Büchern und Heften hinter sich.

„Hier, die mache ich fertig. Meine Leser kommen und holen sich ganze Berge. Hier ein alter Elektromeister aus Holtwick. Der mag am liebsten die Kriegssachen. Und hier für eine Bauersfrau aus Rorup. Für die ist der Stapel da. Ich weiß genau, was die wollen. Anders als in der Stadtbücherei. Da kümmert sich ja keiner mehr."

Ich nickte anerkennend.

„Meine Leser lesen das in einer Woche! Vier, fünf solcher Bücher!"

„Sie machen das hier ganz alleine?"

„Natürlich. Schon seit … Tja, das sind jetzt über fünfzig Jahre! Damals noch in der Drostestraße."

„Und in diesem großen Haus hier wohnt niemand sonst?"

Sie blickte mich skeptisch an und zupfte an ihrer Halskette.

„Doch. Mein Enkel. Aber der ist … Wir haben ab zehn Uhr morgens geöffnet. Bis ein Uhr. Montags auch fünfzehn bis achtzehn Uhr. Wenn Sie was ausleihen möchten … Dreißig Pfennig pro Ausleihe."

Ich lächelte und nahm ein Buch in die Hand.

„Um ehrlich zu sein: Mir geht es eher um Fabian. Er wird vermißt.“

Ihr Gesicht wurde hart und starr. Ich legte das Buch zurück und trat auf die Theke zu.

„Ich bin ein Nachbar seiner Tante. Ich konnte sie gerade noch zurückhalten, die Polizei zu verständigen.“

Sie drehte mir den Rücken zu und antwortete nicht. Eine kerzengerade Haltung. Das weiße Haar stand kräftig, fast borstig um ihren Kopf. Die „Tante“ war offensichtlich ein Reizwort gewesen. Ich schwieg. Nach einer Weile wandte sich die Alte ruckartig um.

„Ich muß Sie bitten zu gehen!“

„Dann wird man die Polizei benachrichtigen.“

Sie lachte böse auf. Der alte Heizlüfter schaltete sich ab.

„Frau Wissing soll doch tun, was sie nicht lassen kann. Sie macht sich ja lächerlich.“

Sie tat, als stellte sie einige Bücher zu einem Lesepaket zusammen, und ignorierte mich. Ihre Hände zitterten kaum merklich. Ich sah im Raum umher. Krimskrams aus Plastik und Blech, überall Deckchen und graue Bilder. Und auf einem kastigen Röhrenradio eine Gipsbüste. Plötzlich sah ich den Tiergesichtigen vor mir! Und es roch säuerlich. Hier spukte es! Ich sollte besser verschwinden.

Als ich gerade die Türklinke in der Hand hatte, wurde die Tür aufgestoßen. Eine jugendliche Stimme drang herein:

„Frau Lilienthal! Ich hab vom Fabian die …“

Wie geohrfeigt stand er vor mir und starrte mich an. Sebastian Schöttler! Ein Schüler aus der Zwölf. Und was für einer!

Am Tag darauf erwischte ich ihn, als ich Pausenaufsicht hatte. Bei Fabians Oma war nur Schweigen zu ernten gewesen. Sebastian war berüchtigt. Ihm hingen die Skaterhosen am tiefsten über den Hintern, er beliebte mit SS zu unterschreiben und hatte überhaupt einen zynischen Wall um sein Schülerdasein gezogen.

Er lümmelte auf einer der maroden Bänke unseres Schulhofes und las in einer Zeitschrift. Der Schulhof war leergefegt. Der Himmel hing eisengrau darüber. Zwischen Sebastians Füßen lagen zwei Kippen. Eine halb aufgeraucht und kaum ausgetreten. Er blickte feindselig.

Ich setzte mich neben ihn und begann, mir eine zu drehen. Natürlich weiß auch ich, daß man auf dem Pausenhof nicht rauchen darf.

Aber in zentralen Lebensbereichen muß Widerstand erlaubt sein. Ziviler Ungehorsam ist eine grunddemokratische Tugend. Und auch das lernen die Jugendlichen von mir. Sebastian jedenfalls grinste. Ich freute mich leise darüber und blickte nach oben, als wenn mich das Wetter nervte.

„Was lesen Sie denn da gerade?“

Er zeigte mir knapp den Zeitschriftentitel. Irgendeine Illustrierte über Computerspiele, deren Bild aus einem halben Mord bestand.

„Was ist denn nun mit Fabian? Fabians Oma wollte nicht raus mit der Sprache.“

Er tat, als läse er weiter. Sebastian war ein dürrer Bursche mit roten Stoppelhaaren und vorspringendem Adamsapfel. Ein mundfauler Schüler. Als er sich entschlossen hatte, etwas zu sagen, kriegte er die Zähne kaum auseinander.

„Die Alte spinnt sowieso.“

„Und Fabian?“

„Der ist bald tot.“

Jetzt nicht aufregen! Nicht provozieren lassen! Ich blies den Rauch über seine Zeitschrift.

„Mann, Sebastian! Was ist denn los?“

Es begann zu tröpfeln. Sebastian schlug seinen Lesestoff zu.

„Die sind teuer. Hochglanz.“

„Wo finde ich ihn?“

„Da müssen Sie aber Ihren Roadster für bewegen, Herr Pfühl.“

Er guckte lässig über seine Schultern zum Parkplatz, wo mein roter Mazda stand.

„Wohin?“

Ich sog den Rauch zwischen meinen Zähnen ein. Ein Hauch Bogart. Jetzt keine Emotionen zeigen! Das galt hier als Heuchelei.

„Klinikum.“

„Unfall?“

„Was weiß ich.“

Die Tröpfelei wurde stärker. Sebastian wird gesprächig, dachte ich. Da aber stand er auf und ging. In der Stunde drauf hatten wir unseren Grundkurs Chemie. Sebastian fehlte.

In der vierten Stunde machte ich mich an Rainer ran. Da hatten wir beide eine Auszeit. Rainer saß und verdaute. Eine Figur wie ein Kugelstoßer. In einer Pause vier bis fünf Stullen mit dick Butter und Wurst. Er ist Eingeborener, Poalbürger, wie man hier sagt, und kennt in der Stadt Hinz und Kunz. Rainer mag nicht gerne gestört werden. Wahrscheinlich war er in seiner Jugend so ein Typ wie Sebastian. Während er die Börsenkurse studierte, näherte ich mich ihm.

„Du kennst ja Sebastian Schöttler."

Bei Rainer muß man Zeit mitbringen. Er ist ein netter Kerl. Aber nur, wenn er will.

„Du, die Kurse sind zum Heulen. Ich krieg zuviel. Da kann man besser in Immobilien machen. – Der SS? Der Sohn vom Doktor Schöttler? Na ja ..."

„Und seine Freunde?"

„Hier: EON, Mobilcom, Preussag. Mensch, Peter! Katastrophe! – Sebastians Freunde? Ich glaube bei der Konkurrenz."

‚Konkurrenz' ist unser Nachbargymnasium. Rainer schüttelte traurig seinen Kopf und machte ein paar Mal „Tse, tse".

„Guck! SAP! Wo doch der Umsatz im ersten Quartal fast dreißig Prozent ...! Und das nach dem Telecom-Desaster."

Sein Kugelstoßerprofil versackte in der Zeitung. Ich wartete, bis es wieder auftauchte.

„Sebastian Schöttler? Die Halbheiten, die ich weiß, behalte ich lieber für mich. Da müßte die Rumbach mehr wissen. Die wohnt bei ihm in der Straße."

Ich seufzte laut. Rainer grinste. Die Kollegin Rumbach war unsere Favoritin. Eine Hundertfünfzigprozentige. Ich zuckte mit den Achseln. Rainer ist ein fairer Typ und redet ungern über andere. Eigentlich redet er überhaupt ungern. Meine weiteren Fragen verhallten. Schlecht hören kann er gut, dachte ich.

„Dann eben nicht." Ich schlug ihm auf die bepackten Schultern. „Es geht mir auch mehr um seinen Freund."

„Was machen deine Aktien?"

„Ich hab vor einigen Monaten ganz auf Dachfonds und M-Dax umgesattelt."

„Wie! Und davon sagst du mir nichts? Du bist mir ein Kollege!"

Rainer ließ die Zeitung fallen und holte eine Banane hervor, die er im Nu geschält und halbiert hatte. Es roch süßlich, was mir lieber war als säuerlich. Ich grinste.

„Ich dachte, du interessierst dich mehr für die Weltmarkt- und Rindfleischpreise."

„Laß men, Peter. Muß alles sein. – Wer ist denn dieser Freund?"

„Ein Fabian Markert."

„Der soll der Freund vom SS sein? Da hört sich ja alles auf! So ein liebes Kerlchen. Der war früher im Schwimmverein in meiner Gruppe. Wohnt der nicht bei seiner Oma? Was ist denn mit dem?"

Die Banane war längst verdrückt. Ein formgerechtes Obst für Rainers Verdauungstempo. Mein Kollege lehnte sich zurück. Ich erhob mich.

„Der liegt im Klinikum. Und ich weiß nicht, warum."

Rainer bewegte schmatzend seine Nußknackerkinnlade.

„Nichtwissen muß einen aber nicht aufregen. Oder?"

Ich sah jemanden im Rückspiegel. Seit der Abfahrt vom Parkdeck des Klinikums. Hätte ich gleich anhalten sollen? Seit gestern lag die Browning im Handschuhfach. Der montrealblaue Z 3 hielt sich einige Kurven hinter mir, war aber einmal unvorsichtig nahe gekommen. Sportwagen übersehe ich nie. So einen hübschen BMW schon rein gar nicht. Auch nicht im Regen.

Nach den unergiebigen Gesprächen mit Sebastian und Rainer und vergeblichen Fragen an Fabians Klassenlehrerin am Nachbargymnasium war ich tags darauf Richtung Münster gestartet. Durch die schönste Region des Münsterlandes. Sanfte Berg- und Talfahrt im sanften Regen. Wie die Droste schrieb: „Mein kleines Land, du bist nicht mächtig, bist nicht wild."

Im Klinikum sagte man mir: Intensivstation. Und da kriegte ich keinen Zutritt. Man könne Fabian Markert nicht besuchen. Koma.

Hatte der Z 3 mich durch Zufall oder durch Wissing aufgegabelt? Ich konnte hinter den Scheibenwischern den Fahrer nicht erkennen. In Roxel raste ich bei Rötlich über die Kreuzung, scharfe Rechtskurve, gleich wieder rechts. Auf den Hinterhof eines kleinen Elektrogeschäfts. Ich wartete einige Zeit, stieg aus, ließ mich von einer stämmigen Fachfrau mit Baby auf dem Arm über Brotschneidemaschinen beraten, lugte währenddessen durchs Schaufenster und fuhr dann mit Alete-Geruch in der Nase weiter. Am Schloß Hülshoff vorbei. Wieder die Droste: „Mir brüht der Schweiß auf Stirn und Hand."

Die ganze Strecke kein Z 3 mehr. Auch nicht vor meinem Haus. In meinem Haus ebenfalls nichts Unangenehmes. Auf der Terrasse beruhigte ich mich mit einer Zigarette. „Alles war nur Wind vor der Hoftür." Auch von der Droste. Die Droste-Hülshoff hatte man uns damals noch eingetrichtert. Hatte ich ein Verfolgungssyndrom?

Als ihr Alter gerade weggefahren war, rief ich Frau Wissing an. Sie schluchzte auf, als ich ihr erzählte, daß Fabian im Koma liege. Kurz darauf sah ich sie mit dem Fahrrad loshetzen. Wahrscheinlich zur Bushaltestelle.

Es klopfte an der Haustür. Helmut klingelt nie. Manchmal pocht er gefährlich an das Fenster vom Gäste-WC. Helmut ist der, dem ich sogar Sonja für eine Nacht anvertrauen würde. Obwohl ... In seiner Praxis wimmelt es immer wie auf einem Bild von Mitgutsch. Helmut ist ein unverheirateter Kinderarzt. Die jungen Mütter mögen den smarten Doktor, und manche kommen noch mit ihren Siebzehnjährigen.

Wenn die Bienen im Frühling summen, summt es auch bei Helmut.

„N'abend, Pepa."

„N'abend."

Mit hängendem Kopf stand er da und blickte sehr leidend. Mittwochs nachmittags hält sich Helmut üblicherweise eisern für seinen Schachcomputer frei. Es mußte was Existentielles vorgefallen sein. Seine Letzte war ein böser Fehlgriff gewesen, und ohne die Hilfe seiner besten Freunde wäre er da nicht herausgekommen. Sonja und ich hatten seiner Damaligen zukommen lassen, Helmut habe in Hamburg eine Chefärztin ... Das hatte gewirkt.

Er setzte sich zu mir in die Küche, wo ich den zweiten Anlauf startete, Tomatenmarmelade aufzukochen. Ich schälte gerade die Tomaten, und Helmut will immer helfen. Man muß ihn sehr mögen, um das zuzulassen.

„Also, die Ulrike ist eine tolle Frau ..."

„Das weiß ich ja nun, mein Lieber. Blond, langbeinig, Apfelbrüste und eine ausgesprochene emotionale und kreative Intelligenz. In dieser Reihenfolge. Ja?"

Ich wurde gereizter. In Scheiben schneiden heißt: in Scheiben schneiden! Und nicht in Spalten oder Klötzchen. Helmut duftete ungewöhnlich nach Rasierwasser.

„Du willst das Problem wissen", sagte er.

„Ich will, daß du in Scheiben schneidest und mir die Tomaten nicht in Anspitzerform meißelst."

Auch wenn die Tomaten später durchpassiert werden: Ich zelebriere Tomatenrezepte und produziere nicht einfach.

„Ihr Mann ist Professor für Neurophysiologie. Ein Arschloch, wenn du verstehst."

„Jede kriegt, was sie verdient."

„Bitte, Pepa, das ist nicht fair."

Jetzt nahm ich ihm das Messer aus der Hand und drückte ihm ein Glas hinein.

„Hier. Der ist dein Geschmack."

Helmut trinkt meinen Achtzehnmarks-Bardolino wie Wasser. Mit dem Glas ging es besser als mit dem Messer. Alle Ärzte sind mit dem Glas besser.

„Du, der verfolgt Ulrike sozusagen. Ist sie mal ein paar Tage bei mir, kriegen wir seine Anrufe – auch nachts. Und am letzten Wochenende stand er stundenlang vor meinem Haus. Das ist doch Terror!"

„Vielleicht liebt das kleine Arschloch seine Frau."

„Der will sie einsperren!"

„Na ja, wenn sie einfach so mit einem anderen …"

Ich goß nach. Ärzte verbergen ihre Trunksucht hinter Höflichkeit. Immer müssen die anderen nachschenken.

„Danke. Der ist verdammt gut."

Gegen Helmuts Weinkeller kommt meiner nicht an. Aber wie die meisten Weinkenner ist Helmut eher Weintrinker.

„Die Marke kennst du seit Jahren."

„Die Ehe ist seit Jahren kaputt. Das ist ein Tyrann! Der nimmt sich alles raus, und Ulrike darf nicht mal in einen Film mit Robert Redford!"

Ich konzentrierte mich darauf, die Feigen fein zu schneiden, ohne sie zu quetschen. Erregend dieses Gemisch aus Tomatensäure und Feigensüße!

„Und jetzt terrorisiert er uns rund um die Uhr."

„Riech mal!“ Ich hielt ihm die Schüssel unter die Nase. Helmut sah von seinem Glas auf. In seinen Augen fanden sich Spuren von Verzweiflung und Auflösung. Sein Duft wehte durch meine Tomaten-Feigen-Kreation.

„Deshalb, also, Pepa, deshalb – ich brauch dich …“

„… eben mal wieder.“

Helmut ist ein drahtiger Typ. Aber innen aus Wollfäden. Zu lieb für diese Welt. Wer wird auch heutzutage Kinderarzt? Das sind die ärmsten Ärzte in Deutschland. Ein klar blickender Medizinstudent wird Zahnarzt oder Chirurg. Wenigstens Orthopäde.

„Ich hab mir das so gedacht, Pepa: Die Ulrike bleibt ein paar Tage bei dir. Hier findet sie ihr Mann nie.“

Vor Schreck schüttete ich eine Lawine von Gelierzucker in die Schüssel und fluchte.

„Ist dir das nicht recht?“

Ich löffelte den Zucker, soweit er trocken geblieben war, zurück und setzte mich.

„Sag mal, willst du bei mir eine Bombe deponieren?“

Helmut guckte unschuldig hoch.

„Natürlich nicht! Die Jahrhundertliebe zwischen dir und Sonja bringt doch nichts auseinander! Es geht mir nur um Ulrike …“

„… und dich. Entschuldige mal, Helmut, das geht ein bißchen weit. Dieser Professor für Nerverei oder so wird ja auch mal arbeiten müssen. Jetzt läuft doch das Semester. Wartet halt ein bißchen!“

„Der arbeiten?“ Helmut lachte hart auf. „Der ist C 4 und läßt seine Assis und Hiwis ran, bis die umfallen. Wenn er nicht gerade im Wellnessstudio ist, hält er Vorträge über Hochschulreform.“

Ich war aufgestanden und schritt die Küche ab. Dieser Geruchsmix aus Helmuts warmem After Shave und meinen frischen Natursachen blockierte mich.

„Sag mal, mußt du riechen wie ein orientalischer Teppichverkäufer?“

Helmut war in Weinseligkeit versunken und hörte nicht. Draußen noch immer dieser miese Nieselregen. Wissings Haus in einer grauen Luft. Das paßte.

Plötzlich mußte ich mich aufstützen. In Wissings Einfahrt stand was Gelbes! Kaum zu sehen. Nur das Heck eines Wagens. Der Maserati!

Ich stöhnte auf. Ich hatte in einen Kaktus gegriffen, den Gertrud zur Weihnachtszeit hingestellt hatte.

Helmut sah auf.

„Tut mir leid, Pepa. Ich wollte dich nicht …"

Ich war nahe dran, ihm den abgebrochenen Kaktus an den Kopf zu werfen. Helmuts Ulrike, dieser Fabian, der Z 3, der Wissing und jetzt der Maserati. Das war zu viel. Helmut hielt mir ein halbvolles Glas vors Gesicht.

„Geht das denn wirklich nicht? Ich werde es Sonja haarklein erklären."

Ein frischer Gedanke durchfuhr mich. Natürlich! Wenn diese Ulrike hier vor Anker ging, müßte das den Maserati-Mann abschrecken! Wenn sie Tag und Nacht in meinem Haus war, konnte er mir nicht auflauern! Ich lächelte milde.

„Gut."

„Was? Pepa, du machst das?" Er stieß mit mir an. „So einen wie dich find ich auch im nächsten Leben nicht."

Das sagt Helmut immer. Das Problem ist nur, daß ich mehr auf das jetzige Leben scharf bin.

Ich sah aus dem Fenster.

4

Harry hatte mich gerufen. Harry ist unser Platzwart. Ich trank im Clubhaus gerade mit Dr. Leitner den Après-Cognac, da kam er.

„Herr Pfühl! Ihr Auto!“

Wir liefen hinter ihm her. Auf dem Parkplatz stand mein roter Roadster und sah schräg aus. Das Loch im Reifen hinten rechts war deutlich. Das mußte mit einem Eisen reingerammt worden sein.

Dr. Leitner ist der Star-Architekt unserer Stadt, sieht aber wie ein Archäologe aus: Bart, dicke Brille und immer braungebrannt. Den Doktor hatte er aus seinen Zeiten als Mathematikgenie mitgebracht. Uni oder Schule waren natürlich nichts für ihn gewesen. Mit ihm spiele ich am liebsten Golf, weil er einige Handicaps schwächer ist als ich und keinen Unfug redet. Nur jetzt:

„Schüler?“

Ich reagierte mit Brummen und innerem Aufruhr. Die Schlacht hatte also begonnen. Der Maserati-Mann mochte keine Konkurrenz im Sportwagen-Segment und wollte mich weichkochen, bevor er zuschlug. Wie immer er das vorhatte.

Harry und Dr. Leitner waren anstellig und halfen nach Kräften, das Rad zu wechseln. Harry faßte voll zu, Dr. Leitner achtete auf seine Khakihosen und seinen beigen Pullunder, weshalb er nur Ratschläge gab. Ich fluchte, als meine moosgrüne Krawatte beim Hochbocken in das schmierige Gewinde des Wagenhebers kam.

„Ich sage Ihnen ja immer, daß Krawatten beim Golf out sind, Herr Pfühl“, war Dr. Leitners Kommentar.

„Van Phillips trägt auch eine“, gab ich zurück.

„Sie sind nicht van Phillips.“

Statt mich zu trösten! Dem würde ich helfen! Als ich den zerschnittenen Michelin unterm Kofferraum verstaut hatte, ließ ich die Heckklappe auf.

„Harry, holen Sie bitte unsere Bags und die Jacken! Wir fahren!“

Dr. Leitner protestierte wegen seines verlassenen Cognacs. Wir fahren immer zusammen, und unsere beiden Golfbags passen genau in den Kofferraum. Als Architekt, meint Dr. Leitner, müsse er leider Mercedes fahren. S-Klasse. Gefühlsmäßig fährt er lieber mit mir.

Als Harry zurückkam, grinste er locker: Er hatte sich die Bagage geschickt aufgepackt und trug den Schwenker von Dr. Leitner auf einem Tablett vor sich her. Wir lachten, und mein Partner versuchte endlich, mich zu trösten.

„Sie waren dafür aber mal wieder auf den Greens besser! Und hatten noch zwei Birdies!"

„Dafür wußte ich nicht, daß ein Golfball 336 Dimples hat."

Ich tat wieder aufgelockert. Doch erst als ich den Rückwärtsgang einlegte, konnte ich wieder durchatmen. Der Schalthebel gibt meiner Hand den Halt, dessen ich in solchen Lagen bedarf: kurze Wege, und er tut exakt, was ich will.

Ich machte einen kleinen Umweg über die Leitnersche Villa und den Reifendienst und fuhr mit angestrengtem Blick in den Rückspiegel nach Hause. Dort ging ich von hinten ins Haus und checkte die Zimmer einzeln durch, die Browning hing in den aufgenähten Taschen meiner karierten Golfhose. Es war jedoch alles sauber, und ich setzte mich beruhigt auf die Terrasse, um mir eine zu drehen.

Da rief Sonja an. Sie wolle nur wissen, wie es mir gehe. Ich tat relaxed und schwärmte von meinen beiden Birdies, wozu sie gratulierte. Schließlich kam sie mit ihrem eigentlichen Grund heraus und fragte nach den Verhandlungen mit Wissing. Wegen der zehntausend Mark. Ich tat gelassen.

„Kommt alles. Wie läuft's bei dir?"

„Du, Pepa! Das war abgemacht so! Du hast selbst gesagt, daß die Typen eine Lektion brauchen!"

„Die kriegen sie auch. – Verkaufen sich die Powersteine?"

„Kannst du mir am Wochenende nicht das Schreiben an Wissing mitbringen? Du, das finde ich wirklich wichtig."

Es wurde mir langsam zu viel. Ich merkte, wie meine Stimme blechern wurde.

„Ist gut, Schatz! Ich verspreche es dir."

Wie gerufen klingelte es an der Haustür. Ich entschuldigte mich bei Sonja. Da stand Helmut mit einem Koffer – und seiner Ulrike. Verflucht! Das hatte ich ganz vergessen.

Helmuts Neue sah mich skeptisch an, lächelte dann aber gleich: auffallend blond, in knappem Dreß und langbeinig – trotz der sportlichen Schuhe.

„Vielen Dank, Herr Pfühl! Sie helfen uns sehr."

Eine etwas klimpernde Stimme. Sie erinnerte mich an eine Verona vom Fernsehen. Helmut nickte großzügig und aufmunternd, als ich beidseitig Küßchen kriegte. Irgend etwas fand ich merkwürdig an ihr. Ich war irritiert. Ein schlankes Kataloggesicht, wie geschaffen für die Präsentation von Sonnenbänken und Duschkabinen.

„Keine Ursache, Frau Wiesbaum! Eine selbstverständliche Hilfe unter alten Freunden!"

Helmut freute sich noch immer sichtlich, war aufgeregt und stellte den Koffer auf die Treppe.

„Ich muß gleich wieder weg, Pepa. Die Praxis ist gerammelt voll. Bin gegen acht wieder da. Okay?"

Da standen wir alleine herum. Ihre Armbänder klingelten. Ich räusperte mich.

„Dolle Situation, was?"

„Ja, schon komisch."

Sie sah sich nervös um. Ihr schmales Gesicht wirkte schnell hager. Ich hatte ungute Gefühle.

„Ich zeige Ihnen, wo Sie wohnen."

Das Gästezimmer halte ich immer bereit. Falls meine Kinder kommen oder Sonja mal ihre Ruhe will. Als ich der Dame das Badezimmer zeigte und sie natürlich zuerst in den Spiegel sah, fiel es mir auf: Helmuts Freundin hatte ein blaues und ein braunes Auge! Ich starrte sie ungeschickt im Spiegel an, als ich es bemerkte. Sie reagierte schnell.

„Sie werden sich daran gewöhnen, Herr Pfühl. Das ist nichts Beunruhigendes."

Sie erklärte ausgiebig. Was anhielt. Und als Helmut kam, war sie mit mir per Du, kannte mein Haus einschließlich Vorratskeller und Küche und hatte bereits begonnen, für uns „eben etwas zu zaubern". Als Dankeschön an zwei klasse Freunde, wie sie sagte.

Professorengattinnen dürfen sich nur in Professors Heim entwikkeln. Dabei mußte sie ihre spezielle Art zu kochen entwickelt haben: paramilitärisch. Geschirr und Besteck erbebten bei ihrer Attacke. Ich fühlte, wie meine Kartoffeln um Pardon baten, meine Karotten schrien unter ihrem Putzen, als würde ihnen die Haut abgezogen. Die Äpfel wurden erdolcht, der Lauch zerhackt, die Eier guillotiniert. Essig und Öl ergossen sich in den Salat wie Pech von der Burgmauer. Löffel und Gabeln lagen in Reih und Glied, die Gläser übten stillgestanden. Die Sektflasche hielt sie wie einen Karabiner mit Bajonett. Dabei war sie gewandt. Sie hatte nur einen Fehler: Schweigen wäre Gold gewesen.

Helmut lachte über jedes Fitzelchen, war glücklich und verabschiedete sich am Morgen bester Laune von ihr. Ich hingegen war gerädert und schlich, obwohl ich erst zur zweiten Stunde Unterricht hatte, um halb acht in die Garage.

Mir klangen noch ihre begeisterten Passagen über das Joggen in den Ohren. Ich stellte das Autoradio lauter. Läufer hätten mehr vom Leben …, seien, hätten, würden … Für mich hat Sport was Militaristisches: Der Körper wird kommandiert wie eine Kompanie. Mein Golf ist schon grenzwertig. An diesem neuen Menschentyp, der sich selbst züchtet wie eine gentechnisch optimierte Sorte, finde ich keinen Geschmack.

Als sie erfuhr, daß ich Chemielehrer bin, suchte sie mich richtig heim: über Phosphate, Enzyme, Mitochondrien und Kohlenhydrate. Wahrscheinlich hatte sie die Fremdwörter von ihrem Neuroprofessor aufgeschnappt.

„Ich bin kein Biologe“, hatte ich erwidert und auf Helmut als Fachmann verwiesen.

„Aber dich wird doch wenigstens dein Testosteron- und Cortisolspiegel interessieren.“

Dabei hatte sie Helmut lüstern zugeblinzelt. Sie mußte anstrengend sein. Am Morgen war sie bereits in engen Shorts erschienen.

Ich versuchte, diese Erinnerungen von mir zu schütteln. Mich fröstelte, als ich ausstieg. Morgens war es noch kühl. Aber es sollte endlich sonnig werden. Der Schulparkplatz war leer. Ich klemmte mir die Tasche unter den Arm und ging los.

Da sah ich ihn: ein Kerl in Sonnenbrille und Windjacke, der provozierend an der Bushaltestelle lehnte. Irgendein Lakai vom Tiergesicht, da war ich mir sicher: Es reichte mir, und ich wollte gerade auf den Burschen zu gehen, als mich eine Stimme von hinten traf:

„Heute schon so früh?“

Ich zuckte zusammen.

Die Rumbach! Rita Rumbach! Immer die erste nach dem Chef. Sie lächelte ihr Stiefmutterlächeln. Die hatte garantiert nur ein Spieglein an der Wand, mit dem sie zu Hause sprechen konnte. Ich blieb freundlich, sagte erst mal „Guten Morgen!“ und hielt ihr am Eingang die Tür auf. Das mag sie nicht. Vor einigen Wochen hatte ich zwischen ihren Abiturklausuren die „Emma“ gesehen. Demnach hält sie das Türaufhalten für eine Herrscherattitüde. Ich zwinkerte dem Hausmeister zu, als die Rumbach wohl oder übel durchhuschte.

Auf der Treppe konterte sie.

„Herr Bulting“ – das ist Rainer – „hat mir gesagt, sie machten sich Sorgen um Sebastian Schöttler?“

Rainer, das Aas! Das würde ich ihm heimzahlen! Er hatte mich an die Rumbach verkauft! Jetzt kriegte ich sicher Nachhilfe über pädagogische Maximen zu hören – von einer Oberstudienrätin aus Wollust. Mitten auf der Treppe hielt sie denn auch an. Mich erreichte ein Wind aus Kernseife und Avocado.

„Dieser Schüler ist durchaus gefährlich!“ Ich ließ mich überrascht aussehen. „Jaja, Herr Pfühl. Da muß man die Augen aufmachen. Er hat so ein hypermaskulines Gehabe, das ihn in Sachen hineinreißt, die nicht in Ordnung sind.“

„Aha.“

Daß die Rumbach was gegen Männer hatte, war mir klar. Aber gegen halbe Jungs?

„Jaja, Herr Kollege. Mal muß der Spaß auch aufhören.“

„Welcher Spaß?“

„Also, das sehen Sie nicht? Dieses leicht Faschistoide? Die Haare und dieses Kürzel, das er sich dauernd leistet!“

Die Rumbach sah mich spöttisch an, als wollte sie damit hinterhersetzen: Merkt nichts, dieser Pfühl! Ich dachte an Sebastians Skaterhosen, seine Schlabberpullis und sein Kürzel, das er sich gezielt, aber keineswegs regelmäßig leistete.

„Ich wohne in der Nachbarschaft. Der Vater ist Witwer – na, ja. Als Frauenarzt ist er gefragt, als Vater ein Ausfall. Ich kann Ihnen sagen, daß sein Früchtchen entsprechend geraten ist. Motorräder und andere Provokationen.“

Die Rumbach war wie ich in den fünfziger und sechziger Jahren sozialisiert, als man sich über Rocker und Jeans aufgeregt hatte. Sie hatte sicher schon damals auf der kleinkarierten Seite gestanden.

„Und jetzt fehlt er wieder. Auch nichts Neues. Er hat sich krank gemeldet. Aber gestern habe ich ihn noch in der Stadt gesehen. An der Hinteren Stegge. Da kam er mit so einem Motorrad unter dem Torbogen heraus."

„Aha."

„Wie oft hat er denn schon bei Ihnen in diesem Halbjahr gefehlt?"

Diese Hexe wußte genau, daß ich darauf keine Antwort geben konnte – und wollte. Aus Prinzip nicht. Ich bin Pädagoge, Philosoph und Chemiker, und kein Buchhalter.

„So'n paar Mal wohl schon, denke ich mal."

Sie äffte mich nach:

„So'n paar Mal wohl schon. Denken Sie mal!"

Der Satz klang aus ihrem Munde wie fremdsprachig. „Wohl" und „mal" gehörten nicht zu ihrem Alltagsvokabular.

Ich kramte nach meinem Schlüssel und hielt abrupt vor der Lehrertoilette. Damit war der Gesprächsfaden durch. Ich verschwand und mußte mich wirklich erleichtern.

In der großen Pause rief ich zu Hause an. Ulrike sonnte sich schon.

„Keine Angst, nicht oben ohne."

Sie kicherte.

Ich war erleichtert und sagte ihr, daß es mit dem Mittagsessen nichts würde. Sie hatte es mir angeboten, und ich hatte es annehmen müssen – wegen ihres schlechten Gewissens, auf dem sie bestand.

„Dann koche ich heute abend was für uns drei. Okay?"

Ich stutzte. Das kannte ich ja alles aus meinem alten Leben! In was war ich da reingerutscht! Das durfte nicht zu lange dauern. Vor mir lag das lange Pfingstwochenende mit Pfingstmontag …

„Okay?" fragte sie noch einmal.

„Ja, ist in Ordnung. Bis später."

„Zum Kaffee? Gegen drei?"

„Es kann auch später werden."

Ich kriegte zuviel. Was sollte ich sonst noch verkraften können? Aber immerhin hütete sie mein Heim – allerdings ohne, daß sie es wußte. Bei dem Gedanken war mir ein bißchen leichter.

In der dritten Stunde ließ mich Sabinchen, die nettere unserer Sekretärinnen, ausrufen. Ein wichtiger Anruf. Sabinchen beobachtete mich. Weshalb ich betont ruhig blieb. Obwohl der Anruf beunruhigend war.

„Heute, Pfühl! Achten Sie auf Ihr Gesicht! Heute, Pfühl!"

Eine schräge, verstellte Stimme. Ich antwortete nur mit „Ist gut" und „Nicht so schlimm" und legte rasch auf. Sabinchen guckte fragend. Ich zuckte mit den Achseln.

„Diese Eltern denken, daß die Welt untergeht, wenn ihr Kindlein das Heft verloren hat."

„Aber manche Lehrer sehen das enger als Sie."

„Ich bin Philosoph, Sabine. Das ist es wohl."

Sabinchen lächelte selig. In drei Wochen war Abiturball, und da tanzt sie immer mit mir, dem Philosophen.

Vor der fünften Stunde kippte ich mir Eosin aufs Hemd. Das sah aus wie ein Bauchschuß. Wieder was für die Mülltonne! Ich knöpfte mein Sakko drüber. Ich wurde immer unruhiger. Es wurde Zeit, daß ich herausbekam, was mit Fabian und Sebastian war, um dann den Wissing und seine feinen Freunde aufs Korn zu nehmen. Alles jedoch säuberlich nacheinander. Schließlich gab es Ulrike, die meine ganze Kraft forderte.

Nach dem Unterricht rannte ich zu meinem Wagen und fuhr zur Hinteren Stegge, zu Fabians Oma. Wieder stellte ich meinen MX-5 eine Straße weiter ab. Noch einmal schaute ich zurück. Und da stutzte ich, ging wieder zum Wagen zurück.

Ich traute meinen Augen kaum. Tatsächlich: die Rücklichtgläser waren zerdeppert! Beide, und auf eine perfide Art. Vorher mit Folie überklebt. Die Birnen darunter schienen noch in Ordnung. Das also war die Frühschicht dieses Kerls an der Bushaltestelle gewesen! Ein Banause. Ohne jede Bildung. Statt die Scheinwerfer zu nehmen, hatte er sich über die Rücklichter meines Roadsters, die sogar im Museum of Modern Art in N.Y. zu sehen sind, hergemacht. Unglaublich!

Das sollten Warnungen sein oder die Ankündigungen der großen Rache. Wissing hatte also was erzählt. Ich streichelte über das zersprungene Glas. Wenn Glaskunstwerke zerstört werden, rührt mich das seit letztem Jahr besonders.

Die Browning hatte ich in die Außentasche des Sakkos gesteckt, als ich zur Leihbücherei von Ännchen Lilienthal ging. Mit so einem Ding war in Sarajevo der Erste Weltkrieg ausgelöst worden. Ich blickte mich in alle Richtungen um und hätte mich rücksichtslos verteidigt, wenn … Doch als ich durch den Torbogen kam, leuchteten nur die Farben in den Blumenkästen und glänzte der Efeu. Ich knöpfte mein Sakko auf. Das alte Haus stand da wie ein Alter mit Strohhut und buntem Hemd. Ich blieb kurz in der Toreinfahrt stehen. Ich bin ein romantischer Mensch.

Plötzlich wurde die Tür der Bücherei aufgestoßen. Ein Mann eilte mit großen Schritten heraus. Der Maserati-Mann! Mit seinem Schlapphut, einer Sonnenbrille und einem riesigen Pflaster über Wange und Nase.

Schnell verdrückte ich mich in die Türnische, die im Torbogen zu einer Reihe von Wohnungen führte. Doch hatte er mich gesehen, jagte auf mich zu, eine Hand im Jackett.

Scheiße, die Tür war verschlossen! Sofort griff ich in die Jackentasche, zog die Browning, hielt sie auf ihn.

Nur eine Sekunde standen wir uns gegenüber. Der Mann sah schrecklich aus! Verklebt zu einem furchterregenden Scheusal. Aus den Augen stach ihm die Rache. Und wieder dieser Geruch!

Er stand wie angewurzelt da und starrte nur auf meinen Bauch.

Da wurde von innen die Tür geöffnet.

Augenblicklich ließ ich die Pistole verschwinden. Mit einem „Danke!“ flitzte ich ins Treppenhaus, vorbei an einem älteren Herrn, der „Heiih!“ rief. Ich hörte, wie die Tür zuschlug, und fand mich auf einer Treppe neben einer Yucca-Palme wieder. War der Kerl mit hineingeschlüpft?

Einige Zeit wartete ich auf einem Treppenabsatz. Mein Puls beruhigt sich nach äußerem Streß immer schnell. Was hatte der Bursche hier verloren? An einem Fenster schaute ich auf die Leihbücherei hinunter. Nichts zu sehen. Ein anderes Fenster ging auf die Straße. Ich wartete weiter. Da fiel mein Blick auf mein Hemd mit dem roten Eosin-Fleck. Deshalb also hatte der Kerl auf meinen Bauch gestarrt, statt seine Waffe zu ziehen! Ich knöpfte das Sakko wieder zu.

Unten auf der Straße sah ich den Tiergesichtigen. Er ging zu einer Parkbucht, in der sein gelber Sportwagen stand. Daß ich den übersehen hatte! Als er abgefahren war, ging ich hinunter, schritt auf die Leihbücherei zu und trat einfach ein.

Kein Mensch zu sehen. Es war kurz vor eins, also noch Öffnungszeit. Auch hinter den bepackten Regalen und den Bergen zerlesener Bücher niemand.

Mich hätte es nicht gewundert, die alte Frau auf dem Boden zu sehen. Oder unter ihrem Tresen. An das Büchereilokal schloß sich nur eine Tür an, die zu einer Toilette mit nassen Fugen und einem Fenster führte, das halb aus den Angeln hing. Ich ging die Treppe hinauf. Sie knarrte nicht, nur rutschte der Sisalläufer gefährlich. Oben stand die Flurtür auf, dahinter eine Zimmertür.

Mit der Rechten griff ich in die Sakkotasche und umfaßte die Browning. Dann betrat ich den Flur, das Zimmer und blickte um die Ecke.

Ein Jugendzimmer. Eine verwohnte Möblierung aus Nußbaum. Einige Poster von halbnackten Musikern. Vor der Fensternische ein unordentlicher Schreibtisch mit Computer. Mit der Linken blätterte ich ein bißchen. Plötzlich ein feines Knacken.

Ich fuhr herum. Ein länglicher Gegenstand verfehlte mich knapp.

Ich schlug zu. Eine dünne Gestalt stöhnte auf und sackte vornüber auf den Schreibtisch, schlug mit dem Kopf gegen den Monitor.

Sebastian!

An der Tür gab es einen Aufschrei. Die Lilienthal stand da, die Hände über den Mund geschlagen.

„Oh, Gott!" jammerte sie und fiel gegen den Türrahmen. Ich sprang hinzu und fing sie auf, zog sie zu einem Armlehnsessel, der neben einem durchgesessenen Sofa stand. Sebastian bewegte sich, griff sich zuerst vorne, dann hinten an den Kopf. Da schwoll einiges an.

Auf dem Schreibtisch lag der eiserne Kleiderbügel, mit dem er auf mich losgegangen war. Daneben eine Diskette. Ich ging hin, steckte sie ein und warf den Kleiderbügel auf den Boden. Dem Jungen half ich auf das Sofa, in dem er mit einem Stöhnen versank. Er hatte Springerstiefel an. Die Rumbach hatte also doch recht!

Ich selbst setzte mich auf den Schreibtischstuhl. Im Sitzpolster machte es drahtige Geräusche. Kein Wort fiel. Sebastian stöhnte ab und an auf, die alte Frau schluchzte. Ich überlegte und wählte den harten Ton:

„Wer war der Kerl mit dem Pflaster über dem Gesicht, Sebastian? Was wollte er von Ihnen?“

Keine Antwort.

„Gut. Wenn Sie mir nichts sagen, werde ich Sie zur Polizei schleppen. Auch Sie, Frau Lilienthal!“

Keine Antwort. Draußen beendete jemand die Mittagspause und legte mit einem Preßlufthammer los. Der Kompressor mußte direkt unter dem Fenster stehen. Stickiger Zementstaub kam hoch. Ich schloß das Fenster und sah auf die beiden, die mich durch die Augenbrauen beobachteten. Was ging hier vor? Sebastians Stirn bekam ein Horn. Wie es am Hinterkopf aussah, konnte ich mir denken. Doch blutete nichts.

„Ich will wissen, was mit Fabian passiert ist und warum Sie, Sebastian, mir ausweichen und die Schule schwänzen. Ich wäre beinahe von diesem Verbrecher erschossen worden, nur weil ich Bücher ausleihen will und mir Sorgen um einen Jugendlichen mache!“

Sebastian zog Rotz durch die Nase, die alte Dame wischte sich die Augen. Sie sah böse hoch. Ihr Gesicht wirkte gebrechlich.

„Fabian ist tot. Heute nacht. – Und jetzt gehen Sie bitte!“ sagte sie.

Ihre harte Stimme kam bröckelig heraus. Ich wurde immer mißtrauischer. Gut, daß sie meine Waffe nicht bemerkt hatten.

Sebastian richtete sich auf.

„Herr Pfühl, wenn Sie mich in Ruhe lassen, bin ich morgen wieder in der Penne. Aber wir werden Ihnen nichts sagen. Nur …“ – er sah unsicher zu Fabians Oma, die sich nicht rührte – „dieser Unfall …“

Da brach er ab.

„Was wollten Sie sagen, Sebastian? Raus mit der Sprache!“ Ich schlug mit einem Lineal auf die Tastatur. „Verdammt!“

„Bitte, gehen Sie doch, Herr Pfühl!“

Sie blieben stumm wie zwei Steine. Ungeduldig klöppelte ich in der Jackentasche mit Pistole und Diskette herum. Draußen klingelte und knatterte die Preßluftkombination. Ich gab den Kampf auf und öffnete das Fenster.

Vor dem Haus erschrak ich fast zu Tode und stolperte über die Stufe. Nur die Sonne! Ich war übernervös. Es mußte etwas passieren.

Unterwegs rief ich Gertrud an. Sie hat auf meinem Handy die Nummer drei. Weil das eine Ziffer ist, die zu ihr paßt: zwei Rundungen und eine Spitze. Ihre Reaktion wunderte mich überhaupt nicht. Sie freute sich, als sie hörte, daß ich in der Patsche steckte und es gefährlich werden konnte. Endlich etwas los im Leben einer putzmunteren Beamtenwitwe! Und gleich stellte sie mir einen Imbiß in Aussicht. Bei mir zu Hause sei mir ja der Appetit vergangen.

„Das schaukeln wir schon. Wie im letzten Jahr. Da passen Sie mal auf!“

5

Gertrud öffnete in Top und kurzen Hosen. Braungebrannte, lange Beine. Über ihren Mut war ich verblüfft. Je nach ihrer Tagesform erschien sie mir als Ava Gardner oder Katherine Hepburn, meist mit einem kräftigen Schuß Heidi Kabel.

Sie hatte es sich zwischen der Gartenzwergarmee ihres verstorbenen Gatten gemütlich gemacht. Auf dem Tisch sah man ihre 120er Eve, Aschenbecher und einen süßen Cidre. Kaum hatte ich mich in das knallorange Streifenmuster eines Gartenstuhls fallen lassen, war ein Teller mit einem Omelette auf dem Tisch. Erst vor zwanzig Minuten hatten wir telefoniert. Ich hatte noch einige Notizen in meinen ‚Grass' gekritzelt, um ihr ein bißchen Zeit zu geben. Doch nach dem ersten Bissen war ich verblüfft: Schaumomelette mit Tomaten und Schinken – und einem Schuß …

„Na, was, Pepa?"

Gertrud lächelte gespannt. Ich schob den zweiten Bissen im Mund herum.

„Ich schätze: Gorbatschow."

„Ich bin beeindruckt!"

„Ich ebenfalls, Gertrud. Tabasco ist auch mit drin. Sollte ich Sie in Zukunft ‚Bloody Mary' nennen?"

Sie lachte übermütig auf und streckte sich zu ihren Zigaretten.

„Darf ich?"

„Natürlich."

„Ich zittere ja schon vor Aufregung."

Es klingelte an der Haustür. Als sie zurückkam, war ein kleiner Mann mit großem Kopf und Tropfennase neben ihr: Heinz Effsing!

Ich verschluckte mich. Gertrud grinste.

„Ich weiß, ich weiß. Aber der Fall erfordert wieder unsere bewährte Zusammenarbeit. Und Heinz hilft doch gerne, nicht?"

„Natürlich", sagte Heinz und drückte mir kameradschaftlich die Hand. Seine Augen glänzten. Das Schweißband seiner Baskenmütze, die er neben meinen Teller legte, ebenfalls. Gertrud verteilte den Cidre.

„Ich freue mich so richtig. Laßt uns anstoßen!"

Mir war das gar nicht recht. Gar nicht.

„So, und nun, Pepa, erzählen Sie uns alles von Anfang an! Haarklein!"

Heinz nickte aufgeregt. Hier gab es für den pensionierten Polizisten endlich wieder Arbeit. Die Welt war immer noch nicht sauber. Haushälterinnen und Polizisten sollten eine gemeinsame Innung aufmachen, dachte ich. Und die Rumbach sollte auch beitreten.

„Bitte, Gertrud. Ihr Omelette ist wirklich gut. Ich darf doch in Ruhe aufessen. Ja? Und dann eine rauchen, ich bitte Sie!"

Heinz guckte pädagogisch und nuschelte was von „gestern noch Nichtrauchertag" und dem neuen EU-Kreuzzug gegen die Tabakwerbung. Ich knallte mein Tabaketui auf den Tisch. Während ich weiteraß, redeten die beiden über das Wetter und den kulturellen und wirtschaftlichen Niedergang unserer Stadt – ein endloses Thema. Ich hörte zu, aß und rauchte. Als Cabrio-Fahrer interessierte mich nur das erste Thema. Kommunales ist mir, solange die Mazda-Vertretung und der Golfclub in unserer Stadt bleiben, ziemlich egal.

Ein paar lässige Bemerkungen in diese Richtung konnte ich mir jedoch nicht verkneifen. Was den engagierten Heinz reizte, der allgemein der Ansicht ist, daß alle sich immer für alles verantwortlich fühlen sollten. Er ist beim Roten Kreuz, macht den Nachbarschaftsvorsitzenden, fährt im Regen Fahrrad und liest in der Kirche vor. Das alles wäre mir entschieden zu anstrengend und uneffektiv – auf die Lebensbilanz bezogen. Als bekennender Utilitarist habe ich nicht viel übrig für Investitionen ins himmlisch Blaue. Aber Leute wie Heinz argumentieren unpsychologisch und irrational. Heinz sollte mehr Tomaten essen, dachte ich, als ich ihn beim Predigen beobachtete, drückte meine Zigarette aus und räkelte mich.

Mit einem Mal verstummte das Gespräch. Gertrud und Heinz starrten auf meinen Bauch.

„Um Gottes Willen, Pepa! Warum haben Sie nichts gesagt?"

Gertrud sprang auf und hatte schon die Finger an meinem Hemd. Ich lachte los.

„Lassen Sie das, Gertrud! Ich bin kitzelig. Das ist nur Eosin."

„Eosin?"

„Damit können Sie Lippenstifte oder Nagellack färben, aber niemanden erschießen."

Heinz guckte pikiert. Gertrud hatte sich für seinen Geschmack übertrieben besorgt gezeigt. Er legte seine sachliche Miene auf.

„So, Pepa, nun aber bitte deine Informationen!“

Für jemanden, der lieber zuhört, ist jeder Rapport unangenehm, doch Gertrud machte die zweite Flasche auf – wieder eine süße. Als ich zu Wissing kam, war Heinz entsetzt und fragte ungläubig nach, ja, er war mir geradezu böse.

„Der Nachbar Wissing? Wirklich unser Wissing?“

Heinz sah ganz unglücklich aus, schüttelte den Kopf, und ich machte eine Pause. Er konnte es von seinem Nachbarn nicht glauben. Ganz im Gegenteil zu mir. Ich gehe eher davon aus, daß diese Biederleute ein blutiges Triebleben haben. Sein Gesicht hellte sich erst wieder auf, als ich ihm die Kennzeichen vom Transit auf Strotmanns Hof und vom Maserati nennen konnte, und er nickte mir anerkennend zu. Daß ich Wissing meine Anwesenheit auf dem Hof verraten hatte, bejammerten sie unisono: Unverzeihlich, Pepa, unverzeihlich!

„Du bist nicht rational genug. Eher ein Typ fürs Grobe. Aber jetzt sind ja wir da.“

Die Sonne stach mir ins Gesicht, und ich rückte in den Schatten.

„Ihr müßt allerdings zugeben, daß der Schachzug mit Ulrike alles andere als grob war.“

„Was? Das war dumm, Pepa! Sie ziehen diese Professorengattin mit hinein und haben nur ein Problem mehr.“

Offensichtlich störte Gertrud der Gedanke an dieses jüngere Hausfrauenexemplar in ihrem Reich. Heinz verzog den Mund und wurde wieder amtlich:

„Also: Fabian hatte einen tödlichen Unfall. Seine Großmutter und sein Freund Sebastian scheinen etwas zu wissen, wollen aber nichts sagen, vielleicht wegen diesem Maserati-Mann. Der wiederum produziert solche Videos mit unserem Nachbarn Wissing.“

Gertrud ergänzte:

„Vor allem ist dieser Maserati hinter Pepa her, um ihm das Gesicht zu zerkratzen. Und Wissings Hahn …“

„… west in meiner gelben Tonne vor sich hin.“

Gertrud schenkte mir nach. Der ganze Fall schien absurd. Ich tat professionell:

„Wir müssen die Perspektive des Maseratis übernehmen. Er kommt ins Münsterland, weil er da seine Videos dreht. Vielleicht hat der Wissing seinen Neffen mal zu einem Hahnenkampf mitgenommen.“

Offenbar keine gute Kombination. Gertrud antwortete wieder mit ihrer Sorge um mein Gesicht. Heinz interessierte das nicht die Bohne. Er tüftelte an einer Arbeitsteilung.

„Wir müssen weitere Informationen gewinnen. Wir haben zu wenig Daten.“

Bei diesem Wort erinnerte ich mich an die Diskette aus Fabians Zimmer und legte sie auf den Tisch.

„Hätte ich fast vergessen.“

Heinz schüttelte genervt seinen klotzigen Kopf. Ich habe eben keinen Draht zu diesem Computerzeug. Ich liebe Natur und Kultur. Computer machen das Leben nur stressiger und teurer. Heinz dagegen tüftelte Tag und Nacht an seinem PC herum. Er hatte schon eine Homepage für die Nachbarschaft erstellt und die Ausdrucke in den Nachbarschaftskasten gehängt. Jetzt bastelte er für seine Kirchengemeinde daran. Per Mausklick ins Paradies sozusagen. Er sackte sich die Diskette ein. Gertrud wollte sich um Fabians Beerdigung kümmern und außerdem in Sebastians Straße spazierengehen.

„Wo wohnt der?“

Sie schlug ihre sonnenverliebten Beine übereinander und tippte mich mit der Schuhspitze an.

„Keine Ahnung. In der Straße von der Rumbach halt.“

Bevor Heinz wieder zuviel kriegte, sagte sie schnell:

„Ich werde das im Telefonbuch schon rauskriegen. Schöttler hieß der?“

Ich nickte. Beide sahen mich an. Die warteten auf eine Selbstverpflichtung meinerseits! Ich zuckte mit den Achseln.

„Nach meinen Aktionen im Alleingang und dem Streß werde ich genug damit zu tun haben, Gesichtspflege zu treiben – mit diesem Ding hier.“

Ich legte die Browning neben den Ascher. Heinz schüttelte seinen Kopf.

„Ein schönes Modell. Aber das wird nicht reichen. Wir müssen an Fabians Zimmer heran. Da muß doch etwas Sachdienliches sein. –

Außerdem bitte ich dich, mich sofort anzurufen, wenn wieder jemand hinter dir her ist. Vielleicht kann ich mich an seine Fersen heften."

Fabians Zimmer? Ich wurde sauer. Heinz, dieser Saubermann, versuchte mich zum Einbrecher zu machen!

„Du bist wohl nicht bei Trost! Das mache ich natürlich nicht! Da kannst du mich mit deiner Schutzengelei ködern, soviel du willst."

Gertrud sah mich enttäuscht an. Heinz tat mißverstanden.

„So war das nicht gemeint. Ruf mich trotzdem an, wenn dir jemand auffällt." Ich drehte mir ostentativ eine. „Kannst du mit der Browning da umgehen?"

Das sollte Heinz doch wissen! Alle Handfeuerwaffen funktionieren im Viervierteltakt: Fertigladen, Entsichern, Schießen, Pause. Es wurde Zeit, daß ich wieder die Fäden in die Hand bekam.

„Heinz, du solltest versuchen, etwas über die Kfz-Kennzeichen und Fabians Unfall rauszukriegen. Vielleicht ist das Kreisgebiet. Hör dich doch wieder bei deinen alten Kameraden um!"

„Hätte ich nach den Feiertagen so oder so getan."

Das kam knurrig. Heinz kann es nicht leiden, wenn er nicht der Chef ist. Er war Erster Polizeihauptkommissar gewesen. Gertrud pustete ihren Rauch in mein Gesicht. Sollte sagen: Lassen Sie ihn, wir kennen ihn doch! Ich reagierte nicht. Das hier war mein Fall, nicht seiner! Ich hatte ihn nicht hergebeten. Heinz beugte sich über den Tisch.

„Ich fasse zusammen: Gertrud, du gehst zu Fabians Beerdigung und siehst dich in Sebastians Nachbarschaft um. Ich sehe mir die Diskette an und erkundige mich nach den Kennzeichen und Fabians Unfall. Und Pepa, du ruhst dich über die Pfingsttage aus und paßt auf dein Gesicht auf."

Er hatte wieder den Kommissar gespielt. Gertrud paffte den Rauch noch einmal in meine Richtung und wippte mich an. Ich steckte meine Browning ein und knöpfte das Sakko zu. Als ich mich verabschiedete, sagte Heinz:

„Wenn was ist, ruf an! Sag nur, wo du bist. Das reicht. Ich laß mein Handy Tag und Nacht an. Hier, speichere die Nummer ab!"

Er schrieb mir seine Nummer auf. Heinz war doch ein prima Kumpel. Gertrud hob die Augenbrauen.

„Ich muß mir doch auch so ein Ding zulegen. Morgen kaufe ich eines und gebe Ihnen die Nummer durch."

Sollte man nun erleichtert oder beunruhigt sein? Die beiden nahmen mir das alles zu ernst.

In der Mazda-Werkstatt bestellten sie gleich die neuen Rücklichtgläser. Das Ersatzrad bemerkten sie nicht. Was hätte ich sagen sollen? Dummer Zufall: erst Rowdies, dann Heftzwecken? Bis auf weiteres würde ich die Kurzstrecken mit dem Fahrrad fahren. Nur wußte ich nicht, ob das Ding noch taugte. Meinen Roadster jedenfalls wollte ich aus der Sache raushalten. Der konnte nun wirklich nichts dafür.

Bei geöffnetem Top machte ich eine Spazierfahrt. Vielleicht die letzte für einige Tage. Immer mit einem Auge in den Rückspiegeln. Man mußte die Sonne ausnutzen, und nach Hause zog mich nichts mehr. Im Lokalradio war ein Interview mit dem Vorsitzenden der Kaufmannschaft um die Standortprobleme der Stadt, um Marketingfragen und den neuen City-Manager. Seit Wochen ging diese Diskussion. Da schob sich jeder den Schwarzen Peter zu. Es langweilte mich und ich drückte eine Diskette von Ella Fitzgerald rein „Between the devil and the deep blue sea".

An einer pfingstlich geschmückten Heiligenstatue hielt ich an und sah mich um. Nichts Böses unter der Sonne! Die hügelige Natur des Münsterlandes. Eine herrliche Luft. Die Farben der Gegend waren klar und kräftig und reichten bis an den Horizont. Ich mag kräftige Farben. Vor allem Rot. Mein Leben war gerade noch von Eosin gerettet worden. Was im Griechischen Morgenröte heißt. Die Zigarette schmeckte herrlich, und die Browning lag sanft in meiner Hand.

Es ging mir wesentlich besser, als ich nach Hause kam. Ulrike lag auf meinem Deckchair in der Nachmittagssonne. Ich zog mich um und begrüßte sie.

„Pepa, ich soll dir sagen, daß Sonja hier war."

„Waas?"

Keinen Millimeter bewegte sie sich aus dem optimalen Bräunungswinkel.

„Ja, Sonja hieß sie. Sie hatte einen Schlüssel und stand plötzlich auf der Terrasse. Irgendwie war sie wohl sauer, glaube ich, daß du nicht da warst, und war gleich wieder weg."

Ich kriegte zuviel und war knapp davor, dieses Professorenweibchen zu verprügeln. Doch rief ich vorher Helmut an. Es dauerte, bis er dran war.

„Sonja war bei mir, als ich weg war, und hat Ulrike halb nackt angetroffen. Hast du Sonja von Ulrike erzählt oder nicht? Raus mit der Sprache!“

Ich hörte, wie eine Tür knallte. Helmut hatte sich in ein Zimmer verdrückt.

„Scheiße, du, Pepa! Ich hab’s vergessen! Es tut mir leid! Wirklich! Kann ich … Soll ich sofort bei ihr anrufen?“

„Du Idiot! Was bist du nur für ein Freund? Es reicht, Helmut! Da kann ich nicht mehr drüber wegsehen.“

Ich brach das Telefonat ab, holte einen Cognac und setzte mich in die kühle Küche. Es war Zeit, sich zu besaufen. Die ersten beiden kippte ich kalt herunter.

„So früh schon Alkohol?“

Ulrike stand hautüberströmt vor mir und glänzte aus ihren Stereoaugen. Ich schnauzte sie an.

„Diese Sonja ist –, war meine Freundin! Und Helmut wollte ihr Bescheid gesagt haben, daß …“

„Oh Gott, Pepa! Es tut mir leid. Kann ich …?“

„Nein. Bitte mach nichts! Geh nach draußen! Du bist schon wieder ganz weiß am Bauch.“

Gegen sieben war ich wieder halbwegs klar. Mir war plötzlich ein Licht aufgegangen. Sofort machte ich mich auf den Sprung zu Wissing, um ihm einen saftigen Text mit der Spendenaufforderung zu übergeben und die Photos vom Hahnenkampf zu präsentieren. Mir ging es jetzt nur noch um Sonja. Zuerst würde ich Helmut beim Abendessen den Kopf waschen, dann wollte ich zu Sonja, ihr das Schreiben vorlegen und … Das war so kein Leben mehr. Ich brauchte wieder Ruhe – wenigstens in meinem Intimleben. Ärger läßt laut einer Studie das Gehirn schrumpfen. Ich wollte mein großes Gehirn behalten.

Als ich Wissings Ding-Dong-Klingel bediente, war mir klar, daß ich hart auftreten mußte.

„Ach!“

„N'Abend, Herr Wissing. Kann ich reinkommen?“

Wissings Kohlkopf war wieder in Rot. Er führte mich in sein Eicherustikalium, in dem ein dicker Fernseher flimmerte. Irgendeine Gameshow. Wissing machte weder aus, noch stellte er leiser.

„Darf ich mich setzten?“

Es gab nur eine gesteppte Polstereckgarnitur in Graublau und großgeblümt. Was schon wieder in Mode kam.

Er steckte sich eine dieser rotamerikanischen Stengel an, sah sich wahrscheinlich für kurze Momente durch die Prärie reiten. Eine Blondine in rotem Lackkleidchen lief im Fernseher hin und her.

„Ihre Frau ist nicht da?“

„Was wollen Sie, Herr Pfühl?“

Er klang bemüht pampig und guckte in die Glotze, wo der schmierige Moderator charmant tat.

„Ich denke, wir können unseren Streit beilegen. Hier.“

Ich legte einige Photos und das Schreiben auf die Keramikkacheln des Couchtisches. Jetzt war Wissing nicht mehr an der Show interessiert. Die Photos hatte er schnell durch. Beim Lesen dauerte es. Dann hatte er begriffen.

„Zehntausend? Sie spinnen ja!“

Ich tat, als interessierte mich eines seiner Ölgemälde, die früher sicherlich für längere Zeit Kaufhauswände geziert hatten: Blumen mit Zinngeschirr, Berge mit Kirche und Kuh, Segelschiff zwischen dunklen Wellen. Ich begann, mir eine zu drehen. Wissing hatte Not und sog an seiner Zigarette, als wollte er sie in einem Zug aufrauchen. Die Show war durch Werbung unterbrochen. Es wurde ein Mini-Robot für die Küche angeboten. Ich interessiere mich für intelligente Küchenhilfen und redete wie nebenher.

„Nett haben Sie's hier, Herr Wissing. Ich würde das nicht aufs Spiel setzen.“ Wissings Schultern sackten aus ihrer Trompeterstellung herunter. Ich kickte gegen das Untergestell des Couchtisches. Nur Eiche-Nachbildung. Den ersten Zug meiner Zigarette blies ich gegen seinen De-Luxe-Breitwänder. „Sie sollten sich nicht in Sachen reinziehen lassen, in denen es nicht nur um tote Hähne geht.“

Er drückte seinen Stummel aus. Die Gameshow mühte sich über die Minuten. Seine gebildete Frau hätte mich verstanden. Hier aber mußte ich deutlicher werden.

„Bis Pfingstmontag achtzehn Uhr haben Sie mir mitgeteilt, ob Sie den Betrag spenden wollen oder nicht."

Er prustete vor sich hin. Ich dachte an seine bemitleidenswerte Frau. Sie nutzte sicher jede Minute, in der irgendein Geschäft geöffnet war. Plötzlich stand er auf und trompetete los:

„Ich werd Ihnen was, Herr Pfühl! Was meinen Sie wohl, was bis dahin mit Ihnen passiert ist!?"

„Lassen Sie's, Herr Wissing! Lassen Sie's! Daß dieser Kerl hinter mir her ist, ist mir klar. Aber er weiß offenbar gar nicht, daß ich hier wohne. Richtig?"

Wissing sah mich mit seinen Kaninchenaugen blöd an und stellte sich breitbeinig vor den Fernseher. Zwischen seinen dicken Beinen lief das Glücksrad. Ich tat kühl. Mir war blitzartig klar geworden, daß der Tiergesichtige oder ein Scherge, wenn er von mir wüßte, mir sicherlich nach dem Drohanruf aufgelauert hätte. Jedenfalls wäre er nicht von meinem Büchereibesuch überrascht worden.

Wissing wand sich.

„Sie können doch gar nicht …"

„Halten Sie die Luft an und setzen Sie sich!"

Ich stand auf. In Straßenschuhen war ich größer als er in seinen Gummilatschen. Ich hielt meine glühende Zigarette vor seinen Bauch. Männer wissen, was damit gemeint ist. Wissing setzte sich, und ich redete auf ihn herunter.

„Wer immer von Ihren windigen Bekannten mein Auto gemobbt hat: Ich sehe darüber hinweg, Herr Wissing."

Man mußte sich wirklich fragen, warum Frau Wissing diesen Kerl geheiratet hatte. Wenn er mit offenem Mund schlief, so wie er ihn jetzt hatte, mußte sie es oft bereut haben.

Im Grunde aber war er einmal cleverer gewesen als ich. Als er sich nämlich überlegt hatte, mit seinem schlagkräftigen Nachbarn hinterm Berg zu halten, um nicht selbst in Teufels Küche zu geraten. Wenn der Maserati-Mann sich rächte, würde die Polizei Fragen stellen. Er hatte also ab und an seine Instinkte unter Kontrolle. Ich mußte mich vorsehen!

„Wiedersehen! Bis Montag abend."

Ich knallte die Haustür zu. Der starke Abgang war nötig. Würde Wissing vernünftig bleiben oder jetzt erst recht das Tiergesicht auf mich hetzen? Ich hatte das Risiko eingehen müssen.

Um nicht mit Ulrike zusammenzutreffen, die in meiner Küche exerzierte, machte ich einen Gang durch mein Tomatenreich. Auf den Blättern der San Marzanos waren runde graubraune Flecken zu sehen, auch an Stämmen und Stielen, manche Blätter waren aufgerollt. Alternaria solani! Auch das noch! Dieses Wetter war schuld. Ich fluchte.

Mein Bedarf an Schwierigkeiten war gedeckt, und als Helmut kam, setzte ich mich an den Tisch, ohne etwas zu sagen. Tomaten-Quiche. Ganz ordentlich. Nur hatte sie die Quicheform nicht ausreichend gebuttert, die Zutaten zu lange im Kühlschrank gelassen und zu wenig gesalzen. Dafür war mir die Variante mit Sauerrahm neu. Ich aß mit Appetit, aber verschnupft. Helmut versuchte mehrmals, sich zu entschuldigen. Er habe Sonja sofort angerufen, und sie jedenfalls habe seine Entschuldigung angenommen. Ulrike redete und lächelte dauernd. Ich machte, daß ich fort kam. Ich wollte schnell Sonja sehen. An der Tankstelle kaufte ich den teuersten Strauß. Wieder begann es zu regnen.

Sie war weder im Geschäft noch zu Hause. Ihre Tochter stützte ihr Kinn mit einer Ausgabe von ‚Sugar‘ und meinte frech, sie sei wahrscheinlich im Kino. In unserer Stadt gab es kein Kino mehr. Also Ahaus oder Dülmen.

„Mit wem?“

Das Girlie verzog den Mund. Sollte das heißen: ‚keinen Bock auf Auskunft‘ oder ‚keine Ahnung‘ oder ‚sag ich nicht‘ oder ‚soll ich nicht sagen‘? So war das also.

Langsam wurde es dunkel. Ich parkte mein Cabrio in der Innenstadt und suchte eine Kneipe mit Hotel. Eine füllige Dame, die nach Absinth roch, zeigte mir das Zimmer, gab mir den Schlüssel und zapfte mir ein Weizen. Rotwein ist in solchen Kneipen Gift. Vorm Tresen hingen drei Männer. Die üblichen Thekentalks. Zum Weghören. Aus einer Ecke kalauerten die sieben TV-Köpfe der letzten sieben TV-Tage rücksichtslos auf mich herunter. Was für ein Freitag! Mir schmeckte nicht mal mehr die Zigarette.

Als ich meinem MX-5 draußen noch einmal Gute Nacht sagen wollte, fiel mir ein, daß die Browning noch im Handschuhfach lag. Ich nahm sie an mich und schlenderte durch die Fußgängerzone. Ich ging angespannt. Was würde Wissing tun? Ab und an ein leerstehendes Geschäft. Hundehalter und ältere Pärchen. Nur ein Jugendlicher – betrunken. Ich kam mir vor wie Hugo im sterbenden Brügge. Ein feiner, kalter Regen haspelte seine Fäden ab. Eine Kirchenglocke schlug trüb und blaß. Ich zog die Blousonjacke enger um mich. Als ich an Sonjas Miedergeschäft vorbeikam, blieb ich unter der Markise stehen. Im Schaufenster Wäsche mit Powersteinen. Sogar Rosenquarz. Mir war zum Heulen. „Verlassen, aber einsam nicht!“ Ich sah zum Mond. Des Deutschen liebste Scheibe glänzte wie frischer Aufschnitt. Alles Käse, dachte ich. „Der münsterische Mond ist bedeutend gelber als der schweizer.“ Auch von der Droste.

Als ich den Tabak hervorholen wollte, war mir die Browning im Wege. Ich dachte an den Tiergesichtigen und unsere letzte Begegnung. Und als die Zigarette fertig gedreht war, wußte ich, was zu tun war. Ich würde es tun. Jetzt! Jetzt war mir danach! Die Nacht war wie geschaffen für die Recherche in Fabians Zimmer. Also los!

Ich ließ die Asche an der Zigarette lang und kalt werden und klopfte sie zweimal in meine Hand. Mit Spucke rührte ich Tarnschminke an und verstrich sie auf meinem Gesicht. Eine Stablampe hatte ich immer in meinem Wagen. Aus den Häusern hinter der Toreinfahrt kam nur wenig Licht, und bei Ännchen Lilienthal war es dunkel. Ich suchte den Weg um das Haus herum. Der ganze Hinterhof war eine Baustelle. An der Wand stand der Kompressor. Daneben ein Haufen Schutt – direkt unter dem Toilettenfensterchen. Da mußte ich durch. Ich sah mich um. Gegenüber schaltete jemand Licht an. Es fiel auf den Schutthaufen. Lauter dicke Betonstücke. Dann das Rauschen der Spülung. Das Licht ging aus. An das Fenster kam ich ohne Probleme. Schräg hing es in seinen Scharnieren.

Die Pistole knöpfte ich in meine Gesäßtasche, in den Gürtel steckte ich die Stablampe. Der innere Fenstergriff ließ sich bewegen, so daß die Scharniere weiter nachgaben. Das Fenster drohte nach innen zu fallen. Ich klemmte über der Brüstung und drückte das Fenster herum, bis es in einer stabilen Stellung hing. Ich leuchtete hinein. Jetzt also kopfüber in Richtung Klosett. Kein Deckel, keine Brille. Ich rutschte hinunter und griff auf die schmierige Keramik. Das Blut schoß mir in den Kopf, in die Nase Ammoniakgeruch. Dann hinunter auf den Boden. Ich hielt mich mit dem Bauch, glitt wie ein Seehund weiter, dann stand ich wieder auf den Beinen. Ich besah mir den Rückzugsweg. Das würde einfacher gehen.

Stockduster in der Bücherei. Der Büchereikrempel warf Schatten wie in einem Rumpelkeller. Ich kam an eines der wackeligen Regale. Mit der Taschenlampe im Anschlag schlich ich die Treppe hoch. Oben standen die Türen wieder offen. Eine Diele knarrte boshaft. Ich wartete. Vom Ende des Flurs kam ein röchelndes Schnarchen. Frau Lilienthal schlief bei geöffneter Tür.

Ich lehnte Fabians Zimmertür an. Sie quietschte kurz. Das Fenster hatte eine Jalousie. Die Lamellos schepperten leise. Dann drehte ich den Lichtkegel auf und horchte noch einmal.

Auf dem Schreibtisch Schulbücher, eine Motorradzeitschrift, angekaute Stifte, die Tastatur. Eine heruntergebrannte Honigkerze, ein leerer Tesaroller. Der oberste Schubkasten lief leicht. Ich kniete mich davor, setzte mir die Lesebrille auf und klemmte die Taschenlampe unters Kinn. Blatt für Blatt, Heft für Heft nahm ich heraus. Daß Papier so einen Lärm macht! Schulkram, Aufzeichnungen über Motorradmodelle. Alte Teste, Zeugnisse – nicht mal schlechte: Religion „gut", Politik „gut", Latein „gut", Biologie „sehr gut". Flugblätter, Tierschutzinfos, Internet-Ausdrucke, alles über Hähnchenmast. „Deutsches Tierhilfswerk", „Verein gegen Tierversuche". Adressen aus Boostedt, Neumünster, Möcken. Eine Zeitschrift namens „Poultry News". Dann Schmier- und Druckerpapier. Bis auf das Material über Tiere und Tierschutz legte ich alles zurück.

Die nächste Schublade rollte und quietschte. Ich wartete. Stille. Nur das Rauschen des Regens und das Schnarchen der alten Dame.

Ein Sammelsurium aus Kuliminen, Tintenkillern, Radiergummis, gesplitterten Geodreiecken und Linealen, verschmierten Klebestiften, Anspitzern, verbogenen Büroklammern. Kaum mehr etwas zu gebrauchen. Liebgewonnene Reliquien eines langen Schülerdaseins. Vor meiner Taschenlampe tauchten noch ein paar Matchboxautos, einiger Klimbim aus Überraschungseiern und einige Päckchen nicht von Füllerpatronen, sondern – ich stutzte – von Kondomen auf. Eines steckte ich ein. Na bitte: Früh übt sich.

Darunter die Schublade beinhaltete Hefter, Mappen mit sauberer Beschriftung, Papiere für das Mofa. Dazwischen ein Photo. Auf einer

BMW in lässiger Pose Sebastian! Hinten drauf stand zu lesen: „Für Fabuli. Dein Seebast“. Ich steckte es ein.

Das übrige Zimmer war unergiebiger. Ein Regal mit Schulkram, Comics, Motorrad- und Jugendzeitschriften. Im Rucksack ein Taschenrechner, dann ein Terminplaner, ein Handy. Letztere wanderten in meine Tasche. Dann setzte ich die Lesebrille wieder ab und machte Feierabend.

Draußen regnete es immer noch. Ich sah zurück. Die Spuren meiner Anwesenheit waren beseitigt, der Rückweg über Klosett und Berg gemeistert. Im Hotel breitete ich meine Schätze auf dem Bett aus. Gertrud und Heinz würden nicht damit rechnen! Trotzdem fühlte ich mich miserabel. Im Spiegel sah ich aus wie ein Schornsteinfeger. Ich wusch mein Gesicht und merkte, daß ich bis auf die Unterwäsche durchnäßt war. Dieser Triumph war keiner. Ich dachte an Sonja.

Bald darauf verließ ich das Hotel, legte Geld und Schlüssel auf die Rezeptionstheke. In mein Leben mußte wieder Ruhe einkehren. Die Tomaten mußten verarztet und Ulrike rausgeworfen werden. Und – verdammt noch mal: Ich wollte Sonja zurück!

6

Als ich am nächsten Tag in Sonjas Stadtwohnung kam, fand ich ihre Räume leer. Ein Stuhl umgekippt, die Garderobe zerfleddert, das Frühstück auf der Eßtheke, ihr Kleiderschrank offen. Ich wurde nervös. Das Beunruhigendste aber war ein Ohrring, den ich auf dem Teppich fand. Ein Weihnachtsgeschenk. Und ich hatte ihr zwei davon geschenkt. Am Vormittag hatte es einen seltsamen Anruf gegeben. Zuerst Stille, dann eine Art Stöhnen, dann wieder Stille. Ich hatte rasch aufgelegt. Im Geschäft war Sonja ebenfalls nicht gewesen. Man hatte dort mit den Achseln gezuckt. Die Chefin habe sich wohl frei genommen. War sie zu ihrer Mutter nach Bremen gefahren? Ich rief dort an: Sonja wolle sich noch mal melden, sagte die Mutter. Kirsten solle doch über die Feiertage zu ihr. Was los sei? Ich wimmelte ab.

Sollte ich rumfragen und die Nachbarn neugierig machen? Oder Sonjas Freundinnen? Gemeinsame Freunde, Bekannte? Ich ließ es. Sich lächerlich machen gehört nicht zu meinen schlechten Angewohnheiten. Immerhin war auch ihr Wagen weg, und das ließ Platz für harmlosere Vermutungen.

Helmut hatte sich mit Ulrike für die Feiertage verzogen. Es hatte eine heftige Diskussion gegeben. Ich solle um Gottes willen Ulrike noch bei mir lassen! Ulrikes Mann sei sicher Tag und Nacht auf der Suche. An der Uni seien die Pfingstferien ausgebrochen …

„Waas? Pfingstferien? Arbeiten die an der Uni überhaupt mal?"

Die beiden waren schon frühmorgens mit einem geliehenen Fiesta zu Helmuts Eltern gefahren. Ulrike hatte sich mit Klimpereien behängt und ihr Fleisch in die Auslage geräumt. Helmut würde es nie lernen.

Aber ich hatte meine Ruhe. Fritz, mein rußlanddeutscher Gartenhelfer, kam und mähte in einer Regenpause den Rasen. Ich pflegte meine Pomodori, häufelte Erde um die Stengel und widmete mich meiner Lukullus-Sorte, die ich dieses Jahr im Gewächshaus in Spalierform zog. Keine Lust hatte ich, mich um Wissing oder Fabian zu kümmern. Die Browning hatte ich in der Nähe – für alle Fälle. Meine San Marzanos kriegten Kupferoxychlorid und zwei Stunden drauf meine spezielle Milchbrühe. Ich hatte Fritz gebeten, den Teil des Rasens besonders kurz zu schneiden, auf dem sich mein Übungsloch befand. Als Fritz gegangen war, begann ich für den Business-Cup am Pfingstmontag zu trainieren. Es mußte sein. An sich gibt es für mich nicht Tomaten und Golf an ein und demselben Tag. Da bin ich abergläubisch, weil sich in meinem Kopf die Formen mischen. Wer mit Tomaten Golf spielt, beschwört Sodom, heißt es irgendwo. Trotzdem schlug ich die Luftbälle gegen meinen Giebel, puttete fleißig und chippte in einen Regenschirm. Beim Training am Reifen schlug ich wild herum. Ich war verkrampft und aufgeladen und mußte an meinen exakten Sensenschlag und das verklebte Tiergesicht denken.

Wo war Sonja?

Den Rest des Tages goß es wie aus Eimern. Ich habe eigentlich nichts gegen Regen. Dann sind die Nachbarskinder im Haus. Ich begann eine Flasche Chianti Classico in Gallo Nero-Qualität zu leeren, von denen Sonja und ich einige aus unserem letzten Toskana-Urlaub mitgebracht hatten, und hörte gerade Bix Beiderbeckes „I need some pettin", als Gertrud anrief. Man habe etwas und müsse sich unbedingt treffen. In meiner Weinlaune schlug ich einen Snack bei mir vor. Gertrud flötete „Pepa, das find ich herrlich von Ihnen!", und ich war meine traute Melancholie los. Der schwarze Hahn auf dem Chianti-Korken guckte blöd. Ich streckte ihm die Zunge raus und begann zu kochen: meine Mozzarella-Päckchen mit Speck. Zwischendurch versuchte ich zig Mal, Sonja zu erreichen.

Meine Tomaten sott' olio sind selbstgedörrt, mit Knoblauch, Basilikum und Oregano in erwärmtem Olivenöl eingelegt und mit einer kleinen Chilischote getoucht. Gut abgetropft kommen sie feingehackt mit Schalottenstückchen zwischen die abgetrockneten, aufgeschnittenen Mozzarella-Päckchen, die mit langem Frühstücksspeck umwickelt werden. – Zwischendurch nehme man selbst einen Schluck Gallo Nero. – Die Päckchen mit Basilikumöl so reichlich beträufeln, daß auch die Auflaufform bedeckt wird, weißen Pfeffer darüber, 250 Grad, ca. fünf Minuten dicht unter den Ofengrill. Dazu selbstgebackene Bruschetta mit Tomaten-Stückchen und vorher zur Aufheiterung meiner und Gertruds Stimmung eine Bloody Mary. Mein Tomatensaft hat einige Prisen mehr Kardamom als üblich und weniger Honig. Gertrud würde den Mund verziehen und Heinz ungerührt darüber hinweggehen. Ich stellte Wodka, Limettensaft und Tabasco neben den Gewürzen bereit.

Beim Kochen geht es mir eigentlich immer bestens. Heute jedoch nicht. Ich erreichte Sonja nicht. Ich warf den Gallo Nero-Korken in die Ecke. Die Flasche war leer.

Natürlich fühlte sich Heinz von meinem Snack aufgehalten. Er hat für Eßkultur nichts übrig. Kein Savoir-vivre. Wohingegen Gertrud glücklich war. Nur kurz war sie ernst geworden, als Heinz uns die Todesanzeigen von Fabian zeigte. Von tragischem Unfall war die Rede. Eine Anzeige stammte von Familie Wissing und eine weitere von Ännchen Lilienthal. Keine von Fabians Eltern.

„Die Eltern möchte ich kennenlernen", sagte sie.

„Ich nicht. Ich kenne solche Eltern von Berufs wegen", sagte ich.

Wir ließen es uns munden, doch Heinz schnippelte lustlos am Mozzarella herum, legte die Stückchen meiner eingelegten Tomaten auf den Tellerrand und hielt sich ans Brot. Schließlich war er nicht mehr aufzuhalten.

Er hatte die Diskette durchgesehen und Ausdrucke mitgebracht. Messungen, wie sie in jedem Institut anfallen. Tabellen und Reihen über Reihen. Institut für Tierzucht und Haustiergenetik der Universität Münster, Außenstelle Steinfurt, Prof. Dr. Hartmut Ribbe. Gertrud interessierte sich plötzlich, nahm mir eine Seite aus der Hand und tat, als verstünde sie etwas von den Daten über Gewicht, Fütterungsmengen, Zusatzstoffen bei Masthähnchen, von Tabellen über die Zusammensetzung von Hühnereiern: Hauptalbuminproteine von Ovomucoid bis Lysozym. Meine vier Semester Biologie reichten gerade.

„Und?"

„Also, Pepa. Fragst du dich nicht, wie Fabian an solche Daten kommt?"

„Ach Gott, Heinz! Vielleicht Leistungskurs Biologie. Öffnung von Schule. Das ist heutzutage nichts Besonderes."

Jetzt nahm sich Heinz auch einen Schluck. Ich hatte nur einen Dornfelder hingestellt und schenkte ihm gleich nach, um ihn zu trösten. Ich dachte an Sonja und war lustlos.

„Was hattest du denn vermutet?"

„Ehrlich gesagt, daß er sich die Daten illegal besorgt hat."

Jetzt setzte ich mir die Lesebrille auf und nahm die Ausdrucke noch einmal in die Hand. Ziemlich spezielles Zeug. Damit konnte ein Kurs an der Schule in der Tat wenig anfangen. In dem Blätterhaufen waren Reihen von Enzymen und Basen zu finden, der ganze genetische Buchstabentanz von Adenin, Cytosin, Guanin, Thymin und Codontripletten. Zeitpunkte, Menge und Nummer von Mikroinjektionen in Cytoplasmen und Hormongaben. Haufenweise Kürzel, Ziffern und Buchstaben, ein Blatt mit Autoradiogrammen, ein anderes mit Aminosäurensequenzen, einige mit Verteilungsstrukturen von Proteinkonzentrationen und Nomogramme, alles Daten, mit denen ich nichts anfangen konnte. Heinz merkte meine Unsicherheit und lächelte.

„Na?"

„Du könntest recht haben."

„Eben."

Wir hatten uns ins Wohnzimmer gesetzt und spekulierten über einen möglichen Zusammenhang zwischen Wissings Hahn und Fabians Interesse an den Daten des Steinfurter Instituts. Wie sollte Fabian an dieses Institut und an solche Daten gekommen sein? Bis Gertrud hüstelte und loslegte.

„Ich war heute vormittag nach meinem Einkauf noch im Birkenweg." Heinz und ich krausten die Stirn. Gertrud tat lässig. „Da wohnt Sebastian Schöttler. Leider war danach meine Tiefkühlware zermanscht – und zwar, weil ich nicht sofort nach Hause gefahren bin, sondern erst nach Münster. Hinter einer Motorradgang her."

Wir waren verblüfft. Gertrud sollte Hardboiled-Krimis schreiben.

„Alles aufgetaut! Pizzen, Eis, Erbsen, Blätterteig, Erdbeeren und die Fischstäbchen. Eine Schweinerei, sag ich euch. Kommt ihr morgen zum Essen?"

Sie machte es wieder spannend.

„Bitte, Gertrud, wir warten!"

„Hör mal, Heinz. Solche Spesen zahlt mir keiner. Da könnt ihr mir wenigstens großzügig zuhören."

„Was wollen Sie denn aus dem Kram zaubern?"

„Das ist lieb, Pepa. Lassen Sie sich überraschen."

Heinz hielt den Mund. Gertrud setzte sich zurecht.

„Ich wollte nur das Klingelschildchen überprüfen. Ob meine Ermittlung mit dem Telefonbuch richtig war. Und kaum hatte ich den

Wagen abgestellt, zog diese Meute von fünf Motorrädern an mir vorbei. Der Letzte kam aus der Einfahrt Nummer vier. Schöttler. Das mußte Sebastian sein. Also bin ich hinterher. Bis Münster. Hier, Heinz, die Kfz-Kennzeichen."

Heinz lächelte gütig. Ich prostete ihr zu. Ein polizeiliches Naturtalent!

„Also, weiter. – Ach nein, Pepa, wir rauchen erst eine. Ihr Imbiß war so prima!"

Augenblicklich bettelte Heinz Gertrud an, auf die Zigarettenpause zu verzichten. Ich war schon aufgestanden und ging auf die Terrasse. Draußen goß es in Strömen. Wir stellten uns unter meine Überdachung und sprachen über eine Kreation aus der aufgetauten Tiefkühlmasse. Blätterteig, Erdbeeren und Eis waren kein Problem. Nur die Pizzen, Erbsen und Fischstäbchen drohten ein kulinarisches Malheur zu werden. Als wir uns wieder zu Heinz setzten, spielte der mit meinem aufziehbaren Hahn aus den Fünfzigern, den er im Regal gefunden hatte, und war sauer.

„Laßt doch bitte diese Albernheiten! Hier geht es um einen Jungen, der vielleicht ermordet worden ist."

So was konnte Gertrud nicht leiden. Der Hahn knatterte und pickte auf die glatte Tischplatte, fiel aber dauernd auf den Sterz.

„Die Motorradleute fuhren nach Albachten und hielten vor einem todschicken Bungalow. Und da machten sie Terror, drehten die Motorräder auf, schrien unflätige Sachen, fuhren über den Vorgarten und klingelten Sturm. Als sie weg waren, habe ich nachgesehen, wer da wohnt. Ich hab getan, als ob ich einen Prospekt einwerfen wollte – so eine Gewinnpostkarte vom Supermarkt. Und was glaubt ihr, wer da wohnte?"

„Bitte jetzt nicht wieder eine Zigarettenpause!"

Heinz saß da wie ein Fünfjähriger vor dem Überfall der Bremer Stadtmusikanten auf die Räuber. Sein Hahn legte sich noch immer auf den Hintern. Ich nahm ihm das Ding weg, zog es auf und setzte es auf den Teppichboden, wo er aufrecht pickte. Gertrud sagte trocken:

„Da wohnt ein Professor Doktor Hartmut Ribbe."

Wir sahen uns an. Gertrud nahm das Blechtierchen vom Teppich.

„Gut, nicht?"

„Klasse, Gertrud", sagte ich.

„Hervorragend“, sagte Heinz.

Sebastian wußte also von Fabians brisanten Nachforschungen und hatte nicht an einen Unfall glauben können. Dann war ihm der Maserati auf’s Haupt gestiegen. Aber was wußte Sebastian genau? Und was hatte Fabian mit dem Steinfurter Institut und dem Maserati zu tun? Heinz guckte angestrengt.

„Wahrscheinlich kennen sich die beiden über Fabians Onkel. Hat Fabian vielleicht in das schmutzige Video-Geschäft reingerochen?“

„Und die Verbindung zwischen Fabian und dem Institut?“

Gertrud dachte mit, obwohl sie dauernd an dem Blechhahn herummachte. Der Schlüssel zum Aufziehen klemmte zwischen seinen Beinen. Endlich hatte sie herausgefunden, daß man, um den Schlüssel zu drehen, die Beine des Tieres nach hinten halten mußte.

„Nun laß doch diesen Hahn, Gertrud, du machst mich ganz nervös!“

Gertrud fühlte sich ertappt und stellte das Spielzeug auf den Tisch zurück. Jetzt war mein Auftritt an der Reihe. Ich stand auf und legte die Zettel aus meinen nächtlichen Ermittlungen auf den Tisch.

„Das habe ich aus Fabians Zimmer. Sachdienliches, wie du sagen würdest, Heinz.“

Gertrud und er sahen sich überrascht an und vertieften sich in die Flugblätter und Ausdrucke. Ich lehnte mich zurück.

„Mensch, Pepa, das ist hervorragendes Material! Du hast tatsächlich …?“

„Ich hatte Langeweile.“

Gertrud blinzelte mir zu. Sie war stolz auf mich.

„Wie haben Sie das wieder geschafft?“

Diesmal erzählte ich gern und übertrieb ein bißchen. Die Flugblätter hätte ich im Schrank gefunden und die Ausdrucke unter der Matratze. Das klang besser und sollte die beiden zu eigenen Leistungen anspornen. Klar war jedenfalls jetzt Fabians Hang zum Tierschutz. Ich holte das restliche ‚Sachdienliche‘: zuerst die Photos, dann die Kondome. Heinz räusperte sich.

„Tja, Heinz, die beiden waren nicht nur so Freunde wie du und ich.“

„Laß deine Witze, Pepa! Das ist ja tragisch. So jung und schon …“

Gertrud fuhr ihm dazwischen.

„Bitte, Heinz, was soll das? Es wird sich ja heutzutage jeder seine Liebesbeziehungen suchen dürfen, wie er mag. Das ist doch nicht gleich tragisch. Wo lebst du denn?“

„Ist das nicht tragisch, wenn zwei Jungens … und dann noch ein Mord?“

Gertrud gab es auf. Mir war Heinz' Konservativismus egal, und ich schob den Terminplaner nach.

„Ich hatte leider noch keine Zeit reinzugucken.“

Schon hatte Heinz ihn in seinen Fingern und blätterte, Gertrud hing über ihm. Er murmelte etwas von „Klausur Mathe“, „Sebastian einundzwanzig Uhr“, „Bücher nach Holtwick und Rorup“, „Bio-AG“, „mehrmals Tante Erika“ und dann: „Hier. Mittwoch sechzehn Uhr, Steinfurt, Dienstag sechzehn Uhr Steinfurt, Freitag sechzehn Uhr Steinfurt, Samstag zehn Uhr Steinfurt. Und letzte Eintragung am zweiundzwanzigsten Mai: wieder sechzehn Uhr Steinfurt.“

„Heinz, hast du die Kfz-Kennzeichen identifiziert und rausgekriegt, wann der Unfall war?“

„Da müssen wir warten bis nach den Feiertagen.“

„Ich dachte, die Polizei arbeitet immer.“

Heinz sah böse auf.

„Ich kann da nicht jeden bitten, mir einen Gefallen zu tun, Pepa. Wie stellst du dir das vor?“

„Entschuldige! Unsere Polizei ist natürlich korrekt.“

Für systemkritischen Humor hat Heinz keine Antenne. Gertrud hing über Fabians Taschenkalender und wuselte Heinz mit den Fingern dazwischen, bis er ihr das Büchlein genervt zuschob.

„Das sieht aus, als hätte Fabian am Institut gejobbt.“

Als ihre Neugier befriedigt war, überließ sie mir den Kalender. Ich fand vorne unter ‚Persönliches‘ neben der Zeile ‚Zahnarzt‘ zwei vierstellige Nummern. Handy-Pin? Kontokarte? Bei der Gelegenheit reichte mir Gertrud ihre neue Handy-Nummer.

„Sie wissen ja: für alle Fälle Gertrud.“

Heinz sackte den Taschenkalender und das Handy ein. Er hatte heute vergleichsweise wenig zu bieten gehabt und demonstrierte Leistungswillen. Wir teilten unsere weitere Arbeit ein und leerten die Flasche. Wieder hielt ich mich zurück.

„Mal sehen, wozu ich Zeit habe.“

„Viel Arbeit vor den Zeugnissen?“

Ich nickte. Später konnte ich nicht einschlafen. Nachdem ich eine weitere Flasche aufgemacht hatte, ging es.

Ohne ein Frühstück fuhr ich am nächsten Morgen bekannte Adressen ab. Vielleicht stand irgendwo ihr Auto? Ich rauchte zuviel. Zum ersten Mal benutzte ich den Aschenbecher im Cabrio. Nur Proleten rauchen im Auto und nur Unmenschen im Roadster. Jetzt gehörte ich dazu.

Ein düsterer Himmel. Es hagelte, es war kalt. Ich qualmte und ließ mich vom hohlen Prasseln der Körner auf das Softtop betäuben. „Hör ich's auf dem Dache rasseln, förmlich wie mit Füßen stapfen.“ Das war wieder die Droste. Ich grübelte, bis mir Sonjas Ex-Mann einfiel. Vielleicht war sie dorthin gefahren! Es gab noch eine Chance, und ich fuhr los. Düsseldorf. Die Fahrt würde mir gut tun. Sonja und ich hatten Kirsten einmal zu ihm gebracht. Die Göre hatte die ganze Stunde über gemuffelt. Obwohl ihr Vater eine tolle Wohnung mit Bootssteg am Rhein hat. Doch das Problem war ihr Vater selbst. Ein Gesicht wie Putin. Sonja schüttelt noch heute den Kopf über ihren größten Fehler.

Wegen der Qualmerei hatte ich das Fenster ein wenig geöffnet, so daß es hereinregnete. Mir kamen heute all diese Standardzitate meines alten Deutschlehrers in den Kopf: „Regen, Regen, immer Regen! Will nicht das Geplätscher enden?“ Er hatte die Droste geliebt. Ich liebte Sonja, die keine Gedichte kann. Ich schlich über die Autobahn, leerte irgendwo den Aschenbecher und kam an, als die Sonne sich gerade einmal blicken ließ. „Ein Fleck, ein Loch am Himmel.“ Wir hatten das Gedicht „Die Vogelhütte“ ganz auswendig lernen müssen.

Und da sah ich ihren Wagen! In den Sonnenstrahlen blitzte ihr silberner ML 270 auf! Mir wurden die Augen feucht. Mein Gott, wie liebte ich diese Frau!

Als das Zittern sich etwas legte, stieg ich aus. Ein Regenguß duschte mich ab, und als ich klingelte, tropfte es an mir herunter. Es dauerte, bis der Ex öffnete.

„Tag, Günter.“

Günters Blick war der erwartete. Wie das Wetter. Es paßte zu ‚für die Jahreszeit zu kühl‘ – wie Putin.

„Ich glaube nicht, daß sie Sie sprechen will. Das ist wohl das Ende einer Beziehung.“

Er siezte mich also wieder. Dabei hatten wir uns bei einer Aussprache das Du erklärt. Ein höhnisches Grinsen um den Mund. Ich kämpfte um Haltung. Es regnete auf mich runter. Mit einem großen Schritt drängte ich in den Hausflur und sagte laut:

„Sonja, ich setze mich in meinen Wagen und warte da solange, bis du kommst!"

Der alte Canossa-Trick. Ein bißchen Tränendrüse, ein bißchen Erpressung. Trotzdem mußte Heinrich IV. das Warten damals sauer geworden sein. Drei Tage im Schnee vor einem Burgtor! Mir war ähnlich elend. Die Raucherei schlug mir auf den leeren Magen. Ich fror, ich hörte Radio, ich versuchte zu schlafen, mir war sargeng. Bei der Droste lautete das: „Sieben Schuhe im Gevierte" und war eine Vogelhütte gewesen. „Das ist doch ein ärmlich Räumchen für ein Menschenkind."

Früh wurde es Abend. Beinahe hätte ich nicht gesehen, daß Sonja und Günter wegfuhren. Wahrscheinlich zum Essen. Als sie vorübersauste, sah sie nicht auf. Mit Wut bekämpfte ich meine Tränen und drehte wie ein Flegel das Radio laut. Doch der unbarmherzige Regen war stärker.

Spät in der Nacht wachte ich frierend auf. Ich stieg aus. Der Regen hatte aufgehört. Als ich mich erinnerte, daß ich nichts mehr zu rauchen hatte, überlief mich ein Panikstoß. Wie lange konnte ich durchhalten? Günter würde mich mit Genuß lächerlich machen. Wollte ich werden wie Ulrikes Gatte, der seine Frau verfolgte? Schlagartig kam ich mir dämlich vor. Gerade wollte ich den Wagen starten, als es an die Scheibe klopfte. Sonja!

Ich öffnete. Sie stieg ein. Niemand sprach. Ich gab ihr das Schreiben an Wissing. Sie überflog es. Als ein Mädchen mit Hund vorbeispazierte, wagte ich etwas zu sagen.

„Ist Kirsten bei dir?"

„Sie wollte partout nicht zu meiner Mutter. Sie ist bei ihrer Freundin."

Ich reichte ihr den Ohrring.

„In deiner Wohnung ist ziemliches Chaos."

„Diese Göre! Ich wäre beinahe gewalttätig geworden. – Pepa, fahr bitte! Ich versprech' dir, daß ich anrufe."

„Das ist ein totales Mißverständnis, Sonja."

Jeder sah vor sich hin.

„Meinst du, Helmuts ungeschickte Erklärung habe ich geglaubt? Der ist für solche Sachen nun vollkommen der Falsche. Ich bin so sauer! Du hast miese ausgenutzt, daß ich Streß hatte und erst am Wochenende konnte. Und ich Idiotin wollte dir nur eben schnell eine Freude machen! Ich hatte eine Rose in der Hand, als ich vor dieser halbnackten Ziege stand!"

Sie begann zu weinen. Ich holte tief Luft. Mir war kotzübel.

„Das ist doch völliger Unsinn! Diese Ulrike ist wirklich Helmuts Neue."

Bei jedem Wort stieß mir Übelkeit hoch.

„Laß das doch bitte, Pepa. Es geht ja auch um viel mehr. Bis später."

Damit stieg sie aus und verschwand im Hauseingang. Ich fuhr los, hielt an der nächsten Ecke und übergab mich in eine Ligusterhecke.

Irgendwo im Morgengrauen eine Raststätte. Tanken. Zwei heiße Würstchen mit Brötchen. Eine Tasse Kaffee. Eine rauchen. Dann zur Toilette. Mein Zittern hörte langsam auf. Meinem Magen ging es besser. Nur der Gestank vom Raststättenklo hätte mich fast zurückgeworfen. Irgend jemand stellte sich neben mich. Der Geruch von Essigsäure zog in meine Nase. Ich machte meine Hose zu und sah kurz hoch.

Als wir uns erkannten, nutzte ich meinen Vorteil blitzschnell.

Der Tiergesichtige war wehrlos. Ich schlug seinen Kopf mit voller Wucht gegen die Kacheln. Ein Schmerzenslaut. Ich rannte los. Es regnete.

Mein MX-5 stand ungünstiger als sein Maserati. Als ich losfuhr, sah er mich. Seine Hose hatte einen dunklen Fleck. Ich hätte härter zustoßen sollen. Gegen seinen Maserati war ich chancenlos.

Auf der Autobahn fand ich einen Bulli und hielt mich dicht hinter ihm, der Maserati ließ kaum zwei Meter Abstand. Meine Aufwirbelungen mußten ihm die Sicht nehmen. Ein Verrückter!

Als ich auf die Dreiundvierzig bog, wurde es gefährlich. Der Tiergesichtige versuchte, mich auf der Abfahrt ins nasse Grün zu drängen. Doch beherrschte er sein Auto nicht und drehte sich. Auf der Strecke blieb ich hinter einem Wohnwagen. Es regnete noch stärker.

Natürlich kannte der Maserati die Richtung, in die ich wollte. Mein Kennzeichen hatte er sich längst in sein Hirn eingebrannt. Doch gab er mir keine Chance, einen anderen Weg zu fahren und blieb verklemmt hinter mir. Im Rückspiegel schien sein Pflaster seinen Kopf zu teilen. Einmal hielt er mir eine Pistole hoch, dann ein Messer. Wobei er mit seiner unrasierten Visage grinste. Permanent roch ich diesen essigsauren Schweiß. Der Tridente an seinem Kühler stach mir in den Kopf. Zwischen Haltern und Dülmen legte ich die Browning auf den Beifahrersitz.

Den Vorteil, daß er seinen Wagen nicht beherrschte, mußte ich ausnutzen. Dülmen-Nord ab Richtung Stadt, durch enge Straßen, die Fußgängerzone, irgendwo wäre ich fast in eine Buchhandlung geschleudert, dann raus aus der Stadt auf kurvenreiche, enge Nebenstraßen, Wirtschaftswege. Rorup, Ost- und Westhellen. Mein Münsterland schützte mich. Und dieser herrliche Regen! Meine neuen Michelins hatten keine Probleme mit der nassen Straße, während der Maserati rutschte. Das Tiergesicht konnte sich nicht beherrschen, zog ständig nach links, fuhr die Kurven falsch aus und verlor mich einige Male aus den Augen. Seine Beschleunigung war idiotisch, er übersah die Straßenführung nicht, hatte ständig meine Gischt auf der Scheibe und schrammte schließlich an einem verlassenen Gehöft hörbar einen Mauerpfeiler.

Als wir in die Stadt einfuhren, wurde mir mulmig. Unter dem alten Tor durch – plötzlich eine Menschenmenge. Alles unter Regenschirmen. Über diesem Dach ein mannshohes Holzkreuz mit schrägen Balken und Korpus. Gott, eine Prozession! Als Neopositivist habe ich überhaupt keine Antenne für Metaphysik und hielt auf die Menge zu, hupte kurz und ließ mir die bösen Blicke gefallen. Auf der anderen Seite stand ein Polizist mit seinem Motorrad. Der sah aus, als hörte er unterm Helm Volksmusik. Da kam ich jedenfalls nicht weiter.

Wie aus Kübeln prasselte es auf das Kopfsteinpflaster. Die gläubige Menge blieb standhaft. Als ich endlich hindurch war, stellte ich meinen Roadster in einen Hinterhof, holte mir aus dem Handschuhfach die Browning und Sonjas Regenschirm, der mit Herzchen bedruckt war – ihr Geschenk zum letzten Valentinstag – und ging zurück.

Als ich das Tiergesicht sah, spannte ich mich. Er stand am Rand der Menge und ließ sich naß machen wie die Meßdiener, der dicke Pastor und Jesus selbst, der über einem Tragegestell hing. Diesmal hatte der Palästinenser aus Nazareth mich wahrscheinlich gerettet. Ich nahm mir vor, ihm dafür eine Kerze aufzustellen.

Und neben dem Holzkreuz sah ich einen, den ich kannte: Heinz! Ohne Regenschirm. In schwarzem Anzug und weißen Handschuhen. Heinz ließ nichts aus. Sollte ich die Chance ergreifen? Bei Jesus und Heinz! Ich mußte es versuchen.

Ich schwamm mit meinem Herzchenschirm durch die Menge und stand nach hunderten von „Pardon“, „Entschuldigung“ und „Nett-von-Ihnen“ neben dem Kerl. Er bemerkte mich nicht.

„Darf ich Ihnen meinen Schirm anbieten?“

Es durchzuckte ihn, als er mich sah. Ich schnappte mir seine Rechte, die gerade in die Jacke fahren wollte.

„Ruhig bleiben!“

In ihm begann es zu vibrieren. Unauffällig versuchte er, seine Rechte aus meinem Griff zu befreien. Ich lächelte ihn locker an, als hielt ich ein Täubchen in der Hand.

In aller Ruhe besah ich mir seine scheußliche Visage. Er blähte die Nüstern. Mitten auf der Stirn die neue Blessur. In Gelbgrün. Er sollte immer seinen Schlapphut tragen. – Bei der Feuchtigkeit roch er wie ein alter Spüllappen. Ich stieß hörbar die Luft aus.

Neben uns stand ein altes Pärchen. Jeder der beiden hielt einen Regenschirm und ein Gebetbuch. Man lebt sich nach Jahren notgedrungen auseinander, und jeder betet allein zu seinem Gott. In nassen Schuhen und nassen Strümpfen standen sie ehepartnerlich da und sangen irgend etwas – er laut und tenorig, sie nachtigallig – von „Schöpfergeist“ und „Kinderherz“ und „Tröster“, während es vorne Weihrauch gab. Neben den Fahnen und Fähnchen hielt der hölzerne Jesus den Kopf gesenkt, und niemand hielt einen Regenschirm über ihn. Da war ich aufmerksamer. Mein Schirm befand sich fast ganz über dem Kopf meines Freundes. Ich griff noch einmal fester zu.

„Ich warne Sie. Zügeln Sie Ihre Racheinstinkte! Das nächste Treffen wird Sie mehr als nur ein Stückchen Gesicht kosten. Verschwinden Sie dahin, woher Sie gekommen sind!“

Die Alten sahen sich nach uns um und guckten westfälisch. Sie dachten vielleicht, neben ihnen stünden zwei Schwule, so eng, wie wir uns aneinander drückten. Die Frau drehte sich schließlich ganz herum und sagte:

„Wollen Sie mein Gotteslob haben? Sie können ja gar nicht mitsingen!"

Es dauerte einige Zeit, bis ich begriff, was sie mit dem ‚Gotteslob' meinte. Ich stieß den Maserati an. Er nahm das Buch in seine Linke.

„Danke!"

„Bitteschön!"

Die alte Dame lächelte. Ihr Alter dagegen blickte wieder so einheimisch. Wahrscheinlich, weil er seine Frau jetzt ausgucken lassen mußte. Die Ehe ist ein ständiger Krieg zwischen Artillerie und Infanterie. Der eine Teil meint immer, der andere täte zu wenig für ihn.

Der Tiergesichtige wurde noch kurzatmiger und hechelte einer Explosion entgegen. Auf eine Szene vor versammelter Himmelsschar hatte ich keine Lust und stieß ihm mein Knie in den Oberschenkel.

„Ich werde jetzt verschwinden. Geben Sie sich keine Mühe. Hier kenne ich jeden Pflasterstein mit Namen. Falls Sie mir nachlaufen, werden Sie es bereuen – bei Gott!"

Die Menge sang „Amen", und ich machte, daß ich mit meinem Schirm wegkam. Heinz stand noch immer standhaft wie ein Turm im Sturm und ahnte nicht, was sich unter seinem Dach abgespielt hatte.

Nebenan konnte man gut brunchen. Und als der Kellner kam, bestellte ich zuerst eine Kerze – für den Jesus. Denn in die Kirche kriegt mich seit meiner Taufe keiner mehr.

Um zwölf sollte das Golfturnier um den Business-Cup beginnen. Trotz des Wetters fuhr ich hin. Die Abwechslung brauchte ich. Als ich im Clubhaus stand, ging es mir gut. Himmel! Sollte Sonja doch glauben, was sie wollte! Dem Maserati-Mann jedenfalls hatte ich Respekt beigebracht!

Mit meinem Handicap 22 spiele ich in Klasse B und machte netto 34 Punkte. Was den zweiten Platz bedeutete. Als ich mit 229 Metern noch den Longest Drive schlug, brach ein Schulterklopfen und Händeschütteln über mich herein. Danach wurde das Turnier abgebrochen. Den Dauerniesel hatte der Platz weggesteckt, aber die Regengüsse machten Rinnsale und Pfützen. Mir konnte es egal sein. Mich interessierte jetzt nur noch unser neuer Koch. Und der war ein Himmelsgeschenk sonniger Art. Aus der Toskana. Ein erstklassiges Antipasti-Buffet mit gefüllten und gebratenen Auberginen, dazu frischer grüner Spargel mit Vernaccia-Wein. Nur Tiramisu hatte ich selbst schon besser gemacht.

Ich entspannte mich herrlich. Dr. Leitner hatte seine Tochter mitgebracht, die frisch geschieden war. Ich schätzte sie zehn Jahre jünger als Sonja. Und da Dr. Leitner ungern smalltalkt, hatte ich Chancen. Da gingen angenehme Sätze und Blicke hin und her. Man muß sich nicht ans Gestern hängen. „Auf dem Baume der Zukunft bauen wir unser Nest." Also sprach Zarathustra.

7

Das also war er: Prof. Dr. Hartmut Ribbe. Ein hagerer Endfünfziger. Er nickte nach links und rechts, als er aus dem Institut eilte. Sofort hängte ich mich unauffällig an seine Fersen und fand mich im Café am Aegidii-Markt wieder. Ribbes Zeiten hatte mir Heinz aus dem Internet herausgesucht. Doktorandencolloquium in den Ferien! Ich hatte mich für die Bundesjugendspiele krank gemeldet: Durchfall und Erbrechen. Was nicht ganz gelogen war.

Die Sonne hatte sich herausgetraut, es war um die Mittagszeit, und der Professor setzte sich draußen an einen freien Tisch. Er entfaltete die Frankfurter Allgemeine und bestellte ein großes Pils. Als ich ihn fragte, ob noch ein Platz frei sei, nickte er übertrieben und hob sich leicht von seinem Platz. Eigentlich ein häßlicher Mensch. Sein Gesicht wirkte wie von einem Magnet gezogen. Schnabelförmige Nase, Fischmund mit vorstehenden Schneidezähnen und Wangenknochen. Ein Oberlippenbärtchen hing wie ein Schnupftabakfleck unter der Nase.

Zwischen den Tischen streunte eine Dogge herum und blieb vor jedem Gast stehen, als überlegte sie, ob es sich lohnte zuzubeißen. Ich hasse Köter.

Nachdem ich einen Kaffee mit Sandwich bestellte hatte, holte ich die „Poultry News“ heraus und hielt sie wie ein Kurzsichtiger vor meine Augen. Als das Bestellte kam, holte ich Luft und legte die Zeitschrift ungeschickt ab. Als sein Pilsglas umfiel, sprang er auf.

„Oh, Gott, es tut … Entschuldigung.“

Ich war mit der Serviette bei ihm und hob die Tischdecke gegen die Pilspfütze, so daß meine „Poultry News“ naß wurde.

„Ihre Zeitschrift!“ rief er und hob sie eilig hoch, um sie abzutropfen. Ich tat überfordert und durcheinander.

„Entschuldigen Sie bitte, es, es tut mir leid. Ich bestelle natürlich ein neues Pils.“

Das Malheur war bereits bemerkt und die Serviererin hielt mit einem Geschirrtuch auf uns zu. Als sich sein Schreck gelegt hatte, nahm er die News noch einmal, wischte sorgfältig die einzelnen Seiten ab, entschuldigte sich, als ob er schuld gewesen wäre und fragte nach. Ich hatte es geschafft.

„Eigentlich bin ich Chemielehrer. Aber im nächsten Jahr werde ich einen Leistungskurs Biologie übernehmen müssen. Da bildet man sich halt weiter, so gut es geht.“

„So etwas Spezielles, sozusagen?“

„Ein Schüler hat zu Hause eine Geflügelmast. Sie kennen die Zeitschrift?“

Er lächelte.

„Gestatten, mein Name ist Professor Ribbe. Ich leite das Institut für Tierzucht und Haustiergenetik, Außenstelle der Universität in Steinfurt.“

Ich tat überrascht.

„Ach!“

Der Rest war schnell eingefädelt. Er hatte keinerlei Vorbehalte, mir sein Institut zu zeigen. Im Augenblick sei es wegen der Pfingstferien sogar günstig. Wir verabredeten einen Termin, und als ich aufstand, hatte ich seine drei Pils bezahlt und dafür einige Gratislektionen in Gentechnologie und Tierzucht erhalten.

Sein Institut arbeitete weit gefächert, mit Drittmitteln und in Kooperation mit führenden Unternehmensgruppen. Man war dort weniger in der traditionellen Zuchtauswahl als in der Genforschung aktiv. Ribbe hatte mich über die Probleme für Herz und Kreislauf und die Skelettstabilität der Tiere bei den Optimierungsstrategien in der Hähnchenmast aufgeklärt. Man arbeite natürlich mit Mikroinjektionen, auch mit Retrovirusintegration und dem Knockout-Verfahren – an Schweinen, Ziegen, natürlich Mäusen und Ratten und neuerdings – dabei stellte er die Zähne auf die Unterlippe – an Geflügel. Er legte Wert darauf, daß sein Institut vor allem an der Produktion medizinisch nutzbarer Eiweiße und einer maximalen Krankheitsresistenz der Tiere interessiert sei. Nur ein kleiner Teil des Instituts könne auf internationalem Niveau arbeiten. Die Kosten seien immens. Ihm persönlich gehe es vor allem um die Ausbildung des wissenschaftlichen Nachwuchses.

Ich konnte ein paar Fragen loswerden. Mehr war nicht drin.

Im Weggehen winkte ich ihm noch einmal zu. Halb hatte er sich aus dem Stuhl erhoben und nickte eifrig. Kein schöner Mensch, dachte ich. Aber sehr auskunftsfreudig. Kaum daß ich wieder in meinem Roadster saß, kritzelte ich den Wust an Informationen in meinen ‚Grass'.

„Dieses Weibchen muß raus!"

Gertrud war ziemlich geladen. Bei der Hausarbeit habe sie ihr andauernd dazwischengefuscht und dummes Zeug geredet. Und das in Jogging-Höschen und Bustier.

„Gut, daß ich zur Beerdigung mußte. Ich wäre sonst explodiert! Ihr Haus werde ich nicht mehr betreten, solange die da ist, Pepa!"

Nervös sog sie an ihrer Langstieligen und versuchte, ihr Gesicht ruhig in die Sonne zu halten. Meine Nachricht über das Gespräch mit dem Professor beeindruckte sie überhaupt nicht.

„Was gab es denn bei der Beerdigung?"

„Uninteressant. Ein Haufen Schüler. Die Eltern, wenn ich richtig vermute, aufgemacht wie zur Beerdigung von Lady Di. Daneben etwas skurril in Dunkel die Großmutter. Frau Wissing hat sich die Augen ausgeweint. Dann noch Sebastian und seine Motorradleute in schwarzer Montur. Die drehten hinterher die Motoren auf und machten ein Hupkonzert. Ich glaube übrigens, daß der Pastor sie kennt. Er nickte einige Male rüber. Sebastian sah mitgenommen aus und ging nicht ans Grab. Im übrigen hat es plötzlich einen Regenguß gegeben, und ich hatte keinen Schirm dabei."

„Sie Arme! Erst der Gefriergutmatsch und jetzt nasse Klamotten."

Gertrud guckte, als würde sie mir am liebsten die Zunge herausstrecken.

„Die muß sofort raus aus dem Haus, Pepa! Sie oder ich! Das ist eine ernste Drohung!"

Gertruds Aufwallungen sind ernst zu nehmen.

„Sie will doch nur noch ein paar Tage bleiben. Aber ich bin ganz Ihrer Meinung, Gertrud. Nicht länger als nötig! – Haben Sie einen Tip?"

„Oh ja! Sie gehen ins Gästezimmer, packen ihren Koffer, fassen das Weib an ihrer Wespentaille und stellen die ganze Figur vor die Tür."

„Aha."

„Aha!"

„So einfach."

„So einfach!"

Das war Heidi Kabel. Sie konnte auch Ava Gardner oder Katherine Hepburn. Ich mußte sie auf andere Gedanken bringen und erzählte meine Geschichte mit Sonja, Düsseldorf und dem Maserati. Bei der Prozession sei ich ebenfalls bis auf die Haut durchnäßt worden. Das glättete Gertruds Miene.

„Pepa, Sie sind ein toller Hecht. Die Tina vom Kegelklub hat mir gestern einen Sekt mitgebracht. Ich hatte Namenstag. Den machen wir jetzt auf."

„Ist ‚Gertrud' nicht im März?"

„Schon, aber sie bringt mir immer etwas zu meinem Taufnamen."

„Der ist?"

Gertrud hatte die Flasche schon in der Hand. Ich roch einen übersüßen Mousseux.

„In unserer Familie ist der Name der Großmutter Tradition."

„Und?"

Pause. Dann:

„Klothilde."

Stumm stießen wir an. Ich bin ganz gegen Familientraditionen. Mir gingen die Endreime für ‚Klothilde' durch den Kopf, und ich malte mir Gertruds Leiden als Kind aus. Klothilde schenkte nach.

„Heinz hat mich angerufen. Der Unfall war am Dienstag, dem zweiundzwanzigsten."

„Also die letzte Eintragung."

„Das Moped war eine Schwalbe. Es ist sicher, daß er angefahren worden ist. Die Spuren an Rad und Blech sollen eindeutig sein. Man geht von Trunkenheit und Fahrerflucht aus."

„Um wieviel Uhr?"

„Gegen halb elf, meinen die. Er hat wohl länger in den Büschen gelegen."

Wiederum wurde das Glas gefüllt. Mich schüttelte es.

„Wo?"

„Zwischen Horstmar und Darfeld, Bauernschaft Rockel."

„Das ist schon Kreisgebiet. Da hat Heinz ja Glück gehabt", sagte ich. „Es ist wohl klar, daß der Junge abgeschossen worden ist."

Gertrud wurde ernst.

„Wissen Sie, Pepa, da kommt mir die kalte Wut hoch. So ein junger Bursche. Und die Polizei denkt nicht an Mord."

„Vielleicht doch. Ich habe in der Zeitung nachgeblättert. Keine Pressemeldung. Das machen die nur, wenn sie die Täter in Sicherheit wiegen wollen."

Gertruds Laune war dennoch verhagelt. Sie schenkte uns den Rest ein und knallte die Flasche hart auf den Tisch.

„Ich werde mir Sebastian vorknöpfen. Und wenn ich ihn verprügeln muß! Und Sie, Pepa, Sie werfen dieses Flittchen raus!"

In meinem Briefkasten fand ich einen Brief von Herrn Wissing. Er habe es sich überlegt und schlage einen Tauschhandel vor: Ich solle auf die Zehntausend verzichten, und er verzichte auf die Weitergabe meines Namens. „Ich denke, das wir dann quitt sind", stand da zu lesen. Die Rechtschreibreform war bei ihm falsch angekommen, aber mein Angebot auch. Ich schrieb ihm auf demselben Brief zurück, er könne seine Kleinbürgeridylle gerne aufs Spiel setzen, seit gestern beeindrucke mich dieser Maserati-Mensch nicht mehr. Gleich brachte ich das Briefchen retour. Meine Kontonummer hatte ich in Rot dazugeschrieben. Weder bei Sonja noch bei Wissing wollte ich klein beigeben. Schließlich hatte sogar der gestiefelte Kater den aufrechten Gang gelernt, als ihm das Wasser bis zum Hals stand.

Als ich zurückkam, stand Ulrike da – in extraweitem Sonnentop und Schlabberhose.

„Hast du Zeit?"

Ich preßte die Lippen aufeinander, ging auf die Terrasse und drehte mir eine.

„Wegen deiner Haushälterin tut es mir leid. Ich war schlecht drauf und sie auch. Ich wollte ihr wirklich nicht reinreden, aber sie hat so eine hitzige Art."

„Darum geht es nicht. Aber ob du willst oder nicht, du bringst mein Leben durcheinander. Im Vorratskeller hast du sogar Gurken zwischen die Tomaten gelegt. Das macht die Gurken weich und gelb, weil Tomaten Äthylen abgeben. – Ich brauche bei dem hektischen Schulbetrieb nachmittags meine Ruhe. Ich liebe die Berechenbarkeit der Natur, die Ataraxie der Stoa und nicht Weißwein, sondern Rotwein."

Sie sah mich verständnislos an. Ich begriff.

„Ich wollte damit sagen, daß ich es mag, wenn es piano zugeht."

„Das verstehe ich gut. Wirklich. Mir geht es ja auch so."

Ich guckte sie ungläubig an. Tränen kullerten plötzlich aus ihren Augen. Ich ging in den Garten, um nach den Tomaten zu sehen. Jetzt aber heulte sie lauter. Die Geschichte zwischen Männern und Frauen ist die Geschichte von Erpressungen. Also ging ich zu ihr zurück.

„Ach, nichts", schluchzte sie, „nur mit Helmut."

Guter Gott! Ich setzte mich neben sie.

„Es war ein so entwürdigendes Wochenende. Helmuts Eltern waren furchtbar. Sie sprachen kaum mit mir." Ulrike stotterte in ihre Hände und war kaum zu verstehen. „Die halten mich wohl nicht für die Richtige. Dabei hatte ich mich nur nett angezogen."

„Na, na."

„Und das Schlimmste ist, daß Helmut plötzlich auch findet, daß ich mich manchmal zweideutig zurecht mache."

Beinahe wäre mir „naheliegend" herausgerutscht. Sie bat mich um eine Zigarette. Ich drehte ihr eine besonders schlanke und gab ihr Feuer. Ein dankbares Lächeln.

„Man muß sich doch nicht älter machen, als man ist. Ich bin doch kein Aschenputtel!" sagte sie, holte tief Luft und reckte sich. „Ich brauche etwas zur Ablenkung."

Ich saß in der Falle.

„Die Zeit heilt alle Wunden, sagt der Volksmund."

„Und was sagt dein Mund, Pepa?"

Sie hüstelte den Rauch aus. Ich sah auf die Uhr.

„Ich brauche jetzt etwas zu essen."

„Prima! Das ist eine tolle Idee! Wir kochen zusammen."

Ich hatte mehr an eine Stulle gedacht und zuckte zusammen. Ulrike wippte aufgeregt auf dem Deckchair herum. Augenblicklich waren die Tränen verdunstet, und Helmut war samt seinen klugen Eltern wie weggeblasen. Sie sprang auf und stand schon auf der Schwelle, als sie fragte:

„Und was?"

Ich mußte sie mit etwas Kompliziertem abschrecken.

„Rotbarbe mit süßsauren Tomaten und Pilaw."

Sie guckte mit ihrem blauen und braunen Auge irritiert, klatschte dann in die Hände, rief: „Ich mache das Pilaw!" und war verschwunden, bevor ich sagen konnte, daß es nicht ‚das', sondern ‚der' Pilaw heißt und ich eigentlich gar keine Lust hatte.

Die Rotbarbe hatte ich vor einiger Zeit ausgenommen, filetiert und eingefroren. Die süßsauren Tomaten waren ziemlich frisch gemacht – mit einem Fonds aus Zwiebeln, Knoblauch und nur wenig Birnendicksaft, aber etwas mehr Rotwein, zum Beispiel Barolo mit seiner Nebbiolo-Traube, die reichlich Tannin enthält. Dazu ein Gewürzbeutel und Kräuter nach Geschmack. Die Cherry-Tomaten müssen eingestochen und dreimal mit dem lauwarmen Fonds übergossen werden. Jetzt standen sie kühl im Vorratskeller. Eh ich mich versehen hatte, waren Fisch und Tomatenglas in der Küche. Und dazu ein Sherry.

„Prost! Ein herrlicher Abend wird das!"

Das konnte ja heiter werden. Ulrike begann ihre Attacke mit einem zweiten Glas und suchte sich Reis, Fleischbrühe, Zwiebeln, Knoblauch und Lauch zusammen und ließ sie in einer Linie antreten, um sie sich nacheinander mit dem Säbel vorzuknöpfen. Ich bat sie, sich Zeit zu lassen, da die Filets, wenn sie mit der heißen Sauce aus Tomatenfonds und südlichen Kräutern übergossen waren, noch ziehen mußten.

„Schneide doch schon mal die roten Zwiebeln in Ringe, bitte!"

„Ach, herrlich, wenn es lange dauert!" schnatterte es.

Als ich die Filetstücke pariert, gewürzt und angebraten hatte, waren die Zwiebelringe schon in der Gratinform ausgelegt – exakt wie friderizianische Bataillone. Außerdem stand neben dem abgebrochenen Kaktus auf der Fensterbank eine Flasche Montepulciano. Mein einziger Rosé, der mit Fisch geht. Sie zog die Augenbrauen hoch und legte neckisch die Hand an die Hüfte.

„Richtig?"

„Richtig."

Sie schenkte uns „schon mal" ein. Ich bat sie, die süßsauren Tomaten zu schälen, während ich die Filetstücke mit der Hautseite nach oben auf die friderizianischen Zwiebeln legte. Jetzt konnte ich die Filets mit der Sauce übergießen und ziehen lassen. Ulrike hatte sich wieder in die Schlacht um den Pilaw gemacht und ohne Unterlaß geredet. Ich war geneigt, bei RTL anzurufen und sie für „Peep" vorzuschlagen oder einen Verlag für ein Kochbuch mit dem Titel „Kochen mit dem Zack!" zu suchen.

Jetzt war eine Pause dran. Ich nahm ein volles Glas und floh auf die Terrasse zu meinem Aschenbecher. Der Ascher ist aus glasierter Terrakotta und hält den Mund, wenn ich mich neben ihn setze. Sonja hatte auch mal gerne geschwiegen. Schade.

Als ich in die Küche zurückkehrte, war Ulrike verschwunden. Der Patna-Reis köchelte in der Fleischbrühe mit dem gedünsteten Gemüse vor sich hin, der Tisch war wie zu einer Party gedeckt. Ich fühlte Bewunderung in mir hochsteigen und machte mich daran, die Knoblauchzehen im Olivenöl goldgelb zu backen und die geschälten Tomaten mit den Knoblauchchips über den Fisch zu verteilen. Da stand sie in der Tür.

Was alles in so einen Koffer paßt! Voltaire hatte gesagt, daß die Frau ein Wesen sei, das sich anzieht, schwätzt und sich umzieht – oder so ähnlich. Jetzt trug sie ein kleines Rotes, um das eine schwarze Schärpe gebunden war, und schwarze Pumps. Sie tat vorwitzig.

„Schlicht genug für dich?“

Ich merkte den Wein. Ulrike war vom Typ „Carpe diem“ und plagte sich nicht lange mit Vergangenem herum. Sympathisch. Sie hatte glühende Bäckchen, und als sie auftrug, sagte sie kaum hörbar „Danke, Pepa!“ und streifte meine Schulter. Ich merkte, wie mein Zug zu rollen begann. Zumal es ausgezeichnet schmeckte. Der Pilaw hatte einen Touch Sherry abbekommen, und die Rotbarbe hinterließ im Mund dieses stimulierende Aroma von langsam erkaltendem Fisch. Ich lächelte, sie zurück.

Während sie über ihre Ehe und ihren Gatten sprach, entspannte ich mich langsam. Mehrmals stieß sie mich wie in Fahrt mit den Füßen an. Längst standen die Pumps abseits. Mit jedem Wort bestärkte sie meine Vorbehalte gegen legalisierte Liaisons. Friedrich Engels hatte das große Wort von der „bleiernen Langeweile“ der bürgerlichen Ehe gesagt. In einer Ehe repräsentiere der Mann den Bourgeois, die Frau das Proletariat. Froh, solchen Bindungen entronnen zu sein, prosteten wir uns zu.

Beim Abdecken setzte sie sich, als brauche sie eine Verschnaufpause, neben mich. Sie zog ihre Schultern zusammen, so daß sich das kleine Rote vom Dekolleté abhob. Ich erwartete, daß sie etwas sagte wie „jetzt werd ich aber müde“. Spürbar erhob sich Schopenhauers

Erkenntnis, daß der Geschlechtstrieb der Kern des Willens zum Leben ist.

Da klingelte das Telefon. Ulrike erstarrte, ich wachte auf.

Es war Heinz.

„Du mußt sofort zu Gertrud kommen!"

Es sei etwas Schlimmes passiert.

„Was denn, um Himmels Willen?"

„Rede nicht! Komm!"

„Sag schon, was!"

Er hatte aufgelegt. Ulrike stand verwirrt in der Tür.

„Irgendwas ist mit meiner Haushälterin. Ich muß zu ihr."

Ulrike weinte.

Ich machte, daß ich wegkam.

Gertrud lag auf ihrem Blümchensofa und sah aus wie eine abgeschminkte Diva. Heinz sagte, er sei eigentlich nur vorbeigekommen, um etwas über Fabians Beerdigung zu erfahren. Da habe sie ihm schon wie unter Schock aufgemacht. Gertrud sah mich blaß an und drückte mir schwach die Hand.

„Was ist denn passiert?"

Heinz zuckte mit den Schultern.

„Irgend etwas mit Sebastian und Geld und Blut."

Gertrud versuchte sich aufzurichten und sagte leise:

„Im Auto."

„In Ihrem Auto?"

Sie nickte.

Ich lief in die Garage und sah das Malheur. Ihr Auto war übersät mit Hundertmarkscheinen, und überall klebte Blut – auf den Armaturen, an der Beifahrertür und den Scheiben.

Ich erzählte es Heinz. Der wollte es selbst sehen.

Gertrud blickte mich leer an. Ich setzte mich neben sie, streichelte ihre Hand und versuchte, ihr etwas zu entlocken. Als Heinz zurückkam, wirkte er besorgt. Er hatte das Geld eingesammelt: Zweitausendsechshundert Mark. Gertrud hob und senkte die Augenlider. Ich holte aus dem Wohnzimmerschrank einen Cognac. Der half. Nach einer halben Stunde konnte ich ihr schon wieder eine Eve in den Mund stecken. Ihre Kuckucksuhr und die Pendeluhr schlugen synchron

Mitternacht. Es hörte sich böse an, was Gertrud nach und nach herausbrachte.

Sie hatte Sebastian im ‚Route Sixtysix' aufgespürt, sich als Fabians frühere Kinderfrau ausgegeben und von Sebastian verlangt, ihr klaren Wein einzuschenken. Schließlich waren sie nach draußen gegangen und hatten sich in ihr Auto gesetzt. Viel zu spät hatte sie gemerkt, daß Sebastian unter Strom stand.

„Wer ahnt denn, daß ein Motorradfahrer sich betrinkt?"

Und plötzlich sei der Junge durchgedreht, habe zu schreien und zu heulen angefangen, habe sie mit einem Messer bedroht und die Hundertmarkscheine herumgeworfen.

„Dieses Scheißgeld! Ich habe sie auf dem Gewissen! Ich! Ich!"

Sie habe ihm das Messer abnehmen können, ihn geschüttelt und geohrfeigt, bis er damit herausgerückt sei, daß er Fabians Oma gemeint habe. Auf einmal habe er wieder das Messer in der Hand gehabt und sich an beiden Händen die Pulsadern aufgeschnitten, daß es spritzte, habe irre gelacht, sei mit dem Messer aus dem Auto gestürzt und im Dunkeln verschwunden.

„Und ich, ich bin nicht hinterher! Ich hab da nur gesessen – wie versteinert – und dann bin nach Hause gefahren."

Sie schlug die Hände über den Kopf und weinte. Heinz wollte die Nacht über bei ihr bleiben. Ich machte mich auf den Weg zur Hinteren Stegge. Als ich zum Torbogen kam, stand da trotz des Regens eine Menschentraube. Die alte Lilienthal sei verunglückt, erzählte man mir. Notarzt und Polizei seien schon da. Eine Nachbarin habe sie unter einem umgestürzten Bücherregal gefunden.

„Das mußte ja mal passieren", sagte ein Dicker in Trainingshose und Gummischlappen. „So was von Chaos in der Hütte! Und alles Sperrmüllregale!" Die anderen nickten.

Ich drängelte mich nach vorne. Die Haustür stand offen. Überall Licht. Eine alte Frau weinte. „So eine nette Frau", war zu hören und: „So eine gebildete Dame!" Zustimmung von allen Seiten.

Bewegung kam in die Menge. Ein Transportfahrzeug fuhr heran und hielt. Ein Zinksarg wurde ausgeladen. Auf den hohlen Kasten trommelte der Regen. Ich fuhr zu Gertrud zurück.

Heinz öffnete. Sie war eingeschlafen. Er hörte ernst zu.

„Das sieht schlimm aus. Wir müssen Sebastian finden."

„Jetzt?“

„Jetzt.“

Doch keiner von uns erhob sich. Plötzlich schlug Gertrud die Augen auf.

„Fahrt gleich los! Ich komm schon wieder hoch. Aber dieser Junge! Mein Gott, ihr müßt ihn finden!“

Ich fragte die Mädels von der Bedienung nach ihm und gab mich als Sebastians Vater aus: achtzehn Jahre, ein langer Kerl in Motorradkluft, rote Stoppelhaare, vorspringender Adamsapfel. Er sei gegen neun mit seinen Kumpels hier gewesen. Eine kleine Serviererin hatte etwas gehört. Im Suff habe sich einer den Puls aufschneiden wollen. Ein Jugendlicher mit russischem Akzent wollte gesehen haben, wie es auf dem Parkplatz gespritzt hatte. Die Kumpels von dem Typ hätten ihn festgehalten und verarztet. Ins Krankenhaus hätten die mit ihm gewollt, erzählte eine kurzhaarige Blonde. Nach zwanzig Minuten waren wir auf dem Weg ins Krankenhaus. An der Pforte gab man uns die Zimmernummer. Besuch sei jetzt natürlich nicht möglich. Immerhin wußten wir, daß der Junge verwahrt war.

Die ganze Zeit hatte Heinz vor sich hin kombiniert. Ich hatte ihn gelassen und nichts gesagt. Obwohl ich hundemüde war, nickte ich, als er mich noch auf ein Pils einlud. Alles war mir recht, wenn ich nur nicht zurück nach Hause mußte. Nach einigem Herumfahren fanden wir noch eine offene Kneipe. Heinz hatte das Kombinieren aufgegeben und sich in Jugendsoziologie festgebissen.

„Na gut, ich bin eben konservativ. In meinem Alter darf man das. Aber ist das nicht eine verfluchte Entwicklung? Hier, schon bei uns im Ländlichen!“

Sein großer Kopf hing schwer auf der Brust. Er bestellte zwei Pils.

„Was meinst du mit ‚verflucht‘?“

Das Pils schmeckte mir nicht. Eigentlich schmeckt mir Pils nie. Außerdem sind Rotweintrinker klüger, hat eine US-Studie bewiesen.

„Ich könnte Fabians Eltern verfluchen. Die haben den Jungen allein gelassen, er lernt in seiner Schüchternheit diesen Sebastian und seine Bande kennen, verliebt sich in den Burschen – oder was immer da war –, lebt seine unausgeglichenen Familienbedürfnisse aus und läßt sich dabei auf gefährliche Sachen ein. Und sein Freund, dieser Sebastian, hat einen halben Vater und macht dumme Sachen."

„Heinz, die Zeiten sind hart, aber modern. Italienisches Sprichwort."

Er sah mich traurig an. Ein Vertreter der Vormoderne. Daß unsere Vorstellungen den Realitäten nicht standhalten, hatte er noch nicht begriffen. Wir denken, die Sonne ginge auf, doch geht die Sonne nicht auf. Es dreht sich eben nur unsere alte Erde. So geht es in der Moderne mit allem. Heinz versteckte sich dauernd vor diesem kopernikanischen Schock.

„Es muß doch Leute geben, Pepa, die für sich und andere Verantwortung übernehmen. Da kann mir die ganze Modernität egal sein."

Vor einer nüchternen Bestandsaufnahme drückte er sich, wo er konnte. Verantwortlich ist heute, wer längerfristig denkt, nichts sonst. Fabian und Sebastian hätten eben die Risiken kalkulieren sollen. Das sagte ich Heinz nicht. So hart wollte ich ihn nicht anfassen.

„Du meinst die Pünktlichen und Tüchtigen, die immer mit dem Spaten bei Fuß stehen. Die Langweiligen. Es muß aber auch die anderen geben."

„Denk an diese Marga vom letzten Jahr. Das kann ich nicht haben. Die dachte überhaupt nicht an andere. Zum Beispiel melden sich immer weniger zu den Pfadfindern, Meßdienern, zum Kolping …"

Ich mußte tief Luft holen. Heinz hatte für mich genau die falschen Beispiele herausgegriffen. Er merkte es.

„… zu den Sportvereinen, zum Roten Kreuz, sogar zu Ferienfreizeiten."

Heinz begriff einfach nicht, daß heutzutage auch die Gefühlserlebnisse marktgesteuert sind und daß sich seine Mutter Kirche und andere wie ein Dienstleister auf dem Markt zu behaupten hatten. Dieses Lamentieren half nicht weiter. Die Jugend war illusionslos, und wenn Fabian und Sebastian sich in etwas einmischten, was sie nichts anging, taten sie es wie in einem Spiel. Das Leben teilte sich für sie in Episoden, in Events. Auch ich hätte mich ohne diesen Kohlkopf Wissing nicht in den Wettkampf geworfen. Ich kalkuliere langfristig und will meine Ruhe. Die Idealisten haben genug Elend über die Menschheit gebracht. Und die Religiösen sind Egoisten wie andere auch. „Alle Religion ist egoistisch und fängt mit der Unsterblichkeit an." Schlegel.

„Laß es, Heinz. Die Welt läuft anders. Da machst du nichts dran. Erzähl mir lieber, was du von Sebastians Hundertmarkscheinen hältst."

„Sebastian ist mal so, mal so. Davon gibt es halt immer mehr. Das alles läßt Böses erahnen."

Wir schwiegen uns an. Ich hatte keine Lust, Heinz darüber aufzuklären, daß das Leben ein Geschäft ist und Sebastian wahrscheinlich nur gesehen hat, wie dessen Kosten zu decken sind. Irgendwann hatte ich mein Pils heruntergewürgt. Der Kneipier hatte seine Theke schon taghell gewienert, kassiert und guckte dauernd rüber. Heinz brachte mich nach Hause und sagte, als ich ausstieg:

„Ich glaube, daß mehr Geld im Spiel ist, als wir uns vorstellen. Wir werden uns auf einiges gefaßt machen müssen. Du hast mich auf deinem Handy?"

Ich nickte und sah ihn an, wie er da vor sich hin stierte. Heinz hatte eigentlich ein trauriges Profil. Schuld daran war seine Tropfennase. Manchmal tat er mir leid. Ungläubige müssen mit Gläubigen umgehen wie mit Kindern. Ich tätschelte sein Handgelenk.

„Schlaf gut."

8

Professor Ribbe begrüßte mich mit der ihm eigenen Freundlichkeit. Jetzt sah ich, daß er die leichte Angewohnheit hatte zu buckeln. Ich hatte gehofft, er würde sich nach den ersten Worten etwas aufrechter stellen und geradeheraus reden, doch nicht nur während der Begrüßung mußte ich seine übertriebene Höflichkeit ertragen, sondern auch in der nächsten Stunde. Auch gegenüber seiner Sekretärin verhielt sich Ribbe devot. Ich erhielt also keine Vorzugsbehandlung. In lächerlicher Art entschuldigte er sich, als er ihr ein englisches Diktat in die Hand drückte.

Von seinem Büro, das in einem kahlen Dienstleistungsbau untergebracht war, hatte man einen bevorzugten Blick auf das Bagno und den Golfplatz, aber auch auf die Außengebäude des Instituts, die sich um einen alten Gutshof in Baumberger Sandstein herumgruppierten.

„Ja, wir haben hier einen hervorragenden Rundblick", erklärte er mit japanischen Verneigungen und bat mich ins Erdgeschoß, wo sich ein Großteil der Labors befand, die der Züchtung unter anderem von Bakterien- und Zellkulturen und tierischen Embryonen dienten.

„Wir haben hier nur Sicherheitsstufe zwei", sagte er und lächelte, als hätte er mir mehr gegönnt.

Wir betraten weiß gekachelte Laborräume, die wie alle Laboratorien der Welt aus Laborbänken und Cleanbenches mit Zuchtgläsern, Flaschen und Fläschchen, Elektronenmikroskopen, Homogenisatoren, Zellmühlen, Zentrifugen und Fermentern bestanden, aus Schreibtischen mit Computern, Meß- und Aufzeichnungsgeräten. Der Professor erklärte mir übertrieben zuvorkommend die Geräte und ihre Funktionen, von denen ich die meisten kannte. Großzügig gestattete er mir sogar einen Blick in seine Genbibliothek, die Kühl- und Bruträume und die Impfkammer.

Bis auf einen Assistenten waren wir allein zwischen all den Geräten und Schränken, in denen zu Tausenden die Kulturen und Kolonien untergebracht waren. Als ich Alkohol roch, dachte ich zuerst an Lösungsmittel oder Antiseptikum, bis ich merkte, daß der Professor selbst Quelle des Geruchs war. Ich sah ihn an. Einige großporige Flecken hatten sich bereits auf der Nase gebildet.

„Es arbeiten hier über dreißig Leute, zum Teil Studierende der höheren Semester, Doktoranden natürlich. Wir sind also ein kleines Institut."

Er lächelte, als wollte er sich mit diesen Angaben entschuldigen.

„Sicherlich auch nicht die neuesten Apparate. Die werden Sie im Sonderforschungsbereich sehen."

Er sah plötzlich unglücklich aus, während er auf eine Gelelektrophorese-Apparatur zur Trennung von Nucleinsäuren und Proteinen wies und auf eine Ultramikrowaage tippte, die auf einem Wägetisch stand.

„Das sind ordentliche Geräte. Aber sehen Sie, den alten Plotter benutzen wir auch noch."

Verschämt zuckte er mit den Achseln und stellte seine Schneidezähne auf die Unterlippe.

Als Beispiel für eine Retrovirusintegration sah ich in Brutschränken Petrischalen, in denen Retroviren mit einem Mäuse-Gen manipuliert waren, um mit diesem Vehikel das Mäuse-Gen in die befruchtete Eizelle eines Hamsters zu transportieren. Diese Verfahren seien ungezielt, quasi nach der Methode trial and error. Er zeigte mir Batch- und kontinuierliche Kulturen auf Objektträgern, in Reagenzgläsern, Kolben und Flaschen, Schüttelkulturen und die Kameras zur Aufzeichnung von Wachstumsverläufen.

Immer wieder verbeugte er sich werbend, und ich nickte und sagte zig Mal „Natürlich!" und „Interessant!" Bei jeder Erklärung schien er zu glauben, daß man ihn als Zumutung empfände, so daß ich alles tat, den armen Mann nicht zu verunsichern. Ich fühlte mich von einem ständigen Bedürfnis bedrängt, ihn zu hätscheln.

Gezieltere Versuche, erklärte er, liefen bei ihnen zur Erzeugung von menschlichen Eiweißen ab. Die Produktion von Humaninsulin durch Bakterien gebe es seit über zwanzig Jahren, Biopharmaka seien als Medikamente, Impfstoffe und bei Hormontherapien üblich. Das Gen-Pharming werde hier an Ziegen ausprobiert, die so manipuliert seien, daß sie menschliche Eiweiße ausschieden. Dazu müßte in das Erbgut der Tiere ein Genkonstrukt aus dem Gen für das entsprechende menschliche Gen und ein Gen-Aktivator eingefügt werden. Er zeigte auf einen Glasschrank. Im übrigen sei ihre Arbeit der Ausbildung des

Nachwuchses verpflichtet. Konkurrieren mit den großen Genlabors könne man natürlich kaum.

„Wir versuchen natürlich auch, Lactoferrin durch Zell- und Pilzkulturen zu produzieren. Da gibt es von den großen Labors viel Konkurrenz. Aber wir hoffen trotzdem …“

Sein Blick geriet wieder zu einer Entschuldigung. Als hätte er an Schwiegermutters Kaffeetafel ein zweites Stück Torte genommen. Rasch nickte ich ihm wohlwollend zu. Ein heiterer Zug überlief sein gespitztes Gesicht.

„Frau Doktor Ahlfeld, bitte sehr, zeigen Sie doch unserem Gast, bitte, was Sie da gerade machen, sozusagen.“

Eine Vollbusige mit Brille über dem Mundschutz injizierte unter einem Elektronenmikroskop mit einem Mikromanipulator humane Gene in eine in vitro befruchtete Eizelle, die dann in eine scheinträchtige Sau eingesetzt werden sollte. Die Eizellen stammten von Tieren aus dem Schlachthof. Aus ca. 100 genmanipuliert befruchteten Eizellen entstünde höchstens ein Ferkel, das sich zu einem transgenen Tier entwickeln solle. Ihre aktuelle Reihe versuche, Schweinenieren so zu manipulieren, daß sie partiell humanisiert und für Transplantationen verwendbar seien. Ich versuchte, mir alles für meinen ‚Grass‘ zu merken.

Der Professor stellte seine Zähne auf die Unterlippe und lächelte seine füllige Mitarbeiterin an. Nicht wie ein Vorgesetzter, eher wie ein lieber Onkel.

Als wir über den Parkplatz zu einem der Außengebäude gingen, sah er verschämt auf die Uhr, errötete, wand sich und bat mich schließlich, ihn in einer Viertelstunde zu entschuldigen.

„Aber Doktor Martin, also mein Mitarbeiter sozusagen, wird sich Ihrer annehmen. In seinem Sonderforschungsbereich. Wenn Sie dann so freundlich …“

Das Oberlippenbärtchen des Professors drohte von roten Pusteln zerdrückt zu werden, so daß ich ihm rasch meines vollsten Verständnisses versicherte und mich wortreich für seine außerordentliche Freundlichkeit einer persönlichen Führung bedankte, die zu erwarten ich natürlich überhaupt nicht das Recht gehabt hätte. Bei dieser Gelegenheit wagte ich es endlich, nach Fabian Markert zu fragen.

„Fabian Markert? Nein, es tut mir sehr leid, Herr Pfühl, aber ich habe sozusagen ein sehr schlechtes Namensgedächtnis und kenne die meisten Hilfskräfte nicht. Es tut mir leid. Nein, wohl kaum. Ist etwas mit ihm?“

Als ich erzählte, daß er tödlich verunglückt sei, reichte der Professor mir die Hand und versicherte mir sein Beileid, als handelte es sich um meinen eigenen Sohn. Schließlich fand er aus seiner Anteilnahme heraus, als ich mehrfach betonte, daß es nur der Neffe einer Nachbarin gewesen sei.

„Ich will Ihnen dann doch aber wenigstens noch die konventionellere Seite unserer Arbeit zeigen. Zwischen Labor und Stallungen geht es natürlich mächtig hin und her, sozusagen.“

Nach Anlegen der Schutzkleidung betraten wir ein ebenfalls gefliestes, helles Gebäude, in dem es von Tausenden von Mäusen wimmelte und quiekte. Die Tiere seien steril zu halten. Einige Tierchen rotierten in Glasbehältern, die nur durch Greifhandschuhe zu bedienen waren. In einem anderen Teil waren Schweine, die in Marzipanrosa und wie zum Reinbeißen dastanden, und in einem anderen Trakt war Geflügel in Einzelkäfigen. Man versuche, sie resistent zu züchten gegen Krankheiten, die in der industriellen Tierhaltung vorkämen: Influenza, Mastitis, Salmonellen, Leukose, auch Ascites-Anfälligkeit und plötzlicher Herztod. An einigen Tieren werde die Wirkung von Immunsuppressiva nach Transplantationen getestet, an anderen die Vererbung transgener Eigenschaften oder die Wirkung verschiedener Wachstumshormone.

„Alles vor allem zu Ausbildungszwecken. Überhaupt nicht konkurrenzfähig.“

Plötzlich hatte er es eilig. Er verbeugte sich mehrmals und wies auf einen Durchgang.

„Dahinter werden Sie dann Doktor Martin in seinem Sonderforschungsbereich sozusagen … Er wird Sie weiter führen und kann Ihnen also das Neueste …“

Ich konnte nicht genug tun, nochmals meine Dankbarkeit zu bezeigen und versuchte ihm damit jedes Wort der Höflichkeit gegen mich abzuschneiden. Anders hätte ich die Verabschiedung nicht ertragen.

Rasch ging ich durch den Gang und stand vor einem langgestreckten, einstöckigen Betonbau, der mich an eine Nissenhütte erinnerte, aus der links und rechts Ofenrohre herausstaken. Mehrmals klingelte ich und wartete vor einer Aluminiumtür, bis endlich geöffnet wurde. Dr. Martin war ein kleiner Dicker mit glänzender Haut und einer Mondlandschaft von Pickeln auf der Stirn. Der Haaransatz wirkte wie implantiert.

„Sie sind Herr Pfühl?“

Er hatte eine kurzfingrige, schlaffe Hand und eine heisere Fistelstimme. Sein weißer Kittel hätte dringend gewaschen werden müssen und zeigte bräunliche Flecken und Streifen. Es ging durch einen niedrigen, schlecht beleuchteten Flur, links und rechts knickten Seitengänge in rauhem Beton ab, aus denen mir hohle Ventilationsgeräusche, Gegacker und Gekrähe entgegentönten. Dr. Martin erkundigte sich wie nebenbei nach meiner Tätigkeit und meiner Bekanntschaft mit Professor Ribbe, den er nur „Ribbe“ nannte. Er schien beschäftigt, belästigt sozusagen, als hätte ich ihn gebeten, mir im Supermarkt zu zeigen, wo die Würstchen stehen.

„Mein Spezialgebiet, das ich hier alleinverantwortlich betreue, ist die Hähnchenzucht. Nebenbei arbeite ich auch an der Proteinverbesserung von Hühnereiern. International gibt es Probleme mit der Leistungssteigerung und der Geschlechtsbestimmung. In Australien und den USA sind große Programme gescheitert. Ich glaube zu wissen, warum.“

Wir standen mitten in einem der dunklen Betongänge und er dozierte, indem er durch mich hindurchsah und in einem unfeinen Tempo herunterbetete, daß er die Methode, replikationsdefekte Retroviren in Keimbahnzellen einzubringen, modifiziert habe, indem er keinen SNV-Typus als Helfervirus mehr benütze. Die Wachstumsprobleme bekomme er langsam mit einem ungewöhnlichen Wachstumshormon-Gen in den Griff, so daß vor allem beim Brustfleischansatz erste Erfolge ohne die lästigen Nebenfolgen zu erkennen seien. Er hoffe überhaupt, daß er die traditionellen Züchtungsstrategien über kurz oder lang auch beim Geflügel überflüssig machen könne. Sogar die fünfzehn bis zwanzig Impfungen pro Tier in den ersten sechzehn Wochen könne man durch Resistenzzüchtungen überflüssig machen. Mehrmals flocht er ein, daß er mir keine Einzelheiten zumuten wolle, und sah mich an, als hätte er lieber gesagt „könne“. Nein, Ausbildungszwecke verfolge er hier mit seiner Abteilung nicht. Das mache ‚Ribbe‘.

„Ich arbeite auf anderem Niveau. Ganz anders. Mit ganz anderen Mitteln."

Während all dieser Erklärungen, die er abgab, als sei ich ein Pressefritze, flog er mit mir durch sein dämmeriges Tunnelsystem, deutete ab und an willkürlich auf Stallungen oder auf einzelne Tiere, die allesamt über eine Nummer verfügten und isoliert gehalten wurden. Ich schätzte, daß hier drei- bis vierhundert Tiere eingestallt waren. Dr. Martins dozierende Fistelstimme kreuzte sich mit dem Geflügelgeschrei. An einem Flur, an dem hinter einer Glastür ein violett erleuchteter Raum aufschien, wo ich Schrankreihen mit farbigen Diodenlämpchen erkannte, eilte er vorbei, und ich wagte nicht nachzufragen. An den letzten Stallungen hielt er an und lehnte sich an einen alten Autoklaven. Mattes Licht fiel auf die rauhe Betonwand und seine fettige Stirn.

„Das alte Ding hier muß für die Inaktivierung der neuen DNA und dergleichen reichen. Die Sicherheitsauflagen sind in Deutschland idiotisch hochgeschraubt." Er verzog die Nase. „Lassen wir das. – Das größte Problem aber ist noch immer, daß die Küken nicht geschlechtsspezifisch produziert werden können. Zuchttiere für Legehennen erzeugen leider auch männliche Küken, die zunächst Kapazitäten binden und natürlich nicht verwertet werden können. Fünfzig Prozent also Unrentabilität! Umgekehrt erzeugen die Muttertiere für Masthähnchen zur Hälfte unbrauchbare weibliche Küken, Ausschuß also, den man bestenfalls im Muser zu Tiermehl verarbeiten kann."

Ich nickte besonders freundlich, als verstünde ich das Problem nur zu gut. Vor seinen Augen Aufzeichnungen zu machen, hätte ich mich bei ihm noch weniger getraut als bei dem Professor. Er grinste lässig, wobei er den Mundwinkel verzog, und wischte sich über die rubbelige Stirn.

„Ich bin kurz davor, wenigstens die genetische Basis der Geschlechtsbestimmung zu verstehen. Das ist bei Geflügel das Problem. Es wäre der Anfang, in vitro gezielt die Küken anzusetzen, die benötigt werden. Doch wird das wohl kaum mehr in diesem Bau passieren. Ich hoffe, bald über ganz andere Kapazitäten und Arbeitsbedingungen zu verfügen. Man wird sehen."

Ich nahm meinen Mut zusammen und sagte:

„Hier hat doch auch mal Fabian Markert gearbeitet. Ein Schüler. Kannten Sie ihn?“

„Wieso?“

„Der Neffe meiner Nachbarin. Tödlicher Unfall. Er hatte hier, glaube ich, gejobbt.“

„Hier beschäftige ich einen Haufen Jugendlicher. Die Namen kenne ich nicht alle. Ich habe einen großen Bedarf an tierpflegerischen Hilfsarbeitern, wie Sie sich vorstellen können.“

Er griff in die Brusttasche und reichte mir seine Visitenkarte. „Dr. Dr.“ war darauf zu lesen.

„Doppeldoc?“ fragte ich bewundernd.

„Den ersten für den Veterinär.“

Ich nickte mit vorgewölbten Lippen.

Darauf wandte er sich um, ließ mich stehen und fistelte mir über die Schulter zu:

„Auf Wiedersehen. Sie kennen ja den Ausgang.“

Ein paar Tage darauf kam Heinz mit seinen Recherchen. Bei meinem Vieruhrkaffee rief er an. Der Dürener Transit gehöre einer Film- und Medien GmbH mit Namen ‚Eye-Light‘, gab er durch, und der belgische Maserati einem gewissen Albert Marsman aus Namur, vorbestraft wegen Diebstahl, Körperverletzung und Vertrieb pornographischen Materials. Ich schrieb mit und konnte mich nicht konzentrieren. Ulrike hatte sich noch nicht blicken lassen.

„Aber ich habe etwas viel Interessanteres: Die arme Frau Lilienthal ist nicht durch die Bücher oder das Bücherregal zu Tode gekommen, sondern höchstwahrscheinlich durch einen Heizlüfter, der auf dem großen Regal gegenüber der Theke gestanden haben muß. Das Gerät hat beim Umfallen des Regals die tödliche Verletzung an der Schläfe verursacht.“

„Und?“

„Das Gerät steht noch am Tatort!“ Heinz’ Stimme überschlug sich. „Manchmal wird die Spurensicherung nicht hinzugezogen oder der KOK war übermüdet. Personalmangel.“

Da stand Ulrike an der Spüle.

„Laß dich nicht stören, ich räume nur etwas weg.“

„Hallo, Pepa, ist was?“

„Schon gut, mach weiter!“

„Für die Fingerabdrücke. Ich dachte, daß du mir den Apparat bringen könntest. Zusammen mit deiner Browning.“

„Störe ich dich? Dann gehe ich.“

„Nein, natürlich nicht! – Ich meine, wie denn?“

Ulrike guckte mich mit ihren bunten Augen an. Heinz machte eine Pause. Ich nahm einen großen Schluck.

„Warte mal bitte. Ich muß mich sortieren!“

Ich telefoniere auf den Tod ungern. Ulrike merkte endlich, daß irgend etwas nicht paßte. Sie drehte sich wieder zur Spüle und begann das Holzzeugs zu spülen. Also griff ich mir den Kaffeepott und verschwand eine Etage höher in das Arbeitszimmer, wo ich die Tür schloß und mit Heinz und den Chemie- und Philosophieklausuren alleine war.

„Du meinst, daß ich noch einmal in der Leihbücherei was entleihen soll – diesmal für dich?“

„Genau! Und deine Waffe brauche ich ebenfalls. Falls du sie nicht Tag und Nacht in der Hand gehalten hast. Oder hast du einen anderen Gegenstand, auf dem sich die Bogen- und Schlingenmuster von Marsman befinden könnten?“

Der Kaffeepott war leer. Ich brauchte den Rest aus der Maschine. Mit Heinz an der Hand ging ich hinunter und schenkte mir ein. Ulrike wischte gerade über die Kacheln hinterm Herd. Ich beachtete sie nicht weiter und verschwand wieder. Sie mußte gehört haben, wie ich zu Heinz sagte:

„Vielleicht auf Sebastians Hundertmarkscheinen.“

Heinz meinte, daß Marsman wohl kaum auf allen Scheinen seine Finger gehabt habe. Ob ich scharf drauf sei, alle Scheine abzusuchen. Ich schloß hinter mir die Tür. Aber die „Hautleisten“ von Sebastian benötige er ebenfalls.

„Sonst noch Wünsche?“

„Geduld, Herr Studienrat!“

„Wie willst du überhaupt die Fingerabdrücke machen?“

„Das kann schon meine Enkelin. Mit Aluminiumpulver und Schwarzfolie.“

Ich hatte den Verdacht, daß Heinz nur herumspielen wollte. Und ich hatte keine Lust, mich noch einmal über das Klo der Leihbücherei zu hängen, aber Lust, Heinz zu ärgern:

„Das zeige ich meinen Schülern immer mit Ninhydrin. Das macht die Eiweiße sichtbar. Für Papier ist das sogar besser als Silbernitrat, weil die Chloride zu schnell ins Papier einziehen. Oder mit Joddämpfen. Bei Gläsern ist eine Silikonmasse besser als Folie. Das Flammenverfahren taugt auch was, wenn du …"

„Überlaß das mir, Pepa! Ich hab das schließlich gelernt."

Ich sagte nichts, dachte jedoch, daß Heinz Spurensicherung sicherlich nur in der Polizeigrundausbildung gelernt hatte. Und das war über vierzig Jahre her. Damals wahrscheinlich mit Talkum und Ruß. Ich dagegen hatte mich für meine Schüler auf dem Laufenden gehalten. Highlights meines Chemieunterrichts.

„Du, Heinz, ich erinnere mich ziemlich genau, daß der Heizlüfter auf der Theke gestanden hat, und oben auf dem Regal gegenüber der Theke stand mit ziemlicher Sicherheit eine Puppenstube mit blauen Schlümpfen. Wie und warum auch sollte die alte Frau das schwere Gerät da hochgewuchtet haben?"

„Prima. Also bringe es mir doch."

„Das muß ich mir überlegen. Wirklich. Ich habe im Augenblick den Kopf mit anderen Sachen voll."

Ich erzählte ihm von meinem Besuch in Steinfurt. Immer wieder floskelte er mit laienhaften und moralisierenden Bemerkungen herum, die ich als Naturwissenschaftler lieber überhörte: diese Tierquälerei, diese Massentierhaltung, das müsse man verbieten! Meine Vermutungen aber hielt er nicht für relevant. Der Weg führe zu diesem Marsman, sagte er mehrmals. Ich hatte nur einen Grund, nicht aufzulegen: Ulrike. Sie wartete sicherlich drauf, daß ich das Gespräch beendete. Und während ich redete, überlegte ich hin und her.

„Heinz, kannst du gleich noch mal anrufen? Ich werde jetzt unterbrechen. Und wundere dich nicht über das, was ich sagen werde."

„Tue ich doch nie", gab Heinz zurück.

Ich öffnete die Tür des Arbeitszimmers. Heinz klingelte an. Ich sagte vernehmlich:

„Der Personalausweis? Na, endlich! – Jetzt gleich? – Noch eine halbe Stunde? – Gut, das geht. Ich bin sofort da."

Selten genug hat man so ein Glück: Ich fand auf dem Rathausparkplatz eine Lücke. Mittlerweile waren Rücklichter und Reifen meines MX-5 restauriert, und ich freute mich wieder einmal, daß das Kabinettstückchen von Bob Hall jedem anderen Auto-Design überlegen war. Ein Geniestreich im Vergleich zu den plumpen europäischen Karossen, die meinen roten Roadster flankierten!

Unweit ein schwarzer A 8 TDI mit Holzeinlagen. Düsseldorfer Kennzeichen. Ich schaute in den Wagen. Unter dem Innenspiegel hing als Maskottchen ein kleiner Aktenkoffer. Den kannte ich! Wenn man das Köfferlein öffnete, fielen wie an einer Perlenschnur aufgereiht Geldscheinchen heraus. Alles Tausender. Das sinnige Abschiedsgeschenk von Sonja an Günter! Günter ante portas! Der Mann hatte seinen kalten Humor behalten. Mir wurde mulmig.

Über den Marktplatz eilte ich zum Rathaus. Die gute Stube unseres Städtchens spiegelte ihren Niedergang. Ich war fast alleine. Zugegeben, im Regen sind alle Marktplätze grau. Aber bis auf einige Krüppelkiefern in der Mitte bietet der Platz nur Langweiliges: ein einziger Baum, öde Schriftzüge von Billigmarktketten, eine Reinigung. Wer Natur liebt wie ich, fühlt sich hier fremd.

Im Bürgerbüro fragte ich nach Günter Lachsmann. Ja, der sei hier. In einer Besprechung mit dem Bürgermeister. – Ich müsse ihm eine dringende Nachricht zukommen lassen, sagte ich und erhielt die Vorzimmernummer eines Dezernats, das Planungs- und Bauämter umfaßte.

Ich verschwand an einem Nebenausgang. Nachdem er jahrelang Geschäftsführer der Stadtmarketing GmbH gewesen war und sich nach der Scheidung von Sonja zum Düsseldorfer Büro für Absatz- und Marktforschung BAM verbessert hatte, war er wieder zurück. Ein bodenständiger Charakter. Heimweh? Zufall, daß Sonja sich zu ihm geflüchtet hatte? Sie war immerhin in der Kaufmannschaft und über die Personalien und die Zahlen der Stadt bestens informiert. Was steckte hinter der plötzlichen Ankunft des Herrn Lachsmann? Privates oder Karriere?

Der Regen war so stark, daß ich den Schirm aufspannte. Ein Wagen stand im Halteverbot und hatte ein Knöllchen. Mitleidig nahm ich es ab, und klemmte es hinter Günters Scheibenwischer. Herzlich willkommen!

Sollte ich hineingehen oder nicht? Ich stand unter der Markise von Sonjas Boutique und stierte auf die Bustier-Bikinis und die Powersteinwäsche hinter dem Schaufenster. Im Laden war reges Treiben.

„Tag, Sonja!"

Sie bediente gerade und wußte, daß ich rücksichtslos sein konnte. Sie drückte einer vollschlanken Kundin ein paar Miederteile in die Hand und zeigte auf die Umkleide. Mich schleppte sie ins Büro.

„Bitte, Pepa!" zischte sie.

„Du hattest immerhin versprochen anzurufen."

„Du siehst doch, was los ist."

„Für ein Telefonat könnte es gerade noch reichen. – Was macht Günter hier?"

„Bitte, Pepa. Ich verspreche dir: In einer Stunde rufe ich dich an."

Sie hatte nasse Augen. Was sollte man davon halten? Ich nickte und sagte:

„Aber auf dem Handy. Zu Hause gefällt es mir nicht mehr."

In den Pfützen tauchte für Momente die Sonne auf. Ich schlenderte zu Ännchen Lilienthals Bücherei und traf auf dem Weg Sabinchen, unsere Schulsekretärin. Sie trug einen Regenschirm mit rosa Panthern über ihrem netten Köpfchen und drunter ihr Schoßhündchen, das sie an ihr gepolstertes Herz gedrückt hielt. Sie hüpfte vor Freude, als sie mich sah und kam auf den Abiturball zu sprechen.

„Die Karten liegen seit heute vor, Herr Pfühl."

Ich lächelte gequält. Sie achtete nur auf ihren Liebling, den ich begonnen hatte zu kraulen. Dann zückte ich fünfzig Mark.

„Für unsere zwei Karten."

„Aber, Herr Pfühl! Sie müssen mich doch nicht aushalten!"

„Das soll es doch auch nicht heißen, Sabine. Bis morgen!"

Ich tat, als sähe ich auf die Uhr, und war schon fort.

Die Leihbücherei lag verlassen da. Auf dem Hinterhof waren die Bauarbeiten vorangekommen. Kompressor und Schutthaufen waren nicht mehr zu sehen, nur noch zwei Maurerkübel und eine Speismaschine. Das Toilettenfensterchen war geschlossen. Mist! Ich sah mich um, ging um das Haus herum. Es war nicht geöffnet. Ich betätigte den schweren Türklopfer und sah durch das Fenster ins Büchereilokal. Nichts.

„Es ist geschlossen!"

Ich fuhr herum. Hinter mir sah eine Frau aus dem ersten Stock. Sie schnippte die Asche ihrer Zigarette hinunter.

„Ich weiß. Heute ist ja nicht Montag."

„Nein, deswegen nicht. Frau Lilienthal ist doch tot!"

„Was?"

„Ja, am Dienstag. Spät abends. Eines der alten Regale ist umgekippt und ihr auf den Kopf."

„Oh Gott!"

„Brauchen Sie etwas?"

„Ja, ich weiß nicht. Frau Lilienthal wollte mir einige Bücher fertiggemacht haben."

„Warten Sie!"

Sie kam herunter und schloß mir auf.

„Vielleicht finden Sie Ihre Bücher. Die Zufriedenheit ihrer Leser war ihr das Wichtigste."

Draußen rief ein Kind.

„Omi, Omi, ich muß mal!"

Omi eilte hinaus.

Ich rannte sofort in die Toilette, um das Fenster zu öffnen und fluchte: Es war bereits offen! Nur angelehnt. Neben dem Klosett ein neuer Klodeckel mit Brille. Ich legte ihn auf die Keramik, eilte zurück, suchte mir hinter der Theke einen Stapel mit den ewig gestrigen Romanen und sah mich um. Das umgekippte Regal war zur Seite gestellt, davor aufgestapelt die Bücher, daneben der alte Heizlüfter.

„Haben Sie Ihre Bestellung gefunden?"

„Ja, vielen Dank!"

„Vor der Arbeit Verstorbener muß man Achtung haben, nicht wahr?"

Sie wurde rührselig und erzählte mir von der allzu guten Frau. Vielleicht sei sie auch durch den Tod ihres Enkels so durcheinander gewesen, daß sie gegen das alte Regal gerannt sei. Ich nickte und verabschiedete mich. Sie stand an der Tür und rief mir hinterher:

„Wir müssen ja alle mal sterben!"

Aber nicht unter einem Bücherregal, dachte ich. Die alten Schwarten warf ich in den nächsten Container. Oben auf dem Stapel hatte Konsaliks „Heimaturlaub" gelegen. Ein Wink mit dem Zaunpfahl. Ich brauchte Ferien.

An der Burg Angeleck wartete ich auf Sonjas Anruf. Es war zum Verzweifeln! Schon die vierte Zigarette und der dritte Parkbankgast unter dieser dicken Kastanie. Hier war es vollkommen trocken, und ich überlegte, ob ich auf der Bank übernachten oder nach Hause fahren sollte. Oder ein Anruf bei Dr. Leitner? Er würde mir gerne die Telefonnummer seiner Tochter ausleihen. Ein nettes Abendessen irgendwo. Ich war bereits aufgestanden und hatte den Schirm wieder aufgespannt, als es klingelte. Auf die Parkbank setzte sich ein älteres Paar und hielt sich umschlungen. Die hatten es gut. Ich marschierte los.

Sonja entschuldigte sich. Immerhin. Sie erklärte, Günter habe vor einer Woche angerufen. Wegen eines hervorragenden Angebots der Stadt. Öffentliche Ausschreibung, aber er solle sich unbedingt bewerben. Da habe er wissen wollen, wie und was und wieviel in der Stadt. „Bei der Gelegenheit habe ich ihn gefragt, ob ich fürs Wochenende kommen könne. Ich war gerade von deiner Ulrike gekommen."

„Es ist nicht ‚meine' Ulrike, verdammt noch eins!"

„Lassen wir das. – Was macht denn da so einen Krach? Ist verstehe dich kaum."

„Der Regen. Ich bin im Angeleck-Park und laufe mir den Frust und die Wut von den Sohlen. – Und jetzt – ich meine, du und Günter?"

„Wir haben uns vor allem über die Standortentwicklung der Stadt unterhalten. Das hat mich abgelenkt. Er soll die Ansiedlung eines Riesenunternehmens vorbereiten und durchsetzen, weil das auf Widerstände stoßen könnte."

„Bitte, Sonja, ich will doch darüber gar …"

Ich hatte nicht gemerkt, wie ich durch eine tiefe Pfütze gelaufen war, und hatte nun einen nassen Fuß.

„Das ist aber wichtig, Pepa! Es geht nicht immer nur um deine Idylle! Es geht hier um Arbeitsplätze und Gewerbesteueranteile in unglaublicher Höhe: Geschätzte vierzig Prozent der Gewerbesteuer! Weißt du eigentlich, was das bedeutet? – Ich mag nicht immer nur um uns kreisen. Ich brauche Abstand. Und da kommt mir Günter gerade recht."

„Mensch, Sonja. Du verrennst dich doch wieder! Weder habe ich was mit Helmuts Freundin Ulrike …"

„Laß das doch, Pepa! Bitte!"

„… noch kann dir Günter irgend etwas außer Geld bieten. Das ist doch alles absurd. Vollkommen absurd! Ich bin dir seit unserer ersten Nacht treu! Und dabei hätte ich tausend …“

„Du, Pepa, es ist gut, ja? Ich möchte mal einige Zeit über dich – über uns nachdenken. Also, versuche nicht, mich zu erreichen. Bis später. Mach’s gut.“

Aufgelegt. Ich stellte mich mit voller Absicht an den Ufersaum, ins Schilfgras des Burggrabens, wo der Regen Kreise machte wie Zwiebelringe, und genoß, wie sich die Schuhe und die Strümpfe vollsogen. Wie schrieb doch die Droste: „Ich bleibe hier, ich geh nicht von der Stelle, bevor der letzte Tropfen fällt.“

9

Mein Geschenk steckte ich in den Briefkasten. Daß ich nicht eingeladen war, wunderte mich nicht. Zwei Tage vorher war das Zelt angeliefert worden. Das Wetter sollte trockener werden, die Luft bierseliger. Mit der Feier seines Sechzigsten hatte Franz Wissing es also prima getroffen. Nur mein Geschenk würde seine Stimmung trüben. Als ich mich umdrehte, stand da ein Mann in Veltins-Käppi und Köpi-Schürze.

„Is hier Wissing?“

„Hier is Wissing“, sagte ich.

Der Mann wandte sich um und winkte einen Getränkelaster heran. Wissings Zapfanlage mit allem Zipp und Zapp. Mein Geschenk war allerdings auch nicht ohne. Es war nicht einmal teuer gewesen. Poster-Aktion in meinem Photo-Laden. Aber es hatte das gewisse Etwas: Franz Wissing in Großaufnahme beim Hahnenkampf. Vor einem dunklen Hintergrund. Schwitzendes Gesicht, aufgerissenes Maul, die Arme hochgerissen. Am Boden vor ihm im Lichtkegel Großhahn gegen Kleinhahn. Blinkende Sporen, eine Blutlache glänzend am Boden. Bisher hatte ich Wissing dieses besondere Photo vorenthalten. Das Poster war in Puzzle-Teile geschnitten. Sogar die Rückseite konnte gelegt werden. Da stand zu lesen:

„Dieses Poster wird ab Dienstag im Nachbarschaftskasten hängen, wenn das Geld nicht eingegangen ist. Oder wollen Sie den Einundsechzigsten alleine feiern?“ Es folgte meine Kontonummer und „Herzlichen Glückwunsch zum Geburtstag!“

Das war meine letzte Mahnung. Ich wollte das Poster tatsächlich in den Kasten hängen – vielleicht zunächst mit ausgeschnittenem Kopf. Damit durfte das Problem Wissing gelöst sein. Die Lösung eines Problems merkt man am Verschwinden dieses Problems. Und dieser Satz von Wittgenstein sollte auch für Ulrike gelten. Ulrike weg, die Spendenquittung über zehntausend Mark an Sonja. Der Rest würde mit Gertruds und Heinz’ Hilfe auch gelingen.

Als ich aus Wissings Einfahrt kam, lief ich gegen seine Mülltonne. Hätte ich fast vergessen: Diese Woche war die gelbe Tonne dran. Als ich in meiner Garage stand und die Hand an die Mülltonne legte, hielt ich inne. Da drinnen lag ein Toter! Geruchsversiegelt. Der tote Hahn.

Ich hätte mich ohrfeigen können! Während unserer Fahndung hatte niemand daran gedacht, das corpus delicti sicherzustellen. Wir hatten uns nicht mal gefragt, wer das Tier auf dem Gewissen hatte. Und dabei hatte alles damit angefangen!

Ich streifte Gertruds Haushaltshandschuhe über und öffnete die Tonne. Es war gut, daß es nach Müll stank, nicht nach Kadaver. Als ich zwischen den verschmierten Tüten und Dosen die Polyäthylentüte herauszog, kamen wieder meine verdreckten Slipper zum Vorschein. Damals schon war Sonja so sperrig gewesen. Als hätte sie einen Grund zum Mißtrauen gehabt. Die Tüte mit dem Tier stellte ich auf den Boden. Tadellos luftdicht. Kaum Spuren oxidativer Zersetzung. Ich atmete auf und brachte den Plastiksack in meinen kühlen Werkkeller. Das arme Tier mußte schleunigst zur Obduktion.

Sebastian fehlte in der Schule. Sabinchen suchte mir seine Krankmeldung heraus. Ein nichtssagender Schrieb mit Sebastians Unterschrift. Ich bat Sabine um eine Kopie und nahm mir wie unabsichtlich das Original. Für Heinz' Hautleistenanalyse.

Sabinchen nutzte sofort aus, daß wir alleine im Sekretariat waren, stellte sich eng vor mich und bedankte sich mit geschürzten Lippen für meine Großzügigkeit wegen der Abi-Karten.

„Nehmen Sie die Karten bitte. Wenn ich sie habe – das ist mir so peinlich. Holen Sie mich ab?"

In zwei Wochen stand mir wieder der Kampf gegen ihre Nachtschwärmerei bevor. Ich nickte. Sie rückte enger heran.

„Herr Pfühl, was …"

Scheppernd wurde an die Bürotür geklopft. Das Glas in der Tür ist Locker. Kein Geld, sagt die Stadt. Mit Getöse erschien – wie der Deus ex machina – Rainer. Mein Retter! Ich verdrehte die Augen und atmete sichtbar. Sofort erfaßte er die Situation und griente. Wenn das Aas sich jetzt entschuldigte und wieder rausging …!

„Ach, Peter. Ist ja tragisch mit dem Fabian Markert. Ein Unfall, habe ich gehört."

Rainer war doch in Ordnung. Ich lächelte ihn dankbar an.

Sabine schaltete sich ein.

„Und dann seine Oma.“

„Wie?“

„Herr Bulting, haben Sie das nicht gehört? Der Junge wohnte bei seiner Oma, weil die Eltern – na ja. Zwei Wochen nach dem Unfall von ihrem Enkel kippt sie sich ein Bücherregal …“

Rainer krauste unglücklich die Stirn und unterbrach.

„Die Lilienthal? Die war Fabians Oma? Ist mir tatsächlich durch die Lappen gegangen.“

Rainer geht Lokales sonst nie durch die Lappen. Zum Trost legte er sich ein Kaugummi zwischen die Kiefern und begann zu mahlen. Das Telefon klingelte. Schulamt. Sabine stellte zum Chef durch und war gleich wieder bei uns.

„Und unser Sebastian Schöttler war Fabians Freund.“

Sabine hatte „Freund“ beinahe gesungen – etwas schwül. Jetzt war Rainer wieder informiert.

„Was man alles hört. Die Leute zerfetzen sich die Mäuler.“

„Was hört man denn?“

Ich tat unwissend. Gertrud hatte mich informiert, daß Sebastian wieder zu Hause war und sie erneut versuchen wolle, ihn zu Auskünften zu überreden.

Rainer zuckte mit den Schultern. Dieser Riese war ein Gefäß für Butterstullen und Lokales und gab beides nur sitzend und häppchenweise wieder von sich. Dagegen war Sabinchen verschwenderisch.

„Der Junge ist doch unberechenbar und in einer Motorradclique und soll sich mit Fabians Oma nicht grün gewesen sein. Die beiden waren doch schwul – ich meine Fabian und Sebastian.“

Sabine wußte mehr als ich – und zwar ohne Einbruch. Ich guckte unterbemittelt.

„Und?“

„Wäre es nicht leicht für Sebastian gewesen, im richtigen Augenblick das Regal …?“

Rainer guckte fast böse.

„Bitte, Frau Mimken!“

„Und hinterher dieser Selbstmordversuch!“

„Ich bitte Sie! Er ist wahrscheinlich betrunken in eine Glastür gefallen.“

Rainer stand an der Bürotür und kaute schmunzelnd. Wieder klingelte das Telefon. Ich nutzte die Gunst des Augenblicks.

Kaum war ich entwischt, kam Sabine hinter mir her.

„Herr Pfühl! Der Hausmeister. Auf der Jungentoilette!"

Ich eilte die Treppen hinunter. Auf dem Klo saß einer aus der achten Klasse und jammerte und hielt sich den Hintern. Natürlich das Übliche. Mutprobe, Selbstversuch. Seit Jahren predige ich, daß abgehende Blähungen je nach persönlicher Darmflora brennen. Wasserstoff und Methan brennen eben.

„Verdammt! Macht das, wenn schon, in der Badewanne!"

Ein Knabe grinste. Man habe hier ja keine Badewanne.

„Dann macht eine Unterschriftenaktion! Wofür ist die SV sonst da?"

Den angebrannten Hintern schickte ich zu Helmut. Der kennt sich damit bestens aus.

Gemäß des Wittgensteinschen Satzes von der Lösung eines Problems rief ich nach der sechsten Stunde Helmut an. Da nimmt er sein Mittagessen im ‚Birkenhain'. Das gönnt er sich.

„Was ißt du denn?"

„Ich habe mir gerade ein Poulet Sauté à la Bordelaise ausgesucht. Ist etwas?"

„Du solltest darauf bestehen, daß die Artischockenherzen lange genug in der Zitronenbutter geschwenkt werden."

„Ich werde es Herrn Birkenhain persönlich sagen."

Wir redeten über verbrannte Hintern. Dann entstand eine Pause, bis ich es wagte.

„Du mußt Ulrike abholen! Sie ist jetzt über eine Woche bei mir. – Wo warst du übrigens in den letzten Tagen?"

Helmut murmelte sich irgend etwas zusammen und wurde larmoyant. Er und Ulrike – das sei im Augenblick … Ich solle ihnen noch das Wochenende geben.

„Hör zu, Helmut! Ich will über all diese Zumutungen hinwegsehen. Aber ich brauche auch deinen Einsatz. Zuerst mit Sonja. Erkläre es ihr! Und zwar bitte so, daß sie dir glaubt. Und zweitens – ich brauche einen guten Tierarzt."

„Tierarzt?"

„Und zwar einen, der Chirurgie kann."

„Du bist gut!"

„Du hast doch selbst auf Veterinär gemacht, bevor dir Kinder lieber wurden. Aus der Zeit mußt du doch jemanden kennen."

„Eventuell Eckhart."

„Klingt doch gut."

„Doktor Eckhart Weicher."

„Seine Eltern hatten keine Bildung."

„Wie? Kennst du sie?"

„Nein. Aber bei so einem Familiennamen …"

„Der wohnt in Borken. Müßte im Telefonbuch …"

„Nee, nee, Helmut. Den rufst du selber an! Und du fragst ihn, ob er mir ein totes Kleintier untersucht."

„Du bist gut."

„Du auch! Was ist denn eine größere Zumutung: Ulrike oder ein …"

„Jetzt halt aber mal die Luft an, Pepa!"

„Ruf mich heute abend an. Ich will Adresse und Zeitpunkt. – Und denk an die Artischockenherzen!"

Ich pfiff Elvis Presleys „Hound Dog" mit, als ich nach Hause fuhr. Es war Wochenende. Wenn auch – noch – eines mit Ulrike. Der Tag lief gut, obwohl das Lokalradio dann ein Interview mit einem Stadtdezernenten brachte. Nach dem Citymanager gefragt log er, das sei kein Thema, die Stadtentwicklungskurve gehe nach oben, man wolle sich nichts schwarz reden lassen. Dann Kurznachrichten: Die Meldefrist für 40/20-Hunde lief ab, Pleite eines Getränkemarktes, Verhinderung von Windkraftanlagen, Stimmen zur kaputten Kinosituation, Arbeitslosenzahlen, eine miserable Prognose für das Gewerbesteueraufkommen, Probleme mit der Verpachtung der Stadthalle, Einbruch beim Mazda-Autohaus. Ich wurde wieder wach. Gott sei Dank nur die Kasse geplündert und einige Ausstellungsstücke mitgenommen.

Zu Hause war es still. Auf der Terrasse kein Deckchair. Ich ging hinten hinein. Alles ruhig. Zu ruhig.

Aus meinem Wagen holte ich die Browning. Das Aktenköfferchen hielt ich wie einen Schutzschild vor mich. Schulbücher können Leben retten.

Flur, Küche. Das Frühstück war weggeräumt. Auch im Keller nichts. Ich schlich durchs Haus wie ein Tiger durch den Bambuswald. Wo war sie? Oben in Schlaf- und Arbeitszimmer nichts. Ich ging zum Gästezimmer.

Vorsichtig öffnete ich die Tür. Die Browning hinter dem Köfferchen. Ich stieß die Tür auf und sprang hervor.

Nichts.

Das Zimmer war aufgeräumt, die Bettwäsche lag abgezogen und gefaltet auf dem Boden, der Kleiderschrank war leer. Ulrike war ausgezogen!

Ich war sie los!

Mit einem Triumphlaut ließ ich mich auf das Bett fallen. Und was noch schöner war: Sie war gegangen ohne ein einziges Wort! Der Tag hielt, was er versprach. Das Wochenende gehörte meinen Tomaten und mir. Nach einem Imbiß mein Mittagsschläfchen und der Vieruhrkaffee. Dann nahm ich die braunen Tomatenblätter ab und freute mich an der Gesundung meiner Liebesäpfel. Ein sonniges Wochenende sollte es werden – und ein ruhiges! Ich hatte es mir verdient. Das Handy stellte ich ab, den Player lauter. „Solo flight". Charlie Christians perlende E-Gitarre und der wiehernde Bläsersatz vom Goodman-Orchester. Am Samstagabend sollte Sven Ottke boxen, und am Sonntag fuhren die Schumachers um die Wette. Alles paßte.

Das Telefon klingelte.

„Ursula Brandt. Sie erinnern sich?"

Eine nette Frauenstimme. Aber wieder eine mit „U". Ich mußte mich sortieren.

„Geborene Leitner. Pfingstmontag, Clubhaus."

„Natürlich erinnere ich mich."

„Ich überfalle Sie so einfach. Entschuldigen Sie. Ich möchte Sie fragen, ob Sie mich am Samstagabend zu einer Geburtstagsparty begleiten. Allein ist das für eine Frau nichts. Mein Vater hat mich an Sie erinnert."

Beim Wettkampf hatte ich Dr. Leitner gegenüber eine Bemerkung über die Flaute mit Sonja gemacht.

„Das ist nett von Ihrem Vater."

„Haben Sie Zeit? Und Lust?"

„Samstagabend?"

Sven Ottke gegen Ali Ennebati! Ich zögerte. Ich müßte mein Video programmieren. Lästig. Und eben nicht live. Ich hörte meine Instinkte dennoch zusagen. Sie freute sich und nannte mir ihre Adresse.

„Nicht zu lässig, eher konservativ."

„Wer hat denn Geburtstag?"

„Adam Westkamp, der Junior der Westkamp-Werke."

Wieder reingefallen. Ich mag solche Leute nicht. Statt vorher zu fragen!

Mit dem Wetter hatte nicht nur Franz Wissing Glück. Drei Kilometer östlich war es ebenso trocken und warm. Nur fand Adam Westkamps Party nicht vor Hühnerstall und Stiefmütterchenbeet statt, sondern vor der Kulisse von Villa und Tennisplatz. Meine Abenddame hatte sich distinguiert zurecht gemacht, mit einer gewissen sportlichen Note, und wirkte vollkommen souverän. Eine Frau, die sich in diesen Kreisen zu bewegen wußte und mich wie selbstverständlich vorstellte. Ein formidables Essen hatte mich entkrampft und für Sven Ottke live entschädigt. Ab und an lächelte meine Begleiterin beiläufig zu mir herüber. Fast wie eine Ehefrau. Sie wußte, Balance zu halten. Nach ihrem Vorstoß war sie mit Zurückhaltung dran. Ich genoß diesen Stil.

Auf einer gußeisernen Bank saß ich und betrachtete den dunkel schimmernden Himmel, über den die Wolken schlichen. Ab und an ließen sie einen Sternenfunken durch, und ich freute mich auf eine der Zigaretten, die ich vorgedreht und in meinem Silberetui gehortet hatte. Im Hintergrund schwammen die lässigen Töne einer Drei-Mann-Combo. Geschmackvoll alles. Tanzbarer Bebop.

Gerade da ließ sich neben mich ein Dicker fallen. Eine Zigarre im Mundwinkel und eine leere Pilstulpe in der Hand. Er redete drauflos, als wäre ich sein Kegelbruder. Augenblicklich entschwanden die Sternenfunken. Die Musik wurde unhörbar. Die Atmosphäre fiel in sich zusammen.

Er präsentierte sich als Geschäftsführer. Offenbar einer mit Sorgen. Und als die knicksende Bedienung kam, griff er gierig nach einem Glas, stürzte es hinunter, bollerte hinter dem armen Mädchen her und riß ihr das nächste vom Tablett.

„Wer Sorgen hat, braucht auch ein Bier, hat Wilhelm Busch gesagt."

Er lachte dröhnend, ich verzog das Gesicht, dachte an Tobias Knopp und erwartete einen Schlag auf die Schulter. Als ich meinen Rücken wieder entspannt hatte, war das Bier getrunken, lag die Zigarre glühend im Rasen.

„Scheiße, alles, sag ich Ihnen."

„Es regnet nicht. Meinen Sie das?"

„Das ist vielleicht eine Scheiße!"

„Mögen Sie keine grande cuisine?"

„Die wollen den Laden kaputtmachen! Umstrukturieren. Ich bin jetzt fast dreißig Jahre in dem Laden, seit über zehn Jahren Geschäftsführer."

Der Zigarrenstummel glühte in der Mitte tapfer weiter. Plötzlich fuhr der Dicke mit seinem Fuß hoch und trat das Stümmelchen aus. Als wollte er es durch den Rasen treten.

„Diese Massenhysterie wegen BSE! Unser Laden steht natürlich am Abgrund. Wir machen vor allem Rindfleisch. Und jetzt heißt es: Konzern mit allen Fleischsegmenten, damit man mehrere Standbeine hat – und natürlich: immer größer und alles in einer Hand! Forschung, Zucht, Produktion, Vermarktung."

„Wovon?"

„Ich leite die Niederlassung von Nordfleisch. Die wollen hier einen riesigen Laden draus machen. Schwein, Rind, Geflügel. Alles. Unglaublich! Die gesunde Entwicklung der letzten Jahrzehnte. Wegen BSE drehen alle durch! Alles gegen die Wand!"

„Wer?"

„Die Herren in Hamburg, beziehungsweise in Brüssel. Die brauchen heutzutage Projekte, um sich zu profilieren. Verstehen Sie? Da geht es nicht um gesundes Fleisch und um gesunde Unternehmungen, sondern darum zu zeigen, was man an Finanzmasse bewegen kann. Und dann ab in die nächste Gehaltsklasse!"

„Und wann soll es losgehen?"

„Wann? Ich hoffe nie!"

Er brüllte fast auf. Wieder begrapschte er das Tablett der kleinen Serviererin. Ich befürchtete Schlimmeres, aber seine Finger waren nur am Glas interessiert.

„Die sagen: Autobahnnähe, Nähe Benelux, Frankreich, Küste, England. Deutschland als Tor in den Osten. Hier im Münsterland! So ein Scheiß!“

„Mit welchem Investitionsvolumen rechnet man denn?“

Jetzt sah er mich mit hochgezogenen Brauen an und zog einen Flunsch. Er war aufgewacht. Dem Dicken wurde mein Interesse zu dick, und er antwortete nicht. Ein brennender Schmerz fuhr zwischen meine Finger. Ich hatte meine Zigarette vergessen. Ich erhob mich.

„Entschuldigen Sie mich! Ich habe meiner Partnerin versprochen, nach dieser Zigarette zu tanzen.“

Die Kippe legte ich auf ein Beet und beerdigte sie liebevoll mit dem Daumen. Der Dicke sollte sie nicht kriegen.

Ursula Brandt geborene Leitner hatte bis zwei Uhr durchgehalten und sich von mir mit Anstand verabschiedet – ganz anders als Sabinchen nach den Abi-Bällen. Ich konnte noch nicht schlafen. Im Nachtprogramm hatten sie gebracht, daß Sven Ottke gewonnen hatte. Technisches K.o. in der elften Runde.

Der Dicke von der Party ging mir nicht aus dem Kopf. Wie ein Klon von Wissing. Und der feierte drüben noch immer und quälte mich mit Stadlmusik und den üblichen Muntermachern. Die Bläserei und das Gejodel drangen durch die geschlossenen Fenster.

Also holte ich Gertruds Haushaltshandschuhe, griff mir eine Reisetasche und ein Seil und warf mich noch einmal in mein Cabrio. Heinz sollte seinen Heizlüfter haben. Und zwar gleich nach der Sonntagsmesse.

An der Leihbücherei ließ sich das Toilettenfenster noch aufdrücken. Über einen Maurerkübel stieg ich ein. Es war gegen vier. Der Klosettdeckel lag noch über der Keramik. Ich atmete buchstäblich auf und rutschte hinunter. Nur kurz mußte ich die Stablampe aufleuchten lassen. Alles war unverändert. Das Regal stand noch an der Seite. Davor aufgestapelt die Bücher. Ich leuchtete auf den Boden und suchte nach dem alten Heizlüfter. Jemand hatte ihn weggestellt. Aber wohin? Ich kroch hinter der Theke herum, zwischen den Regalen umher, leuchtete hinter und zwischen die Bücherstapel. Nichts! Ich fluchte. Ich war zu spät gekommen. Die Reisetasche blieb leer.

An Schlaf war nicht zu denken, obwohl es sich bei Wissing ausgejodelt hatte. Ich legte mich aufs Sofa, hörte Musik und muß dann doch eingeschlafen sein. Gegen elf klingelte plötzlich das Telefon und riß mich aus einem Traum, der in einem architektonischen Unikum aus Leihbücherei und Dr. Martins Labor gespielt hatte. Ich hatte mich nicht zwischen alten Scharteken entscheiden können. Welche sollte ich ausleihen? Auf jedem Titelbild war der Kopf einer anderen: von meiner Ex über Sonja, Ulrike und Ursula bis zu Sabinchen und Gertrud. Als ich alle weglegen wollte, klebten die Schutzumschläge an den Fingern. Da kippte das Bücherregal – und es klingelte das Telefon.

Heinz! Er war von seinem Kirchgang zurück und schwärmte von diesem herrlichen Morgen. Welch ein sonniger Sonntag! Ich mußte ihm erzählen, was dieser merkwürdige Rückruf zu bedeuten hatte und machte Andeutungen über Ulrike.

„Pepa, bring das in Ordnung!“

„Heinz, du bist weder der Heilige Vater noch mein Beichtvater noch mein leiblicher Vater.“

„Sei nicht blasphemisch. Gertrud hat es mit Kirche auch nicht so und ist der gleichen Ansicht.“

Gertruds Gründe kannte ich.

„Warum rufst du am hochheiligen Sonntag an?“

„Ich wollte dir nur sagen, daß du dich nicht mehr bemühen mußt.“

„Worum?“

„Um den Heizlüfter.“

„Weshalb?“

„Er ist in besten Händen.“

Mir ging ein Licht auf.

„Ach, endlich hat sich die Polizei das Stück gesichert.“

„Nein, nein. Ich habe ihn.“

Pause. Ich sah Heinz vor seinem Telefon. Mit den Absätzen wippend wie Napoleon. Ich war sauer auf Napoleon, ließ es ihn aber nicht merken.

„Duuu? Mensch, Heinz!“

Wieder Pause. Heinz versuchte sicherlich, seine stolzgeschweiften Mundwinkel wieder in Sprechposition zu bringen.

„Tja, Pepa. Ich gebe zu, daß ich mich mächtig überwinden mußte. Man stelle sich vor, wenn ich erwischt worden wäre!“

Ich mußte mich beherrschen, nicht den Hörer aufzuknallen. Um mich hatte der Dreikäsehoch sich keine Sorgen gemacht! Wo ich noch zehn Dienstjahre habe und zwei Kinder mit deren Mutter zu alimentieren.

„Wann warst du denn so mutig?“

„Heute Nacht.“

„Wieviel Uhr?“

„So gegen eins.“

„Da war ich drei Stunden zu spät.“

Pause. Ich spürte, wie Napoleon zu Rumpelstilzchen wurde.

„Tut mir leid, Pepa.“

„Ihr bei der Polente solltet bei uns Paukern Organisation lernen! – Schwamm drüber, lieber Heinz.“

Meine Stimme versuchte sich in Großzügigkeit. Heinz fand mich nicht echt.

„Ich habe mich doch entschuldigt.“

Gleich war er wieder kiebig.

„Und jetzt brauche ich noch deine Browning.“

Als ich ihm erzählte, daß ich auch Sebastians Abdrücke hatte, wollte er sofort kommen.

Auf der Terrasse machte ich ihm klar, daß keiner im Aufgabenbereich des anderen herumpfuschen dürfe. Seine Hektik nütze niemandem. Er war kleinlaut, lenkte mit dem Großen Preis von Kanada ab – das Rennen beginne erst um sieben Uhr – und wollte sich rasch davonmachen. An der Haustür steckte ich ihm noch die Visitenkarte von Dr. Martin zu. Für seine Hautliniensammlung. Heinz nickte nur und zog bedröppelt ab. Vielleicht hatte es in der Sonntagsmesse die Geschichte vom Sturm auf dem Meer gegeben. Hatten da nicht die Israeliten auch Hektik gemacht, während Moses geschlafen und schließlich das Meer beruhigt hatte? Oder so.

Ohne Frage war Dr. Eckhart Weicher ein freundlicher Mann. Als ich am frühen Abend mit meiner Plastiktüte auftauchte, lachte er. Ein Tierarzt mit Grübchen in den Wangen.

„Was bringen Sie mir denn da? Helmut hat mir gesagt, Sie hätten ein totes Kleintier. Hund? Katze?“

„Hahn.“

Er führte mich in einen gekachelten Raum und schaltete Licht und Scheinwerfer ein.

„Und was ist der Punkt?“

„Mein cholerischer Nachbar beschuldigt mich, das Tier umgebracht zu haben, weil es frühmorgens zu krähen pflegte. Ich habe ihm angeboten, das Tier untersuchen zu lassen.“

„Wann war das?“

„Vor vierzehn Tagen. Ich dachte, damit wäre die Sache erledigt. Doch jetzt fängt er wieder an.“

Dr. Weicher lachte. Ich tat Wissing Unrecht. Gestern hatte ich Geld auf meinem Konto gefunden. Wenn auch nur zweitausend Mark. Offenbar wollte er runterhandeln. Vielleicht mußte ich doch das Poster in den Kasten hängen.

„Lassen Sie mal sehen. Soweit noch was zu sehen ist.“

Er zog sich Handschuhe über, öffnete den Plastiksack und goß das Tier auf den OP-Tisch, der mit blauen Kacheln gefliest war. Eine faulige, stechende Wolke drückte in meine Nase. Die Innereien kamen heraus. Keine fortgeschrittene Verwesung, meinte Dr. Weichert.

„Der lag offenbar im Kühlen. Sonst röche das bestialischer.“

Ich empfand das anders und spürte Brechreiz.

„Der sieht nicht gut aus, verdammt.“

„Sehen Sie, Herr Pfühl: Auch in einer luftdicht verschlossenen Tüte gibt es Sauerstoff – und vor allem die Tierchen des Tieres. Allein der Darm ist voller Bakterien. Und selbst wenn die aeroben Keime nicht mehr lebensfähig sind, sind es die anaeroben Mikroorganismen. Die gasen den Körper auf, und das ist dann der Gestank.“

„Autolyse?“

„Genau, Selbstauflösung. Schauen Sie: Die Augen kaum mehr zu sehen und wie die anderen Körperöffnungen eingetrocknet. Und hier“ – mit Gewalt öffnete er den Schnabel – „die Zunge ist eine Gallertmasse.“

Er wies auf einen blutigen Hautriß am Flügel.

„Ein böser Riß zwischen Elle und Speiche. Als wenn ihn der Fuchs erwischt hätte.“

„Oder ein anderer Hahn?"

Er sah erstaunt hoch.

„Wohl kaum. Das müßte anders aussehen."

Dann griff der Doktor ins Weiche. Alles hatte eine grünlich-blaue Färbung, mitunter eine schwarze. Die Leber sei stark vernarbt, die Niere sehe krank aus – soweit man das jetzt noch sagen könne.

„Vielleicht zu viel Medikamente. Oder Wachstumshormone. Und sehen Sie hier!" Er wies auf irgendein Gekröse. „Da scheinen Narben gewesen zu sein."

„Wovon?"

„Das kann ich nicht sagen. Aber da ist genäht worden. Hier, an der Hauptschlagader, der Hauptvene der Leber, an der Bauchspeicheldrüse. Vielleicht Transplantationen."

Er wühlte weiter. Dann spreizte er Federn auseinander. Ich zeigte auf die Haut:

„Finden Sie das nicht auffällig?"

„Nein. Das sind Hypostasen. Beim Tod läuft an den tiefsten Stellen der Lagerung das Blut zusammen und bildet unter der Haut solche bräunlich-blauen Flecken."

Alles eine raschelnde, klebrige und blaugrüne, schwarzbraune Masse. Gertrud hatte das Vieh damals einfach zusammengeschoben und in den Plastiksack gestopft. Er deutete auf einzelne Flecken.

„Die hier, die stammen von Verletzungen oder Einstichen. Dieser Einstich am Brustmuskel ist wohl der frischeste und mit großer Wucht durchgeführt. – Sagen Sie mal, Herr Pfühl: Woher stammt das Tier eigentlich? Das ist doch kein normaler Hofhahn."

Ich zuckte mit den Achseln.

„Was vermuten Sie denn, Herr Doktor?"

„Am ehesten wohl Versuchslabor. Der Hahn hat einiges hinter sich." Plötzlich stutzte er. „Ach Gott, der Arme ist ja kapaunisiert worden! Aber er hat noch Kamm und Kehllappen. Oder besser: Er hat sie wieder."

Ich sah ihn dumm an, und er erklärte mir, daß die Hoden von Hähnen im Inneren lägen und die Tiere durch einen tiefen Eingriff in den Körper kastriert werden könnten. Kapaunen würden sich durch nachträgliche Einpflanzung von Keimdrüsengewebe oder die Zufuhr von Keimdrüsenhormonen wieder zu normalen Männchen entwickeln.

„An dem ist ordentlich herumgebastelt worden. – Übrigens ein prächtiges Tier."

„Ein Rheinländer. Können Sie sagen, woran genau er gestorben ist?"

„Wahrscheinlich am Tod." Er grinste. „Ist von Charles Dickens. – Im Ernst: vielleicht diese Spritze. Man müßte Blut- und Gewebeuntersuchungen machen. Aber nach vierzehn Tagen? Tut mir leid, Herr Pfühl. An sich müßte man damit zum Veterinäruntersuchungsamt oder zum Institut für Pathologie an der Tierärztlichen Hochschule in Hannover. Aber das überlasse ich natürlich Ihnen. Bei Ihrem cholerischen Nachbarn! – Soll ich ihn hier entsorgen? Der Abdecker kommt morgen."

Ich schüttelte mit dem Kopf.

Er holte einen frischen Plastiksack und steckte den Hahn vorsichtig hinein. Geld wollte er keines. Ich sollte Helmut grüßen. Im Auto kritzelte ich das, was ich behalten hatte, in meinen ‚Grass'. Der Gockel lag im Fußraum. Als ich losfuhr, hob ich ihn auf den Beifahrersitz. Das geschundene Tier war mir geradezu ans Herz gewachsen. Ein Hahn, der nicht kräht, ist ein guter Hahn.

Ich merkte es erst, nachdem ich das Tier in den Werkkeller gebracht hatte: Ulrike war zurück! Sie tropfte gerade auf der Terrasse ab. In knappem Outfit. Sie hatte im Regen gejoggt und lächelte mich an wie Schneewittchen bei der Rückkehr der Zwerge.

„N'abend, Pepa."

Sie nahm ihr Stirnband ab und schüttelte ihre blonde Mähne aus. Ich wich zur Seite.

„Ich dachte, du wärest ausgezogen."

Sie gurrte, warf mir ihren zweifarbigen Blick zu und zupfte an ihrem Bustier.

„Aber, Pepa! Doch nicht hier, wo man mich sehen kann!"

Sie tat einfach, als wäre nichts geschehen. Ich unterdrückte meine Neugier und fragte nicht nach ihren letzten Tagen. Mir wurde klar, daß Ulrike einen groben Defekt hatte. Sie stretchte sich vor mir hin und her. „Auslaufen!" sagte sie. Mit Anfang dreißig steckte sie noch in ihrer Pubertät und hatte nichts im Kopf als Körper und Konkubinat. Adorno hat gesagt, der moderne Sport gehöre ins Reich der Unfreiheit und reduziere weiterreichende Sinnbezüge. Volltreffer. Ulrike war ein Vorzeigeexemplar. Eigentlich schade um sie. Ihr Professor tat mir leid, Helmut nicht. Vielleicht würde er diesmal kapieren, daß man Frauen nur peu à peu in die eigene Seele und Küche lassen darf. Am besten gar nicht.

Ulrike hatte sich auf alle Viere niedergelassen und hob und senkte den Hintern. Eine Klasse-Figur, aber langweilig wie Models und Schaufensterpuppen. Die Körpermaschine vor mir wurde zur Bühne für ein kleines Ego. Ich begann, mir eine zu drehen. Sie guckte. Sie hatte meinen Protest gegen ihr Gewackel bemerkt.

„Wollen wir wieder so herrlich kochen?"

Da klingelte es. Manchmal habe ich öfter Glück. Ich atmete auf und eilte zur Tür. Als ich öffnete, erstarrte ich.

Vor mir stand der Maserati-Mann und drückte mir eine Mündung in den Magen.

10

Ein schweißsaurer Geruch zog in den Flur. Er grinste unter seiner Narbe. Das Riesenpflaster war entfernt. Die Wunde schlängelte sich wie eine gehäutete Natter bis unter das rechte Auge. Entstellt fürs Leben. Und wieder ohne Hut. Ein irrer Blick. Die alten Masuren nannten das den gespaltenen Ziegenblick.

Ich wich zurück.

„Mach de Tür dicht!"

Wir waren per du. Er stieß mich vor sich her und schob selbst die Tür zu, als ich nicht gleich reagierte.

„Du holst nu den Autoschlüssel. Und dann maken wir eine prima Tour."

Die Beule auf seiner Stirn war groß und rötlich geworden.

Plötzlich rief Ulrike.

Der Tiergesichtige fuhr zusammen. Wahrscheinlich hatte er einige Tage mein Haus beobachtet und nur mich gesehen. Woher aber kannte er meine Adresse?

„Wer ist dat?" zischte er leise.

„Meine Freundin."

Er überlegte kurz, steckte dann seine Hand mit der Pistole in die Lederjacke.

„Keine Tricks. Sag ihr, du mußt mal weg. Met eine Freund."

Schon stand Ulrike feucht vor uns und frottierte ihre Haare. Als sie Marsman sah, verfärbte sie sich. Bei allem Eigennutz: Ich wollte sie nicht gefährden.

„Ulrike, ich muß mal kurz weg. Bin gleich wieder da."

Sie konnte den Blick von diesem Tiergesicht, das von einem violett-roten Graben durchzogen wurde, kaum abwenden.

„Soll ich uns schon etwas kochen?"

Ihre Stimme zitterte.

„Laß mal."

Marsman nickte. Ich spürte das Harte durch seine Lederjacke und roch seine Nähe. Es juckte mich, ihm einfach in die Fresse zu hauen.

„Na, dann los!"

Marsman versuchte, munter zu tun. Doch kam dabei nur eine Grimasse heraus, die Ulrike noch mehr erschreckte. Leichenstarr lagen die Partien in seinem Gesicht.

Er wurde ungeduldig.

„Wir fahren met deine Auto."

Ich nahm den Schlüssel mit dem Ferrari-Anhänger vom Haken und die Jacke von der Garderobe. In der Innentasche steckte das Handy. Gestern hatte ich es aufgeladen, aber nicht aktiviert. Mist.

„Alles in Ordnung, Pepa?"

Ulrikes Stimme zitterte noch immer. Ich guckte sie lässig an. Das hätte mir noch gefehlt: entführt und dann noch mit diesem Weibchen.

Mich schüttelte es, als der Maserati sich in meinen Mazda setzte. Vor nicht einmal einer Stunde hatte hier der Hahn gelegen. Aber in einer Plastiktüte. Weshalb er nicht gestunken hatte.

Als wir um die Ecke bogen, legte Marsman die Pistole zwischen seine Schenkel. Er hatte vergessen, mich zu durchsuchen.

„Mak keine Mest, Pfühl, und fahr da, wo ich sage. Sonst geht was in das Knie zum Beispiel."

Er kannte meinen Namen, obwohl ich kein Klingelschildchen habe. Hatte Wissing geplaudert? Aber dann hätte er nicht die Zweitausend gezahlt. Ich konnte mir keinen Reim darauf machen.

„Wir fahren nu zu eine schöne Kulisse, Pfühl. Und da gibt es dat" – er holte eine weiße Schnur aus der Tasche – „und dat" – er hielt mir ein nachgeschärftes Springmesser unter die Nase – „und dat". Jetzt drehte er eine Ampulle vor meinen Augen. Eine schwere, ölige Flüssigkeit. Schwefelsäure! Ich mußte schlucken. Er stieß einen wohligen Laut aus.

Wir hielten an einer Ampel. Er steckte sich eine Gauloise an. Rechts neben uns mein Mazda-Autohaus. Am liebsten hätte ich um Hilfe geschrien. Marsman lachte über seine ganze Visage und blickte stolz hinüber. Da fiel es mir wie Schuppen von den Augen: Der Einbruch vor fünf Tagen, das war Marsman gewesen! Ein cleverer Bursche. Nachdem er meinen MX-5 mit Kennzeichen und Auslieferer gesehen hatte, hatte er in der Kundenkartei herumgewühlt. Also war ich seit einiger Zeit in seinem Visier.

Als die Ampel auf Gelb sprang, ließ ich die Kupplung schnellen. Der Motorradfahrer vor uns sah sich erschrocken um. Marsman prallte gegen die Kopfstütze und hatte schon die Waffe in der Hand.

„Laß dat, du Scheißkerl!"

Ich grinste.

„Kann passieren. Wir in Deutschland nennen das Kavalierstart. Das können Sie nicht kennen."

Ich schnupperte hörbar, doch begriff er den Kalauer nicht.

Er dirigierte mich Richtung Holtwick.

„Da gibt es eine historische Platz mit ein paar Schweineställe. Das ist zeer schön zu eine Operation. Keine Angst, Pfühl, ich werde dich niet töten." Als wir an einer Kapelle vorbeikamen, lachte er grob auf: „Du solltest noch een beetje beten. Der liebe God wird dich bald niet mehr erkennen. Ich mak dich ganz schön neu!"

Mit einem Mal bekam ich Angst. Furchtbare Angst. Mir zog sich der Magen zusammen. Dann lieber sterben. Bevor er mich fesselte, mußte ich es versuchen. Und wenn wir beide dabei drauf gingen.

Hinter der Mülldeponie nach rechts. Schloß Varlar? Dann deutete er nach links. Also nicht. Ein anderer historischer Platz. Ein Motorrad überholte uns. Es war gerade noch hell genug, um festzustellen, daß es langsam dunkel wurde. Sollte ich abrupt abbremsen, mich auf ihn stürzen? Die Browning lag, seit sie mir Heinz zurückgebracht hatte, im abgeschlossenen Handschuhfach. Alles war gegen mich. Mich fror. Obwohl es nicht kalt war. Ich bat um eine Zigarette. Er schüttelte den Kopf.

„Erst ganz kurz vorher", lachte er. „Noch mit deine alte Gesicht." Seine zerschnittene Visage schoß wie ein schwarzer Vogel aus der Dämmerung des Wagens. „Guck mich an!" schrie er. „Dat ist schön gegen deine neue Gesicht!"

Lange hielt ich das nicht aus. Marsman dirigierte mich durch Wirtschaftswege. An der nächsten Kurve mußte ich es versuchen. Vielleicht gezielt in den Graben? Ich nahm Gas weg und schob meinen linken Fuß zur Bremse.

Plötzlich schienen Scheinwerfer auf. Zwei, drei Motorräder. Marsman fluchte und hatte seine Pistole in der Hand. Vor uns blendete ein Motorrad auf. Ich bremste ab. Es setzte sich vor uns. Neben uns ein weiteres. Man machte Zeichen. Ich sah zu Marsman. Verstört sah er aus dem Fenster. Steckte seine Pistole weg. Nickte mir zu. Ich fuhr los. Wir fuhren eskortiert. Marsman telefonierte unauffällig. Ich verstand nichts.

Es ging durch den Ort. Dann die weite Landschaft in Grau. Ein schöner Hintergrund für vorbeihuschende Bäume. Marsman sah sich ständig nach den Motorrädern um, die sich eng an uns hielten.

Durch Osterwick hindurch. Kein Mensch auf der Straße. Es war auch schon gegen neun. Und es begann zu fisseln, und Marsman telefonierte wieder. Die Spitzen des Billerbecker Doms, der keiner ist und unter denen die Kirche Geld mit Hochfrequenzantennen verdient. Ich dachte an mein Handy. Heinz hatte die Nummer zwölf.

Einen Moment nicht aufgepaßt. Ich hatte die Orientierung verloren. Wir fuhren Nebenstrecken. Marsman steckte sich die vierte Zigarette an und versaute mir den Aschenbecher, den ich pingelig gereinigt hatte. Schwein! Noch einmal telefonierte er. Er wirkte hektisch.

Ich hatte den Eindruck, daß wir durchs Stevertal fuhren. Plötzlich hielt Marsman mir die glühende Zigarette vors Gesicht.

Ich zuckte zurück und schlug sie ihm aus der Hand.

„Lassen Sie das, Sie Idiot!“ schrie ich. „Wollen Sie einen Unfall?“

Jetzt bog man nach rechts. Ein großer Schotterplatz zwischen Bäumen und Buschwerk. Irgendwo Licht. Noch immer fisselte es. Zwischen einer Fertiggarage und aufgestapelten Strohballen in weißer Folie hielten sie. Noch ehe Marsman reagieren konnte, rissen Sie die Türen auf und zerrten uns hinaus.

Einer stülpte uns durchlöcherte Plastikbeutel über. Jemand schleppte mich am Arm hinter sich her. Einige Male stolperte ich, doch fing man mich wieder auf.

Ein Vorhängeschloß klackerte. Eine Tür knarrte. Kalte Feuchtigkeit schlug mir entgegen. Eine Treppe. Man führte mich hinab.

Ich wurde an den Füßen und Armen gefesselt. Kalter Steinboden. Ab und an drang ein Lichtschein durch die Plastiktüte. An den Armen fühlte ich dickes, rohes Holz. Ich lag gestreckt am Boden.

Endlich nahm man mir die Tüte vom Kopf. Und ehe ich etwas sagen konnte, waren sie weg. Die Tür knarrte. Der dämmerige Abend schien kurz auf. Meine Augen suchten umher.

Irgendwo ein Geräusch. Marsman fluchte, schrie aber nicht. Wenn es was nützte, hätte man uns geknebelt. Er zerrte herum.

Meine Augen gewöhnten sich. Ein alter Keller. Uralt. Irgendein Kram. Ein heller Plastikeimer. Neben mir ein gelbes Drainagerohr.

Zwei alte Türen führten nach draußen. Durch die Türschlitze und die breiten Ritzen der Türbretter schimmerte es. Sechs sehr schmale Fensterchen, eher Schlitze. Aber mit Fensterkreuz. Das waren Schießscharten! An allen vier Wänden. Das Abendgrau bildete die trichterförmige Mauerung ab.

Ich war also im Keller eines einzelnstehenden, sehr alten Gebäudes.

Marsman wand sich. Ein Verrückter. Er versuchte wahrscheinlich, an seine Waffe zu kommen. Und an seine Ampulle, sein Messer! Hatten die vergessen, ihn zu durchsuchen? Wie bei mir. Keine Profis. Mist!

Der Kellerraum war halbhoch. Dicke Eichenbohlen durchzogen scharfkantig die Decke. Zwei gepolsterte Sofas hoben sich ab. Nicht weit von mir eine Schachtel HB. Leer.

Marsman wühlte herum. Jetzt konnte ich erkennen, wie er sich in der Ecke neben den Sofas krümmte und abmühte. Aber er hielt den Mund.

Ich begann zu frieren. Der harte Steinboden setzte mir zu. Ein Splitter im Unterarm. Als Marsman ruhiger wurde, versuchte ich zu schlafen. Ich dachte an Sonja und brauchte eine Zigarette.

Ich wurde wach, als es Nacht war. Draußen schrien Eulenvögel und piepsten Viecher. Unweit von mir nagte etwas. Ich sah nichts. Absolutes Schwarz. Wenn das Ratten sind! Mäuse sind niedlich, Ratten erinnern mich an den Maserati.

Immer wieder schlief ich ein, immer wieder träumte ich schlecht, wachte ich auf, hörte die Scharrgeräusche, dieses Schreien und Piepsen. Ich fror, mir taten Schultern und Hüftknochen weh. Draußen gingen Regengüsse nieder. Eine Nacht wie im Fieber.

Marsmans hektische Geräusche! Ich wachte wieder auf. Es war hell. Durch eine Tür und eine Schießscharte fiel grelles Sonnenlicht. Von weitem Kirchenglocken. Fronleichnam. Irgendwo spazierte das Volk der Gläubigen.

Als Marsman merkte, daß ich aufgewacht war, hielt er inne. Sein Gesicht war von den scharfen Schatten des sonnigen Morgens geteilt.

„Bald geht es dir dreckig, Pfühl. Ich bin bald soweit!"

Er lachte dreckig auf.

Der Kellerraum diente offenbar als Abstellraum für Renovierungsarbeiten und bot wenig Schutz. Eventuell die beiden Balken, die hinter mir aufeinanderlagen.

Marsman mühte sich weiter. An den Füßen hing er an einer riesigen Natursteinplatte, die Hände waren ihm an die Eisenkreuze einer Schießscharte gebunden.

Ähnlich wie er war ich zwischen zwei Punkten ausgestreckt. An den Füßen hing ich an einem Eisenring, der in eine Steinplatte eingelassen war. Die Arme waren an den oberen der beiden Eichenbalken gebunden. Er ließ sich kaum bewegen.

Marsman arbeitete offensichtlich daran, seine Fußstricke an den scharfen Kanten der Natursteinplatte zu zerschleißen. Waren das die Ratten der Nacht gewesen? Wenn ihm das gelang, konnte er sich so zusammenziehen, daß er mit den Händen an das Teufelszeug in seiner Jacke kam.

Ich mußte versuchen, den Balken, an den ich gebunden war, zu mir zu ziehen, um mich besser bewegen zu können, vielleicht einen Schutz gegen seine Schußwaffe zu haben. Doch konnte der Balken mir auf den Kopf rutschen. Nicht auf die Kälte achten, den Hunger! Meine Blase war randvoll. Die Knochen schmerzten, zig Splitter im Unterarm. Jetzt nicht kleinmachen lassen! Meine einzige Chance war der Balken. Der Balken!

Plötzlich knallte ein Strick. Marsman gab einen Befreiungsschrei von sich, ließ seine Beine durch die Luft wirbeln und krümmte sich zusammen, um an die Taschen seiner Lederjacke zu kommen. Wie ein Akrobat hing er unter der Schießscharte, aus der ein Lichtstreifen fiel. Die Staubbahnen lehnten unter den Schießscharten im Licht. Ich dachte an die griechische Atomtheorie, das sinnlose Abstoßen und Zusammentreffen der Teilchen.

Ein Schlag. Etwas Hartes war auf den Steinboden gefallen. Hoffentlich das Messer. Marsman sah nach unten. Die Pistole!

Ich zerrte an den Fußstricken. Sie waren jetzt so gelockert, daß ich einen Schuh abstreifen und den Fuß durchziehen konnte.

Ein Klicken. Marsman hatte sein Springmesser geöffnet!

Mein zweiter Fuß kam frei. Ich bog mich sofort herum. Die Drehung hinter den Balken.

Schon kam Marsman auf mich zu und stellte sich über mich.

„Dasselbe Programm, Pfühl. Nur an eine andere Ort und andere Zeit."

Er hielt mir die Pistole ans Bein.

„Damit du niet rondzappelst und -trittst."

Sofort trat ich mit voller Wucht gegen seine Hand. Die Pistole flog hart gegen die Wand. Gleich holte er sie zurück und stellte sich breitbeinig über mich.

„Du hast Angst, nietwaar? Ich hätte ook Angst."

Wieder zielte er auf den Oberschenkel, trat mit seinen Stiefeletten auf mein rechtes Bein. Ich drehte und wand mich, schlug mit dem linken Bein gegen ihn. Marsman stand wie ein Koloß auf mir und grinste.

Dann drückte er ab.

Es klickte. Kein Schuß! Er drückte noch einmal ab, preßte mir den Lauf ins Fleisch. Wieder das Klicken. Noch einmal. Er fluchte und feuerte die Waffe auf den Boden. In seiner Hand blitzte das Messer auf.

„Dann eben so."

Er holte aus, das Morgenlicht brach sich in dem Metall.

Da wurde die Tür aufgerissen.

Marsman wirbelte herum, reagierte sofort, kniete sich hinter meinen Kopf und hielt mir die Klinge an den Hals. Zwei mit Helm. Wie zwei Außerirdische vor Licht.

„Kommt langsam erin! Sonst ist der hier dood!"

Die beiden sahen sich an, traten näher. Wer waren sie? Sebastians Freunde? Jugendliche? Dann Mahlzeit!

„Geht da rüber!"

Marsman deutete auf die Sofas.

„Hinsetzen!"

Der eine stolperte über das Drainagerohr. Das Rohr wedelte wie eine Schlange über den Boden. Marsman zuckte, sprang auf, ich rollte mich rückwärts und stieß ihm mein Knie in den Schritt. Er schrie auf. Gleich stürzten sich die Motorradleute auf ihn. Einer bog seine Arme zurück und hielt ihm das Messer an die Nieren.

Sie fesselten und durchsuchten ihn, zogen sein Handy hervor und die Ampulle, sahen sie an und warfen sie an die Wand. Es schäumte und rauchte. Dann kassierten sie mein Handy. Alles ohne ein Wort. Doch Profis?

Ich bat darum, austreten zu dürfen. Sie stellten uns einen Ketchup-Eimer unter. Wir pinkelten mit nach vorne zusammengebundenen Händen und im Knien. Sauerei! Marsman war vor mir dran. Sein Urin roch wie der ganze Mann.

Mit den Füßen banden sie uns an den Balken. Ich bekam meine Schuhe zurück und eine Zigarette. Sie hatten Lucky Strike. Die Marke klang wie Spott. Außerdem mag ich keine Fertigzigaretten. Dennoch rauchte ich wie erlöst. Wir bekamen zu essen und eine Decke. Sie waren Menschen!

Draußen verständigten sie sich. Sie standen an der Tür und sahen zu, wie wir aßen. Die Helme hatten getönte Visiere. Ich konnte nur die Figuren unterscheiden. Einer der Außerirdischen hatte einen ordentlichen Bauch.

Als sie wieder hereinkamen, legte ich sofort los. Das sei ein böses Mißverständnis, man solle Sebastian holen, ich sei sein Chemielehrer, neben mir der Kerl sei ein berufsmäßiger Killer. Gleichzeitig redete Marsman auf sie ein. Sie zuckten mit den Achseln. Der Dicke schien meine Proteste lustig zu finden.

Sie banden unsere Hände wieder auf dem Rücken zusammen und so an den Balken fest, daß wir uns auf die Decken legen konnten. Marsman und ich lagen keine zwei Meter voneinander entfernt.

Kaum hatten sie die Tür wieder verschlossen, begann Marsman herumzutreten. Bald lag er ohne Decke da, aber er konnte mich knapp mit seinen Füßen erreichen. Er trat heftig zu. Seine Bikerschuhe hatten eine harte Sohle. Halbwegs konnte ich meine Seite mit dem hochgestellten Bein schützen. Auf einmal schrie er auf. Sein wundes Gesicht war den Balken entlang geschrammt, und er war mit dem Kinn auf den Steinboden geschlagen.

Ich klemmte seinen Fuß zwischen meine, zog, bis ich eine Stiefelette ausgezogen hatte, und stieß den Schuh in die Ecke. Er richtete sich auf, stöhnte und fluchte. Es war Zeit zu reden.

„Herr Marsman, seien Sie vernünftig! Ich hatten Ihnen bei der Prozession gesagt, Sie sollten verschwinden. Ich wiederhole das. Sie sind eine Nummer zu klein für mich. Glauben Sie's mir. Ich werde Sie bis auf das Hemd ausziehen."

Er lachte nur herb auf.

Ich legte mich auf die andere Seite und sah zu einer Schießscharte hinaus. Ich hatte Durst. Auf dem Sims stand eine verstaubte Warsteiner-Flasche. Dahinter leuchtete in der Sonne grüner Rasen, ein Rittersporn neigte sich blau in den Mauerausschnitt.

Da bekam ich einen schmerzhaften Schlag in die Seite. Ich fuhr herum. Marsman grinste. Er hatte mich mit dem anderen Schuh getroffen. Ich schüttelte den Kopf.

„Sie tun mir leid, Marsman, verdammt leid!"

Wer konnte mich hier rausholen? Wenn Heinz oder Gertrud sich meldeten, würde Ulrike sicher erzählen, daß ein ekelig Vernarbter aufgetaucht sei. Würden sie nach meinem Wagen suchen? Vielleicht bekam Gertrud etwas aus Sebastian heraus.

Irgendwann begann Marsman, Selbstgespräche zu führen. Er zischelte und murmelte bedrohlich. Phantasierte er? Redete er im Schlaf? Er stieß Niederländisches aus, als würde er von jemand anderem an- und abgestellt. Und immer wieder trat er zu. Neben mir schien der dumpfe Wille Schopenhauers zu raunen. Unterste Stufe. Und ich sackte ebenfalls immer tiefer.

Was konnte mir passieren? Daß Marsman wieder freikam? Daß ihn seine Leute fanden? Daß die Außerirdischen mich fertigmachten? Eine zweite Nacht … Das wäre das Schlimmste. Ich dachte an Sonja. Sie ahnte nichts. Überhaupt nichts.

Ich würde nur an eines denken, wenn ich herauskäme: sie zurückzugewinnen. Auf so einem Rasen wie da draußen, mit Gänseblümchen und Klee, da würden wir liegen, uns aussprechen. Sie würde sich entschuldigen für ihr Mißtrauen. Wie hatte das passieren können? Nur wegen Ulrike? Irgend etwas hatte bereits vorher nicht gestimmt. Aber was? Ich sah ihr Gesicht vor mir: die weichen Wangen, wie sie den spitzen Mundwinkeln Widerstand leisteten, ihre Augen, die in Bruchteilen von Sekunden von Skepsis nach Eros fliegen konnten, die zu einem Knoten gebändigten Strohhaare. Warum war sie plötzlich so?

Doch Ratten? Hinter den Sofas? In den Sofas? Es raschelte und knackte. Auch Marsman horchte auf. Er atmete kaum. Auch Angst vor den Viechern? Ratten spüren Hilflosigkeit. Wir konnten unsere Köpfe nicht soweit nach hinten drehen. Wir hörten nur dieses Nagen. Mäuse schlafen bei Tage. Oder war es draußen? Da schien noch immer die Sonne.

Gab es überhaupt Angst? Oder war sie nur eine Illusion? Lag ich hier als fulminantes Evolutionsprodukt oder war Angst der natürliche Schnittpunkt zweier Welten? Dieser sarkastische Melancholiker Kierkegaard! Im Gesicht nicht unähnlich diesem Marsman, und doch lagen Welten zwischen ihnen.

Vielleicht lag ich hier als ein Tier, das sich mißverstand. Gar nicht anders als dieser Marsman. Alles andere war Illusion. Ich schaue in mich hinein, und da ist niemand zu Hause. Hume hatte recht – und die Buddhisten auch: Das Ich ist das Auge des Wirbelsturms, die Mitte ist leer: I of the storm. Ich atmete leichter, spürte Entspannung, die Tritte Marsmans trafen mich wie durch einen Airbag.

Irgendwann begann ich, mir wie ein Mantra die Droste vorzusagen: „Sie weinten nicht, sie klagten nicht, sie starben ohne Laut."

Als man mich losband, spürte ich es kaum mehr, und ich wollte einfach loslaufen. Doch hatten sie meine Füße gefesselt, so daß ich beinahe gefallen wäre. Ich tippelte zu einem umgestülpten Eimer.

„Hinsetzen!"

Licht stach in meine Augen. Um mich standen vier Marsmenschen. Der Dicke war wieder dabei. Einer war etwas kleiner. Das Licht stammte aus zwei Scheinwerfern. Dazwischen eine Videokamera auf Stativ. Wie beim Hahnenkampf in der Scheune. Waren es diese Leute?

Der Dicke sprach.

„Dann fangen wir mal an."

Eine Stimme wie Biolek. Ich nannte meinen Namen, sagte wieder, daß ich Sebastians Lehrer sei, alles sei ein Mißverständnis. Ich hörte mir selbst zu, wie ich um eine Zigarette bat, um Wasser, dann darum, austreten zu dürfen. Man setzte mich auf einen Eimer und gab mir Zeitungspapier. Einer legte seine Hand auf meine Stirn und fluchte. Man hüllte mich in eine Decke. Zitterte ich? Ich war nicht mehr ich.

Marsman wurde angeschrien.

„Sag, wie du heißt, verdammt!“

Als ich mit meinem Geschäft fertig war, fesselte man mich wieder, und ich hörte mich sagen, daß der Kerl Albert Marsman heiße, daß er aus Namur stamme, daß er ein Killer sei. Marsman spuckte mich an. Niemand wischte den Rotz von meiner Backe. Der Kleine schlug ihn. Ein anderer ging dazwischen. An Marsman war die Narbe wieder aufgegangen, der Eiter schon geronnen.

Ich antwortete nicht mehr, hörte nicht mehr. Den Schalter des Selbstbewußtseins umlegen. Einübung ins Krepieren. Kierkegaard: Die Krankheit zum Tode. Ich fiel nach hinten.

Mit der Schulter schlug ich gegen die Wand. Es war beinahe dunkel. An meinem Rücken hing jemand. Marsman! Die hatten uns Rücken an Rücken zusammengebunden! Er hatte mich durch den Keller geschleift und gegen die Wand geworfen. Jetzt lagen wir beide auf dem Boden. Marsman atmete heftig. Ich bäumte mich auf. Er lachte drekkig.

„Siamesische Zwillinge, wir twee. Was, Pfühl?“

„Halten Sie die Fresse!“

Ich war hellwach.

Er titschte mit dem Hinterkopf gegen meinen. Eine kalte Wut durchfuhr mich, ich riß ihn hoch und warf mich mit dem Rücken gegen die Wand. Ein dumpfer Schlag. Er stöhnte auf. Dann hing er an mir wie ein Sack.

Ich kniete mich hin und rutschte zu den Decken, griff sie mir und schob mich weiter zu den Sofas. Dort warf ich mich auf das Polster. Mir war egal, ob er erstickte, ich legte mich halb auf ihn, halb lehnte ich mich an. Die Decken ließ ich liegen. Mit einem Mal war mir furchtbar heiß.

Dann Schüttelfrost. Marsman phantasierte und stank. Natürlich wollten die Außerirdischen uns fertigmachen, bis sie nur noch den Hahn aufdrehen mußten, um alles aus uns herauslaufen zu lassen. Ich fühlte mich, als hätte sich jemand meine Knochen einzeln vorgenommen. Ich sank in fiebrigen Halbschlaf, in Träume und Tagträume. Zwischendurch jammerte Marsman. Oder war ich es, der jammerte?

Ich lebte in einem Waschbottich, in dem alles vermengt war. Irgendwann schaltete mein Bewußtsein ab.

Als man an mir rüttelte, hörte ich die Stimme kaum. Die Tür war halb geöffnet. Fahles Licht. Taschenlampenlicht. Jemand machte an mir herum, band und schnitt. Ich suchte nach der Gestalt.

„Heinz?“

„Mensch, Pepa!“

Ich heulte. Er nahm mich in den Arm. Ich zitterte wie ein kleines Kind bei Grippe.

„Wir machen Schluß, Heinz. Ja? Schluß.“

„In Ordnung, Pepa.“

Vorsichtig legte er mich auf das Sofa und leuchtete mich an.

„Du zitterst wie Espenlaub.“

Er legte mir die Decke über und wischte mir die Augen. Meine Hände waren frei. Und freie Füße! Unter Schmerzen streckte ich den Rücken. In der anderen Ecke lag Marsman. Gefesselt, still, schien uns zu beobachten.

Heinz hatte an alles gedacht und reichte mir Kamillentee. Er hielt mich fest und tätschelte meine Hand.

„Bedank dich bei Fabian. Sein Terminkalender. Da stand für Januar bis Mai dreimal ‚Hof Uhlenbrock‘.“

„Welcher Tag ist heute?“

„Freitag. Fünf Uhr morgens. Als ich heute nacht die Notizen bemerkte, bin ich beim ersten Licht los. Ich suche dich seit Mittwoch. Diese Ulrike war etwas verstört. Ich habe sie beruhigt. Marsman sei nur ein komischer Typ.“

Sein Eulenkopf stand im Licht der Morgendämmerung.

Als er mir aufhalf, konnte ich kaum gerade stehen. Heinz wollte sofort weg und Marsman hier liegenlassen. Als ich an Marsman vorbeischlurfte, spuckte ich ihm ins Gesicht. Durch die Tür fiel der Tag. Ich stieg die Treppen hinauf. Draußen schlug mir eine frische, laue Luft entgegen. Und der Himmel.

Ich sah zurück. Ein alter Sandsteinspeicher, der vielleicht vierhundert Jahre alt war. Heinz führte mich zum Schotterplatz. In der Nähe war ein Bauernhof. Ich konnte eine Scheune mit Pferdeboxen erkennen. Ein Hahn krähte.

Heinz hatte seinen Golf neben meinem Roadster geparkt.

„Den wirst du wohl erst mal stehenlassen müssen.“

Ich schüttelte den Kopf und lächelte. Nicht meinen Roadster!

Ein Griff unter die hintere Stoßstange, und die Heckklappe entriegelte. Unter der Kofferraumabdeckung hatte ich meinen Zweitschlüssel. Heinz schüttelte den Kopf.

„Laß den stehen! Besser, ich fahre dich nach Hause.“

Ich antwortete nicht. Als ich mich in mein Auto setzte, atmete ich auf. Die beste Medizin! Das war Realität! Das war Ich und Jetzt! Ich strich über das Lenkrad und lehnte mich zurück. Plötzlich saß Heinz neben mir.

„Fahr um Gottes willen los!“

Ein weißer BMW fuhr auf den Schotterplatz. Er hatte uns hinter der Fertiggarage noch nicht gesehen. Ich startete meinen Wagen und schoß zur Straße. Der BMW gab Gas, wendete knirschend über dem Schotter und setzte hinter uns her. Eine gerade Straße. In neun Sekunden auf Hundert. Mit einem Male wurde der BMW langsam und wendete. Heinz zückte sein Notizbuch und trug das Kfz-Kennzeichen ein. Mich überlief kalter Schweiß. Er sah mich besorgt an.

„Soll ich fahren?“

„Nein, Heinz. Fahren kann ich sogar, wenn ich tot bin.“

11

„Tag, Herr Pfühl!“

Sebastians Stimme klang locker. Wäre ich dazu imstande gewesen, ich hätte ihm eine gescheuert.

Gertrud umarmte mich mit Wasser in den Augen. Sie hatte einen Picknickkorb gepackt, und ich langte zu. Käsebrötchen, Cherry-Tomaten, Hähnchenkeulen, Wasser, Tee, Kuchen. Immer wieder überlief mich ein Zittern. Wir saßen auf einer Bank unterm Longinusturm. Heinz und Gertrud warfen sich sorgenvolle Blicke zu.

Es war gegen sieben Uhr morgens. Kein Mensch zu sehen. Die Luft war feucht, die Aussicht verschleiert. Gertrud hatte Decken mitgebracht und meine Outdoor-Jacke. Ich trank den heißen Tee und stierte auf Sebastian, der abseits auf einem Holzstumpf saß und qualmte. Unweit drehten sich in der nebeligen Luft zwei riesige Windräder.

Gertrud drückte und tätschelte mich, begutachtete mein Gesicht und meine Arme, in denen Splitter steckten. Dann wurde sie hart und laut.

„Der hatte keine Wahl. Entweder er kam mit, oder ich wäre zur Polizei gegangen.“

Heinz hatte mich vorgewarnt. Sie wollte den Jungen hier und jetzt in die Mangel nehmen.

„Ich habe Sebastians Fingerabdrücke auf dem Heizlüfter gefunden. Keine von Marsman und keine von deinem Doktor Martin. Deine Browning war übrigens übersät mit deinen Abdrücken. Mit Waffen spielt man nicht! Hast du sie noch?“

„Im Handschuhfach.“

Ich reichte Heinz den Zweitschlüssel. Gertrud stieß mich an.

„Nicht nötig.“

Verdeckt hielt sie den Autoschlüssel mit dem Ferrari-Anhänger in der Hand.

„Er weiß es nicht“, sagte sie halblaut. „Ich habe ihn aus seinem Zimmer, wo ich gestern versucht habe, was aus ihm herauszukriegen.“

Sie sah mich bedeutungsvoll an. Hier oben am Longinusturm wehte ein kühler Wind. Die Windkraftanlagen freuten sich dran. Mich fröstelte. Ein wenig wärmte die Teetasse. Als ich es nicht schaffte, mir eine zu drehen, versuchte es Gertrud. Schließlich kam Sebastian.

Er drehte perfekt. Seine Handgelenke zeigten dünne Narben.

Ich bedankte mich nicht, er sagte „Bitte!“ und wollte wieder gehen.

„Bleib sitzen, Sebastian, verdammt!“

Er reichte mir Feuer. Auch er zitterte. Gleich fühlte ich mich besser.

„Komm schon. Ich will was wissen!“

„Was?“

„Gleich knallt es, Jüngelchen! Ich werde nicht gerne erschossen oder entführt, weil ich in eine Bücherei will oder mich für meine Schüler interessiere.“

Sebastian sah mich merkwürdig an. Vielleicht Unsicherheit mit einem Rest an Dreistigkeit.

„Verdammt, Herr Pfühl! Ich hab damit nichts zu tun. – Aber was haben Sie mit Frau Brinkmann und dem …, diesem Narbengesicht zu tun?“

Jetzt lehnte sich Heinz über den Tisch.

„Hör mal, Bürschchen! Alles der Reihe nach. Ich bin pensionierter Polizeibeamter und habe gute Lust, eine Anzeige zu machen. Weißt du eigentlich, was du hier treibst?“

Das Bürschchen stand einfach auf und ging weg. Seine langen Beine steckten in Röhrenjeans, die am Hintern Falten warfen. Drüben hatte jemand den Turmeingang geöffnet. Irgendwann erschien Sebastian oben auf dem Turm. Vierundzwanzig Meter hoch. Gertrud erschrak.

„Oh Gott, wenn der jetzt …!“

Wir warteten. Sebastian ging ein paar Mal um die Plattform, erschien immer wieder und lehnte sich zu uns herunter. Als Gertrud aufstehen wollte, hielt sie Heinz zurück.

„Wenn er will, springt er. Du hast keine Chance.“

Mir war es ziemlich egal, ob er sprang. Wer in den Wald geht, muß wissen, daß der Wolf wartet. Seine Motorradleute hätten mich beinahe das Gesicht gekostet. Da bin ich nachtragend. Außerdem war mir elend und zum Kotzen. Mit dem Picknick hatte ich meinen Magen überfordert.

Gertrud war nervös. Ihre harten Vorsätze waren weggeblasen. Frauen können es nicht ertragen, wenn junge Männer Unsinn machen. Plötzlich war Sebastian weg.

Als er zurückkam, setzte er sich zu uns. Heinz warf Gertrud einen giftigen Blick zu, als sie zu ihm wollte. Sebastian stützte seinen Kopf in die Hände und nuschelte:

„Legen Sie los!“

Das Verhör übernahm Heinz, und er hatte sich gut vorbereitet. Gertrud zückte ihr Fingernageletui und machte sich über meine Splitter am Arm her, während Sebastian erzählte, was er von Fabian wußte. Er habe ihm von Tierversuchen im Institut von Professor Ribbe erzählt und was dagegen unternehmen wollen, schließlich einen Hahn gestohlen, um einen Beweis zu haben.“

Ich raffte mich auf.

„Was soll denn das? Tierversuche sind nichts Illegales, nur genehmigungspflichtig – bei Wirbeltieren.“

„Was weiß ich.“

„Wußte seine Oma von Fabians Enthüllungsplan?“

„Ja.“

„Und was genau?“

„Ziemlich alles, glaube ich. Die wollte nach dem Unfall eigentlich zur Polizei.“ Plötzlich sei das „Narbengesicht“ aufgetaucht und habe sie beide bedroht. Der Kerl habe sich wohl gedacht, daß Fabian seiner Oma und seinem Freund alles erzählt habe. Da habe er, Sebastian, seine Kumpels auf ihn ansetzen wollen. Auch über so ein Video mit Geständnis hätten sie mal gesprochen. Aber mit der Entführung habe er nichts zu tun. Das hätten die alleine gemacht. Die hätten ihn nach der Szene im Sixty-Six nicht mehr dabei haben wollen.

„Einen Lehrer entführen! Diese Vollidioten!“

Heinz erkundigte sich nach dem Terror vor Ribbes Haus, und Sebastian erzählte von der Zusammenarbeit zwischen Ribbe und dem Narbengesichtigen. Schon Fabian sei der Bursche mit seinem Maserati aufgefallen. Daß der Professor Fabian loswerden wollte und der Narbengesichtige für ihn die Drecksarbeit mache, stehe für ihn fest.

Ich stand auf und verschaffte mir Bewegung. Irgendwo in der Landschaft steckte das Rüschhaus der Droste. Ich beneidete die Freiherrin um ihre Ruhe. Unsereins hatte nur Streß. Während ich auf und ab ging, hörte ich Sebastians Gerede. Langsam wurde er munterer und drehte sich schließlich zu mir.

„Was haben Sie eigentlich mit dem Narbengesichtigen zu tun?“

Ich wurde pampig.
„Wahrscheinlich bin ich in ihn verknallt."

Damit war für einen Moment sein Maul gestopft. Summend zogen die Windräder ihre Kreise durch die Luft. Sebastian sah mich an.

„Vielleicht haben Sie ihm zuviel herumgeschnüffelt. Wie Sie das bei mir machen."

Ich mußte mich wieder setzen. Mich fror. Nebel bummelte durch meine Gedanken, und ich registrierte alles nur wie ein Automat. Nicht unangenehm, dieser Zustand. Heinz' Stimme, wie er nach Ännchen Lilienthals Tod fragte. Sebastians Antwort, daß der Narbengesichtige sie beide bestechen wollte. Fabians Oma habe sich jedoch standhaft geweigert. Er aber habe das Schweigegeld genommen. Dreitausend. Dann habe der Kerl ihn rausgeworfen. Er habe durchs Fenster beobachtet, wie der Kerl die alte Frau niedergeschlagen und dann das Regal auf sie gekippt habe. Darauf sei er, Sebastian, weggerannt.

„Ich hatte voll die Panik und habe mich zugemacht, weil ich dachte, ich wäre dran schuld." Er sah zu Gertrud. „Und dann haben Sie mich ja gefunden."

Heinz hob den Zeigefinger.

„Wir haben rausgefunden, Sebastian, daß Ihre Fingerabdrücke auf dem Heizlüfter sind, durch dessen Schlag Frau Lilienthal getötet wurde."

Sebastian durchzog ein Zucken. Er sah uns drei an. Plötzlich wieder dieser dreiste Ton:

„Was sind Sie eigentlich für eine Truppe, he?"

„Drei Freunde", sagte Heinz ruhig.

„Die von der Tankstelle", sagte ich.

„Herr Pfühl spricht mit seinen Freunden natürlich über alles", sagte Gertrud.

Heinz insistierte kühl.

„Ich warte, Sebastian. Ihre Fingerabdrücke!"

„Frau Lilienthal hatte mich gebeten, das schwere Ding auf das Regal zu stellen. Weil es wärmer wurde. Ich konnte doch nicht ahnen, daß das Narbengesicht das Regal auf …"

Sebastian heulte. Heinz nickte.

„Schon gut, Sebastian. Nun müssen Sie uns aber noch sagen, woher Sie das da hatten, wenn Sie von der Aktion Ihrer Freunde nichts gewußte haben."

Gertrud holte meinen Autoschlüssel heraus und ließ ihn vor Sebastian baumeln. Mit einem Mal wurde er laut.

„Okay! Okay! Natürlich, Sie denken – ist ja auch scheißegal, wo Fabian jetzt sowieso … Den hat Heiko gestern bei mir vergessen, als er mir von dieser schwachsinnigen Aktion erzählt hat, und daß Sie mitgefangen sind. Der Idiot! Jetzt hören Sie endlich auf! Sie behandeln mich wie einen Verbrecher!" Er sah zu mir. „Bitte, Herr Pfühl! Ich kann für Ihre Entführung und alles doch nichts. Bringen Sie mich nach Hause. Bitte!"

Gertrud nickte.

„Ist gut, mein Junge. Das Geld übrigens, diese zweitausendsechshundert Mark, habe ich auf meinem Konto. Du kannst dir mal überlegen, wem du das spendest."

„Mach ich. Danke!"

Er stand auf. Gertrud packte ihre Sachen ein, umarmte mich noch einmal und rieb meine Unterarme ab. Als sie weg waren, brachte ich Heinz zu seinem Wagen, der noch beim Hof Uhlenbrock stand.

Außer Heinz' Golf kein Auto mehr auf dem Schotterplatz. Die Tür am Speicher stand noch offen. Heinz sah vorsichtig hinein. Ich verzichtete auf einen Blick in den Folterkeller.

Als wir an unseren Autos standen, sagte Heinz:

„Sebastian ist wohl vom Tisch. Was denkst du?"

„Ich denke gar nicht. Ich muß erst mal wieder auftanken. Hauptsache, der Kerl ist weg."

„Welcher Kerl?"

„Marsman."

„Der ist nicht weg, Pepa!"

„Auch egal."

„Der hat jetzt deine Adresse."

„Und ich habe meine Browning."

„Soll ich bei dir bleiben?"

„Bodyguard? Ich hab doch deine Handynummer und Ulrike. Die bleibt immer bei mir. Tag und …"

Heinz sah mich mit väterlicher Strenge an.

„Hast du das Handy noch?“

„Mist. Nein. Aber ich hole es mir wieder.“

„Und wie?“

„Von Sebastians Leuten.“

Heinz lächelte vor sich hin, zog seinen Block und schrieb mir einige Namen und Telefonnummern ab. Ich staunte. Er hatte die Kennzeichen der Motorräder identifiziert. Als er fertig war, klopfte er mir auf die Schultern.

„Fahr vorsichtig! Am besten hinter mir her.“

„Mir geht es wieder prima. Danke. Ich mache noch einen Umweg.“

„Woher?“

„Über die Autobahnkapelle Roxel.“

Heinz fiel aus allen Wolken.

„Du und Kapelle?“

Er dachte sicherlich, daß ich im Keller ein Damaskuserlebnis hatte.

„Keine Sorge, Heinz. Reiner Aberglaube. Ich bin nicht vom Gaul gefallen. Ich will nur eine Kerze aufstellen, weil ich so einen Kumpel wie dich habe.“

Ich reichte ihm beide Hände. Er lachte und merkte, daß ich es ernst meinte. Als er abfuhr, winkte er mir und sah sehr froh aus.

Das also war einer meiner Entführer. Der Dicke mit der Biolek-Stimme. Wir trafen uns am Biker-Treff. „Routeman“ nennt sich der Laden, und „Welcome to Biker’s Heaven“ stand überall zu lesen. Mein Entführer hieß Heiko Sommer und fuhr eine Moto Guzzi. Als er den mir allzu bekannten Helm abnahm, kam ein gemütliches Gesicht zum Vorschein. Haare wie ein Mopp, rötlicher Kinnbart. Mitte zwanzig vielleicht. Er knotete sich ein schwarzes Kopftuch über, entschuldigte sich wie bei unserem Telefonat vollkommen locker und bestellte zwei Radler, sich selbst noch Spiegelei auf Schinkenbrot. Er war mit dem Kellner per du.

Irgendwie bekam ich den Eindruck, mit „Sorry“ und Radler sei die Sache für ihn gegessen, aber ich hatte nicht die Kraft, ihm heimzuleuchten.

„Ist nichts dran.“ Sommer schob mir mein Handy rüber. „Den Autoschlüssel haben Sie ja schon.“

Ich holte Luft und riß mich zusammen.

„Hören Sie, Herr Sommer. Ich sage Ihnen gleich, daß ich von Ihnen einige Erklärungen erwarte. Sonst könnte ich mich gedrängt fühlen, eine Anzeige zu erstatten."

Er nickte knapp. Es herrschte angenehmes Biker-Wetter, und der Betrieb bei Routeman brummte. Wir saßen unter einer Kastanie an Bierzelttischen. Gestern hatte ich Tag und Nacht durchgeschlafen. Das Fieber war runtergegangen. Ulrike hatte es nicht gewagt, mich zu stören. „Es ist immer etwas anstrengend mit meinem niederländischen Kumpel", war bei der Rückkehr mein einziger Kommentar gewesen.

Heiko Sommer redete wie nebenher. Seine hohe Stimme schlenkerte durch das unaufhörliche Knattern der Maschinen. Der Kellner brachte das Bestellte. Überall Benzingestank. Zur Neutralisation drehte ich mir eine. Sommer aß mit Appetit an einem Berg von Schinkenbroten mit Spiegelei.

„Wie kommen Sie dazu, Ihre Umgebung zu terrorisieren? Da kann man nicht drüber lachen. Wenn Sie so weitermachen, können Sie sich fürs nächste Frühjahr die Versicherung sparen."

Sommer antwortete während des Kauens und fuhr mit den fettigen Fingern durch seinen rötlichen Mopp.

„Da können Sie Gift drauf nehmen, daß wir nicht so weitermachen."

Noch einmal nahm er sich Pfeffer und Salz.

„Wie lange kennen Sie sich – Sie und Sebastian?"

Heiko Sommer war als Kind wahrscheinlich Bettnässer, so langsam wie er in die Puschen kam. Hätte er schon früher mit Hähnen zu tun gehabt, wäre er schneller geworden. Der Hahn weckt die Kinder rechtzeitig und ist das Symboltier vom Heiligen Vitus, dem Heiligen für Bettnässer. Irgendwann hörte man:

„Sebastian hat mal bei uns gejobbt. Bei Autoteile Frank an der Münsterstraße. Dann ist er mit einer nagelneuen ZX-Kawasaki, 'ner 12er, zu unserem Treff gekommen."

„Wann?"

„So vor einem halben Jahr – vielleicht."

„Und Fabian?"

„War sein Freund. Der ist immer mit ihm mit. Die waren schwul. Fabian war ein richtig Lieber. Wir haben ihn gleich gemocht."

Jetzt waren ihm seine Schinkenbrote wieder wichtiger. Ich ließ ihn in Ruhe weiteressen. Noch mal Pfeffer und Salz. Um uns herum nur Menschen in Montur. Ich kam mir nackt vor. Mein Roadster war von parkenden Motorrädern umgeben. Ich habe immer Angst, daß so ein schräges Gerät auf mein Cabrio fällt, und schaute ab und an rüber. Vielleicht suchte auch Marsman wieder eine Gelegenheit. Unweit unseres Tisches hatte eine Bude geöffnet. An „Biker's Silver" verkaufte ein Pärchen Plaketten und Kettchen.

„Wie sind Sie auf Professor Ribbe gekommen?"

„Als Fabian tot war, sagte uns Sebastian, der Ribbe hätte was mit Fabians Unfall zu tun. Wir haben dann ein paar Mal bei ihm vorbeigeschaut, um ihn weich zu kriegen. Danach wollte Sebastian ihn sich vorknöpfen."

„Was soll der Professor denn mit Fabian zu tun gehabt haben?"

„Noch ein Radler?"

Ich lehnte ab. Als ich meine Frage wiederholte, hatte ich Glück.

„Fabian arbeitete in seinem Institut, wo sie Experimente mit Tieren machen."

„Wie ist er an das Institut gekommen?"

„Durch seinen Onkel. Der liefert doch da Geflügel hin – die Sorten, die sie für ihre Versuche brauchen. Fabian hat sich immer mehr drüber aufgeregt, und kurz vor dem Unfall hatte er was Großes dagegen vor. Sebastian fand das total übertrieben und hat immer gesagt, er sollte sich nicht so haben wegen dem Viehzeug … Als Fabian aber seinen Unfall hatte, wurde er ziemlich böse. Er hätte Beweise, daß der Professor dahintersteckte."

Heiko Sommer brauchte noch einige Happen, bis er mit seinem Stapel fertig war. Einige Leute winkten ihm lachend zu, als er sich zurücklehnte, ungeniert aufstieß und seine schwarze Kombi aufknöpfte. Lässig winkte Heiko zurück. Über dem Biker-Treff lag eine familiäre Stimmung.

„Und meine Entführung?"

Er nickte zum Silber-Stand hinüber. Daß meine Entführung ihn ziemlich lange aus dem Verkehr ziehen konnte, wenn ich es wollte, schien ihm überhaupt nicht klar zu sein.

„Tja, Ihre Entführung." Heiko besann sich. „Cirre, also das ist unser Kleiner, hatte Sebastian mal belauscht. Wir treffen uns manchmal am alten Torhaus in Holtwick. Das ist ein jahrhundertealter Schuppen mit Schweinekoben und einem großen Dachboden. Es macht Spaß, durch die Wohnsiedlung zu dröhnen und sich für die Geschichte unserer Heimat zu interessieren. Die wollen jetzt mit Steuerknete was Gelacktes draus machen. Überall Bilder und Bildung und so. Wäre schade drum."

Heiko hatte sich verirrt. Ich dachte an Marsmans Folterlokal, in das er mich verschleppen wollte, und erinnerte Heiko an meine Frage.

„Tja, richtig. Also Cirre hatte sich in einem der Koben mal ein Päuschen gegönnt und war eingeschlafen. Und da war Sebastian mit diesem Narbengesicht aufgetaucht. Cirre hatte draußen den Maserati gesehen und Sebastians Stimme gehört. Die haben über Professor Ribbe gesprochen. Dabei kam raus, daß der ein Säufer ist und von irgendeinem aus dem Institut unter Druck gesetzt wird. Dieses Monsterface – heißt der wirklich Marsman? – also dieser Marsman managt das wohl."

Heiko war erschöpft und winkte dem Kellner.

„Aber 'en eiskaltes!" rief er ihm hinterher.

„Und Sebastian?"

„Jetzt wird's mal langsam Sommer. Verdammt. Was?"

Er lachte über seinen Standardwitz. Ich sagte „Na klar" und wiederholte die Frage. Als Lehrer bin ich das gewohnt.

„Cirre hat nicht allzu viel mitgekriegt, aber noch den Kerl gesehen, wie er unserem Sebastian auf die Schulter geklopft hat. Deshalb sind wir mit Sebastian vorsichtig geworden und wollten rauskriegen, was da los war."

„Und wie bin ich da reingeraten? Würde mich interessieren."

Der Kellner kam mit dem eisigen Radler, und Heiko fachsimpelte mit ihm über einen Fahrlehrgang in Cölbe, der bald stattfinden sollte. Da könne man optimal Blickführung und Linienwahl lernen und so. Na prima, dachte ich, und wollte schon aufstehen, als der Kellner von einigen Durstigen zu seinem Job zurückgepfiffen wurde.

Eine Studie hat nachgewiesen, daß Dicke stärker an Vergeßlichkeit leiden. Man hatte fast vierzigtausend Leute aus Toronto untersucht. Wieder erinnerte ich Heiko an meine Frage.

„Ganz einfach! Wir haben den Typ mit seinem gelben Maserati oft beobachtet. Zwei von uns sind arbeitslos. Denen hat das Spaß gemacht."

Ich runzelte die Stirn. Spaß! Ein herbes Mädchen in brauner Lederhose und offener Bluse kam herüber, man begrüßte sich, redete ein paar Sätze über Wetter und einen neuen Treff in Solingen, dann war ich wieder dran.

„Was tut denn der Marsman den lieben langen Tag?"

„Der wohnt in einem schicken Appartement am Stadthafen zwo in Münster, geht da in den Puff und fährt zwischen Münster, Steinfurt und über den Rhein hin und her. Soweit sind wir aber nie gefahren. Hat tausend Termine, auch hier in der Stadt."

„Was ist nun mit meiner Entführung?"

„Ihre Entführung? An dem Abend? – Als Marsman den Wagen abstellte und zu Ihnen ging, sind wir natürlich hinterher. Wir dachten eben, daß Sie ein Komplize sind und haben uns gefreut. Von wegen zwei auf einen Schlag. Wir wollten alles auf Video aufnehmen und rauskriegen, wer unseren Fabian auf dem Gewissen hat."

„Aha, ich war euer Beifang. Prima! Ich habe doch dauernd versucht, das Mißverständnis aufzuklären, verflucht! Habt Ihr denn nicht gemerkt, daß Marsman mir an die Kehle wollte? Menschenskind!"

„Das war uns ehrlich gesagt ganz recht. Erst später, als ich bei Sebastian war, um ihm mal auf den Zahn zu fühlen und ihm die Entführung beizubringen, da wurde mir klar, daß Sie der Falsche waren. Als ich ihm nämlich was von rotem MX-5 und Chemielehrer erzählte, kriegte er zuviel und tobte herum."

„Und dann haben Sie meinen Autoschlüssel bei ihm vergessen."

„Ich muß mal für kleine Jungs."

Heiko verschwand in einer Art Klowagen. Als er zurückkam, winkte er wieder vielen Leuten zu – noch während er sich mit der anderen Hand die Hose zuknöpfte. Als er wieder saß, lehnte ich mich nach vorne und fuchtelte mit dem Handy vor seinem Gesicht herum.

„Sie sind allesamt Idioten!"

„Ich wollte noch sagen: von wegen dem Autoschlüssel. Da wollte ich mit testen, ob Sebastian was wußte. Ist ja auch egal. Als wir Freitag mittag zum Keller kamen, waren Sie weg und Marsman auch. Und da haben wir alle gesagt, daß wir da jetzt die Hände von lassen. Auch von Sebastian. Wir machen wieder unsere alte Clique, nur Cirre, Gustav und Fidel und ich."

Zwei bärtige Harley-Opas johlten zu Heiko herüber. Der entschuldigte sich, kam aber gleich zurück.

„Okay?"

Er zwinkerte mir mit einem Auge zu, als wollte er sagen: Sorry wegen des geklauten Handys.

„Hören Sie, Herr Sommer. Ich muß das alles erst einmal verdauen. Sie haben sich da ziemlich was geleistet. Mein lieber Mann! Ich will Sie gar nicht in die Pfanne hauen, aber vielleicht müssen Sie Wiedergutmachung leisten. Ich könnte Sie brauchen."

„Ach!"

„Irgend etwas stinkt da. Zumindest der Marsman."

„Herr Pfühl, das tut uns echt voll leid. Ach ja, das sollte ich Ihnen auch von den anderen sagen. Wenn wir das wieder gutmachen können … Ist doch klar."

Halb hatte er zu den Harleys herübergesehen. Ich verabschiedete mich. An meinem Cabrio standen einige Biker. Einer stieß seine Stiefelspitze in den roten Ascheschotter und lachte mich an.

„He, Mann! Du mußt dir mal 'nen Roadster auf zwei Rädern zulegen wie wir!"

Ich lachte zurück.

„Nee, danke, Jungs, meiner hat 'nen größeren Kofferraum!"

Es war mir ziemlich egal, ob Marsman mich erwartete oder nicht. Als ich nach Hause kam, fühlte ich mich hundeelend und ausgebrannt. Ich zitterte wieder leicht, hatte eine heiße Stirn und sehnte mich nach zwei Aspirin und einem Bett. Die Browning ließ ich im Handschuhfach. Nur das Handy hatte ich wieder aktiviert.

Von oben begrüßte mich Ulrike.

„Ich packe. Endgültig. Du bist mich los."

Ich ließ mich in den Sessel fallen. Was sollte ich dieser Frau noch glauben?

„Deine Sonja war hier."

Ulrike stand in einem orangefarbenen Hosenanzug und ihren zweifarbigen Augen vor mir.

„Du siehst ziemlich abgespannt aus, Pepa."

„Och …“

Mitleidig strich sie mir über die Wangen.

„Sonja und ich, wir haben uns ausgesprochen. Helmut hatte sie angerufen und ihr noch mal alles erzählt. Dann ist sie sofort hierhin.“

„Aha.“

„Sie wollte es auch von mir wissen. Ich habe ihr alles haarklein erzählt. – Jedenfalls fast. – Und daß es dir nicht so gut geht und du wegen allem ziemlich Streß hast.“

„Aha.“

„Sie hat genickt, und ihre Augen waren ein bißchen feucht. Glaube ich jedenfalls.“

Ich legte meinen Kopf nach hinten und schloß die Augen. Keiner sprach. War das wenigstens vollbracht? Als ich die Augen öffnete, hatte sie sich über mich gebeugt. Die blonde Mähne hing wie ein Vorhang um die Oberweite.

„Schade, daß das nichts werden kann. Du bist nett.“ Sie gab mir einen elastischen Kuß auf den Mund. „Ich werde wieder zu Helmut ziehen. Mal sehen. – Moment mal!“

Sie reichte mir ein längliches Geschenk.

„Pack aus!“

Eigentlich war ich zu müde. Doch wollte ich die Abschiedsstimmung nicht stoppen und das Schicksal nicht herausfordern. Also nestelte und riß ich an dem Kästchen herum. Zum Vorschein kamen ein Gurt und eine Uhr. Fragend sah ich Ulrike an.

„Das ist eine Pulsuhr.“

„Aha.“

„Die trägt man, wenn man mit Jogging anfängt. Hier der Brustgurt, der den Herzschlag zur Uhr funkt. Die piept, wenn man unter oder über der Belastungsgrenze läuft. Außerdem hat die hier einen Kalorienmesser, der die Fettverbrennung anzeigt. Toll, was?“

„Klasse.“

Schöne neue Welt. Der Mensch als Maschine! Ich richtete mich im Sessel auf. Jetzt war ich mir sicher, daß sie auszog. So ein Geschenk macht man nicht zwischendurch, sondern nur, wenn man nicht sehen will, was daraus wird.

„Die zeigt einem die Belastungsgrenze? Prima. Dann will ich sie mal gleich anlegen. Lehrer sollten sie immer tragen.“

Als er Ulrike abholte, sagte Helmut nur matt Hallo. Sollte ich Ulrikes Geschenk an ihn weitergeben? Er würde es gebrauchen können.

Gerade hatte ich mich hingelegt, da rief Sonja an. Sie sei im Geschäft und rechne. Die Zahlen seien nicht so gut. Sie sei deprimiert und müsse mich sprechen.

„Es ist alles so ein Durcheinander."

„Die Welt ist verworren. Sieh zu, daß du ihr nicht gleichst."

„Marc Aurel. Ich weiß. Du hast so recht. Geht es heute abend?"

Mein Puls überschlug sich vor Glück. Die Pulsuhr hätte längst gepiept. Ulrike hatte mich also nicht angelogen!

„Ich koche uns etwas. Gegen sieben."

„Ich freue mich darauf!"

Und ich legte los. Die Mattheit wie weggeblasen! Noch drei Stunden! Die Geschäfte hatten geschlossen. Ich sah nach, was Ulrike mir gelassen hatte. Offensichtlich hatte sie sich auf einen längeren Aufenthalt eingestellt. Der Kühlschrank war voll.

Als Aperitif ein Tomatendrink mit Buttermilch, Sangrita und ein bißchen Limetten- und Schnittlauchgarnierung. Dazu Bruschetta. Danach eine Tomatenweinsuppe, für die gekochter Schinken angebraten und übergossen wird mit Fleischbrühe und Wein sowie eingemachten und kleingeschnittenen Tomaten mit ihrem Saft. Frischkäse mit Crème fraiche und Tomatenmark hinzugeben. Als Hauptgericht eine Tomaten-Quiche mit Blätterteig, dazu ein Tomaten-Kartoffel-Salat, bei dem die gebürsteten und halbierten Kartoffeln mit Öl bestrichen eine Viertelstunde bei zweihundert Grad gebacken werden. Die geviertelten Tomaten werden mit eine Soße aus Öl, Apfelsaft, Balsamessig, zerdrücktem Knoblauch, Salz und Pfeffer und einigen Kräutern vermengt. Für die Quiche griff ich diesmal auf tiefgefrorenen Blätterteig zurück und kleidete damit die gebutterte Springform aus. Zwiebelringe, Tomatenwürfel hatte ich glasig gedünstet bzw. angebraten und um eine Masse aus Sauerrahm, Quark und Eigelb, die ich auf der Mitte des Teiges verteilt hatte, angeordnet, dann mit Salami- und Schinkenstreifen belegt. Vierzig Minuten in den Ofen.

Ich wurde unterbrochen. Wie es mir ginge. Gertrud! Am Freitag hätten sie mich nicht überfordern wollen. Es gäbe aber noch einiges.

„Heute abend ist Sonja bei mir."

„Ach! Wo ist denn Ulrike?"

„Ausgezogen.“

„Wieder mal?“

„Endgültig.“

„Da kann ich ja am Montag meinen Dienst wieder aufnehmen. – Heinz ist am Sonntag Strohwitwer. Seine Frau muß zum Kaffee beim alten Pastor.“

Wir verabredeten uns bei ihm, obwohl ich eigentlich mit dem Fall nichts mehr zu tun haben wollte. Zu spät! Ich raste zurück in die Küche. Die Welt war ein Tollhaus. Sieh zu, daß du ihm nicht gleichst!

Es war zu koordinieren. Als Nachspeise Honigtomaten. Das bedeutete wieder Backofen. Eine Mischung aus Paniermehl, Salz, Estragon und Pfeffer wird über einen Eßlöffel Honig gegeben, der den Grund einer geköpften, ausgenommenen Tomate bildet. Ein Teelöffel Butter, die Tomate deckeln, zwanzig Minuten bei zweihundert Grad. Zum Abschluß fünf Minuten unter den Grill bei zweihundertfünfzig. Dazu ein Clemente VII, ein fünfundneunziger Chianti Classico. Ich bin nicht für Päpste. Doch der kam mir für die anstehende Zeremonie zwischen den Geschlechtern gerade recht. Außerdem: War er nicht auch entführt worden?

12

Wir saßen mitten im Wald. Heinz hatte uns in seinen Golf gepackt, und nun hockten wir in einer Grillhütte des hiesigen Fürsten. „Damit du wieder zu Kräften kommst“, hatte Heinz gesagt, Salate und Brot ausgepackt. Es regnete in Strömen. Heinz hatte eine Plane vorgehängt und brachte die Kohlen zum Glühen.

„Für Sie nur Alkoholfreies, Pepa.“

Gertrud stellte mir ein alkoholfreies Weizen auf die Bank. Heinz kriegte ein echtes Weizen. Für sich hatte sie Wasser – wegen der Pfündchen. Immer wieder sah sie mich besorgt an. So mitgenommen hätte ich noch nie ausgesehen. Weshalb sie mir nicht zuviel Neuigkeiten zumuten wolle.

Als Sonja mich am Samstag abend gesehen hatte, hatte auch sie sich erschrocken. Den ganzen Abend begleitete sie ihr schlechtes Gewissen. Eine Zeitlang kann man sich eine solche Bemutterung gefallen lassen. Danach muß wieder klar sein, daß man in allen Teilen gesund ist.

„Es tut mir so leid, Pepa, so leid!“

Zuerst habe sie mir ja meine Erzählung über den Hahnenkampf abgenommen, später aber alles für eine miese Lüge gehalten, um von Ulrike abzulenken. Und als sie sich an andere abenteuerliche Geschichten von mir erinnert habe, sei sie aus allen Wolken gefallen und sei durchgedreht. Daß wohl eher der Anblick der sportlich-frischen Ulrike auf der Terrasse schuld war, hatte Sonja verdrängt. Ich lächelte großzügig in mich hinein.

„Männer erzählen nicht gleich alles. Wir machen auch mal gerne etwas mit uns alleine ab. Und wir mögen nicht, wenn es zu eng wird.“

Was hätte ich sonst sagen sollen? Die nackte Wahrheit ist eine, die dauernd verschnupft ist, dauernd niest und sich die kurze Nase putzt. Kein schöner Anblick. Man muß ihr einen warmen Mantel umlegen. Und besser noch: Sie frißt sich im Laufe der Jahre ein dickes Fell an.

Als Sonja den ganzen Sonntag mit mir verbringen wollte, sagte ich, daß mich Gertrud eingeladen habe. Sofort hatte Sonja sich zurückgezogen und meine Honigtomaten gelobt. Mein klägliches Bild hatte ihr allen Wind aus den Segeln genommen und sie wehrlos gemacht.

Zum Abschluß des Essens hatte ich Sonja die Einzahlungen Wissings präsentiert. Zweitausend Mark. Sie küßte mich dankbar und wollte wissen, wie schwierig es gewesen sei. Ich übertrieb, indem ich es wortreich herunterspielte. Als ich sie auf Günter ansprach, war sie ganz klein geworden und hatte sich über seine Unternehmungen ausgelassen. Er habe sich eine ungewöhnliche Handlungs- und Sondierungsfreiheit ausbedungen.

„Welche Sondierungen?"

„Eine Sache noch hinter verschlossenen Türen. Es geht um ein Mammutprojekt. Diese Unternehmensansiedlung, von der ich dir erzählt habe."

„Der Ausbau von Nordfleisch?"

Sie sah überrascht hoch. Ich tat beiläufig.

„Hattest du gesagt."

„Hatte ich? Genauer geht es um einen Konzern, bei dem Nordfleisch beteiligt ist."

Dann hatte Sonja über Entwicklungspotentiale in ganz neuen Dimensionen gesprochen. Über Auswirkungen für Arbeitsplätze, Handel, Umsatz, Steuern. Ich ließ sie reden. Die Gewerbesteuerausfälle in einer Höhe von beinahe zehn Millionen, von denen zu lesen war, seien ein böses Zeichen und der Stadt und Kaufmannschaft in die Glieder gefahren. Jetzt habe man neue Hoffnung. Sonja bekam wieder gute Laune. Wenn Sonjas Geschäft lief, ging es ihr gut. Wahrscheinlich hatte Günter sie heiß gemacht auf die neuen Perspektiven mit dem Konzern. Der Bursche mußte wieder verschwinden, hatte ich mir geschworen.

Heinz packte die Alufolie aus und legte die ersten Fleischstücke auf. „Alles Bio-Ware", betonte er und nahm eine Gewürzdose aus seiner Grillschürze, die mit einem Bär in Campermütze bedruckt war. Gertrud machte es noch immer spannend, redete über Urlaubspläne und zog genüßlich an ihrer Eve. Ich finde Grillen abscheulich. Es gibt in Bayern sogar einen Grillsportverein, als dessen Zweck die „maßlose Füllung der Mägen mit Fleisch" angegeben wird.

„Ich bin nicht mehr todkrank, Gertrud. Also, was ist mit Vater und Frauenarzt Schöttler?"

Gertrud erzählte, daß sie einen Termin bei ihm gehabt habe. Krebsvorsorge.

„Danach habe ich ihn auf seinen Sohn angesprochen. Ich wolle das nicht an die große Glocke hängen, aber der Filius habe Mist gemacht. Als ich ihm andeutete, daß das böses Blut machen könnte, wurde er wach und jammerte mir vor, er sei Witwer und seine Kinder endlich groß, er müsse jetzt ans Geldverdienen denken. Seine Tochter studiere Zahnmedizin, das koste was. Dann seine Fortbildungen."

Heinz wendete mit wichtiger Miene sein Grillgut. Ich war mir nicht sicher, ob er den Typ Steinzeitjäger und Fallensteller oder den Typ Abraham und Opferpriester repräsentierte. Seine Schlachtopfer waren die Bösen der Welt. Seine Reinigungsrituale waren polizeilicher Art.

„Das ist einer, der seiner Frau den Tod vorwirft, weil sie ihm die Kinder aufgeladen habe", sagte er. Gertrud nickte.

„Er wolle jedenfalls mit seinem volljährigen Sohn nicht belastet werden, halte ihm Essen und Wohnung frei, zahle ihm sein Motorrad und habe ihm sogar seinen Wagen geliehen – bis vor kurzem."

Ich sah Gertrud an, dann Heinz. Beiden grinsten.

„Und?"

„Ich habe natürlich gleich nachgehakt. Sebastian hatte vor dreieinhalb Wochen einen Unfall – das heißt, einen Blechschaden. Er sei im Dunkeln an einem Pfosten vorbeigeschrammt. Tausend Mark."

„Blechschaden? Wo?"

Hoffentlich hatte Gertrud noch einmal nachgehakt. Sie lächelte.

„Vorne rechts."

„Und warum habt ihr vorgestern Sebastian nicht darauf festgenagelt? Das war doch nicht nur Rücksicht auf mich."

Heinz hatte ein Würstchen in der Zange und legte es mir auf den Teller.

„Er hätte geleugnet und fertig. Man soll laufende Ermittlungen nicht erschweren."

„Denn in Schöttlers Praxis tut sich noch mehr, Pepa. Wir wollten Sebastian nicht aufschrecken."

Gertrud zeigte beste Laune und guten Appetit. Ich dachte an Heinz' Benehmen vor meinen Mozzarella-Päckchen und stellte den Teller mit den Würstchen auf der Bank ab.

„Mir ist gestern aufgefallen, daß bei Sebastian nicht alles stimmig ist. Woher zum Beispiel wußte Marsman, daß Fabians Oma so gut informiert war, daß man sie bedrohen und umbringen wollte? Das konnte nur Sebastian wissen – und zwar ein Sebastian, der mit dem Tiergesicht zusammenarbeitet."

Gertrud lächelte mich an und schlang ihren Bissen herunter.

„Sie waren am Freitag ja besser zurecht, als Sie aussahen, Pepa! Nun essen Sie aber!"

Ich erzählte von Heiko Sommer und der Motorradclique, dann von Günter Lachsmann, Sonjas Andeutungen und dem Dicken von der Party. Heinz und Gertrud staunten nicht schlecht. Ich sei „unverwüstlich". Man prostete mir zu. Ich holte Luft und merkte, daß es mir guttat. An Rückzug aus dem Fall war kein Gedanke mehr.

Seine Herde war versorgt, die Kohle glühte, das restliche Fleisch grillte, Salat und Bier waren kalt. Heinz hatte es geschafft. Draußen hatte der Regen plötzlich aufgehört. Heinz schlug die Plane zurück und trat vor unsere Blockhaushöhle. Gertrud und ich redeten über unseren Urlaub. Bei ihr ging es an den Bodensee – ach, das Refugium der Droste! Schließlich kam sie auf Sebastian zurück. Sie nahm sich von den Rippchen und setzte sich zurecht.

„Als ich am Donnerstag bei Sebastian war, hatte ich Glück."

„Ich dachte, er hätte mit nichts rausgerückt."

Verständnislos schaute ich Heinz zu, wie er sich noch ein Hähnchenbrustfilet auf den Teller legte und den namensgleichen Ketchup darüberdrückte. Unangenehm gefüllt paffte ich vor mich hin. Gertrud fühlte sich pudelwohl und drohte abzuheben.

„Das stimmt auch. Eine Viertelstunde lang kriegte ich keinen Ton aus ihm heraus. Aber als ich ihn auf einen Blechkanister ansprach, der neben seinem Schreibtisch stand – wirklich so nebenbei –, wurde er plötzlich hektisch. Ich solle das Schnüffeln sein lassen. Sei von seinem Vater, mehr nicht. Die Aufschriften auf dem Kanister lauteten: ‚Dima-Transport' und ‚Sanyo'. Heinz hat mir bestätigt, daß das eine Kühlbox für Blutkonserven gewesen sein muß. Und es kommt noch verrückter! Ich wollte gerade gehen, da sehe ich, wie ein Zettel unter der Tür durchgeschoben wird. Er sieht es gar nicht. Als ich vor der Tür stehe, bücke ich mich, lese laut, was darauf steht. Da springt er auf und reißt mir das Papier aus der Hand."

„Was stand denn drauf?“ fragte ich.

„Nur ‚18./16.45‘“.

„Und? Habt ihr es entschlüsselt?“

„Sebastians Zimmer liegt am Flur, der vom Privathaus zur Praxis führt.“

„Ich meinte die Zahlen.“

„Langsam, Pepa! Das könnte also jemand von der Praxis gewesen sein. Wohl kaum sein Vater.“

„Sondern?“

„Da bleiben nur Sprechstundenhilfe und zwei Arzthelferinnen.“

„Liebe?“

„Zu Mädchen? Nicht bei Sebastian.“

„Und die Zahlen?“

Ich wurde ungeduldig.

„Achtzehnter Juni um sechzehn Uhr fünfundvierzig.“

„Naheliegend. Dann wird man zu dem Zeitpunkt beobachten müssen.“

„Genau.“

Gertrud lächelte mich an. Heinz stand am Grill und hatte gerade die Kohle und die Asche zu einem sauberen Häufchen zusammengeschoben. Auch er lächelte mich an.

„Nein!“ rief ich. „Ich nicht, diesmal ich sicher nicht! Ich habe mein Scherflein zur Fahndung nach dem Mörder von Fabian und seiner Oma beigetragen. Ich halte mir weiter das Tiergesicht vom Leib, sonst geht bei mir nichts mehr.“

Gertrud ging darüber hinweg.

„Heinz kann an dem Tag nicht, weil er seine Kirchenvorstandssitzung hat. Ich habe schon meinen Observationsposten. Mit Videokamera. Bei Tina. Die ist in Urlaub, und ich gieße ihre Blumen.

„Und was soll ich da noch?“

„Von Tina aus überblickt man nicht alles.“

„Das ist aber schade.“

Heinz setzte sich neben mich und prostete mir durchsichtig zu.

„Aber vom Grundstück aus, das meinem Rot-Kreuz-Kamerad Franz-Josef gehört. Da machst du es dir bequem und tust, als wolltest du Eisvögel photographieren.“

„Eisvögel?“

„Von denen gibt es da noch einige. Die nisten in Röhren an den Uferwänden.“

„Und ihr nistet in meinem Kopf und seid Raubwürger!“

Da saß ich nun auf einer Isomatte an der Uferböschung. Halb fünf. Heinz' Rotkreuzer hatte mir nur guten Tag gesagt, in den Garten gezeigt und mir Mückenspray mitgegeben. „Ich werde Sie nicht stören.“ Meine EOS 30 mit 400er Tele lag neben mir. Durch eine Reihe von Pappeln konnte man zu einem Teil der Schöttler'schen Villa hinaufsehen. Wenn die Ärzte durch die Gesundheitsreform verarmen sollten, würde Dr. Schöttler vielleicht den Dachschiefer auf seiner Garage verkaufen müssen oder eines der Metall-Marmorkunstwerke oder den Pavillon aus Säulen und Schmiedeeisen. Ich schlug nach den Mücken. Das Spray taugte nicht. „Wie's um mich gaukelt, wie es summt …“ Die Droste.

Nichts tat sich. Nur in Tinas Wohnung waren die Gardinen in Aufruhr. Ich machte ein Photo: Gertrud hinter Videokamera. Ich hätte hart bleiben sollen. Wie bei Ursula Brandt, der ich bei ihrem Anruf gestern abend gesagt hatte, meine Partnerin könne das vielleicht mißverstehen, worauf sie auf der Stelle den Rückzug angetreten hatte. Eigentlich schade. Den Tag heute hätte ich zum Nachdenken und zur Erholung brauchen können. Wo ich mich schon in der Schule krank gemeldet hatte.

Meine Unterarme wiesen fünf, meine Schienbeine drei und meine Wange einen Stich auf. Einen gab es gerade ins Ohrläppchen. Saubiester! Ich wollte mich nicht ärgern. In meinem Gaumen hing noch der Geschmack des gedämpften Kabeljaus in Tomaten-Zucchinisoße. Sonja war in der Mittagspause gekommen und hatte mich bekocht. Leicht und bekömmlich. Ihr schlechtes Gewissen. Eine Elster setzte sich ein paar Meter vor mir in die Pappel. Ich schaute ihr beim Zuschauen zu. Es war viertel vor fünf durch. Nichts passierte. „Das Publikum hat ein Recht darauf, nicht zu bekommen, was es verlangt“, hatte Adorno, unser Idol aus bewegteren Tagen, gesagt.

Aber irgend etwas bewegte sich da oben. Kurz sah ich ein Mädchen in Weiß. Vier, fünf Sekunden, dann war sie weg. Ich hatte einige Photos geschossen. Leider war Wind in die Pappeln gefahren. Es war auf Gertrud zu hoffen.

Im Bachlauf tauchte eine Entenfamilie auf. Die Enten haben Familiensinn, wie man weiß. Insgesamt sind sie jedoch dumme Tiere. Sie akzeptieren Menschen als Eltern und Erpel als Gatten. Was der Mensch aus dem Tierreich lernen kann, ist weniger, als man gerne hätte. Tiere leben im Daseinskäfig, über den sie nicht hinaus können. Sie sind auf ihre Zwischenhirn-Existenz beschränkt. Setzt man bei einem Hahn am Zwischenhirn Elektroden an, beginnt er, die Tischplatte zu attackieren. Er sieht einen Bodenfeind – vielleicht eine Ratte oder einen Iltis. Ein Zwischenhirn haben Menschen ebenfalls, aber unsere Zugabe, unser Gott, das Großhirn, hat Kapazitäten frei, das Tier nicht. Wir sind nicht ausgelastet. Daher die Dummheiten, die wir machen. Wir lassen uns in Mordfälle hineinziehen, obwohl wir viel mehr an Tomaten interessiert sind, sitzen an mückenverseuchten Bachläufen statt im sauberen Gewächshaus und denken über uns selbst nach, statt wie die Tiere zu dämmern. Plötzlich war mir die Observiererei egal. Ich klatschte eine Mücke, legte mich zurück und buchstabierte die Droste:

„Ich lag und dachte, ach so Manchem nach,
Ich hörte meines eignen Herzens Schlag,
Fast war es mir als sey ich schon entschlafen …“

Als ich die Kamera vor die Augen setzte, war es fast zu spät. Das weiße Mädchen war wieder aufgetaucht. Ich photographierte noch, wie sie an einer Mülltonne stand und ein Bündel aus weißem und blauen Zeug hineinwarf, nein hineinlegte. Langsam klappte sie die Tonne zu und war gleich wieder fort. Beinahe wie eine Engelserscheinung. Kurz darauf kam von der anderen Seite Sebastian, schlug den Deckel der Tonne auf und suchte. Irgend etwas, so groß wie ein Bierdeckel, wanderte in seine Tasche. Gleich war auch er wieder fort. Fast hatte ich meinen Film verschossen. War das alles? Lange geschah nichts. Ich legte mich wieder zurück, hielt die Augen halb geöffnet.

„An meiner Wange flüsterte das Kraut,
ich vernahm im Laub
Der Raupe Nagen …“

Biedermeier, du hattest es gut!

Plötzlich knatterte ein Motor. Ich riß die Kamera ans Auge und sah gerade, wie zwischen zwei Häusern ein Motorrad durchflitzte. Sebastian! Da wäre eine tausendstel Belichtung richtig gewesen. Mist!

Das Mückenspray schien doch zu wirken. Ich zählte sieben, vier und drei Stiche und blieb noch ein bißchen liegen: „Da lag ich einsam / noch an des Ufers Borden …“ Ich war eingeschlafen, weggedämmert wie ein Zwischenhirnwesen. Und als ich aufwachte, war es kurz vor sieben. Die Kamera hatte ich schon gegriffen und wollte mich gerade erheben, da sah ich ihn: Er segelte über den Bachlauf und verschwand hinter einer Krümmung. Der erste Eisvogel meines Lebens! Das beste Photo heute. Welch eine tropische Buntheit in meinem Münsterland! Und alles nur Zwischenhirn.

Gegen acht bei Gertrud. Während Heinz noch dabei war, in seinem Labor meine Photos zu entwickeln, sahen wir uns ihre Videoaufnahme an. Das Band war eingelegt und unsere Blicke hingen an der Mattscheibe. Sie hatte ein bespieltes Videoband benutzt, und ich durfte mir noch Aufnahmen vom neuesten Stück der Kolping-Spielschar ansehen. „Hahn giegen Hahn“. Gertrud hatte ihre Heidi Kabel-Miene aufgesetzt.

„Dat is ne Kummedie met Mord un Dautslag.“

„Und wer wird totgeschlagen in dieser Komödie?“

„Naober Niehoff sienen Hahn, met en Holsken.“

„Und wer ist der Mörder?“

„Buer Althoff.“ Sie guckte halbstolz. „Ich spiele seine Frau und die Mutter von Lina.“

Ich verzog den Mund und verzichtete auf Details zu diesem Mordfall. Im Fernseher lief Gertrud fuchtelnd herum, legte sich mit Lina an, die sich an einen jungen Mann namens Fernand lehnte, beide denkbar harmlose Jungmenschen unseres Volksschlages.

„Das ist eine Volksbühnenversion von ‚Romeo und Julia‘.“

Ich mußte husten und verstand nichts. Niederdeutsches Platt. Und dazu miserable Kameraführung. Sie hatten Gertrud zu einer Bäuerin mit Blümchenschürze und Dutt gemacht, und Gertrud fand das witzig. Endlich kam die aktuelle Aufnahme. Ebenfalls miserable Kameraführung. Gertruds Ausflug in die Welt des Films würde wohl ein Reinfall. Sie zuckte mit den Achseln und lachte.

„Ich habe mit Tina einmal einen Volkshochschulkurs in Video gemacht und viel gelernt."

Das Schlimmste war zu erwarten. Dann aber wurden die Aufnahmen besser. Ich atmete auf. Die Villa in ausgezeichneter Schärfe. Ein teures Zoom. „Fünfhundertfach", sagte Gertrud und hob den Zeigefinger. Sie genoß ihre Vorstellung.

„Das war nur zur Probe. Ich hab's mir bei Tina gleich angesehen und einiges verbessert."

Dann Schnitt, und man sah das weißgekleidete Mädchen. Klein, schwarze Haare. Sie bückte sich zu einem Blumentopf, nahm einen Umschlag, sah nach, suchte darin … Gertrud spulte zurück. Slow motion. Standbilder. Dann hatte sie es: Das Mädchen hielt Geldscheine in den Händen. Gertrud lachte böse auf:

„Das dachte ich mir!"

Viel zu bieten hatte Gertrud danach nicht mehr. Man sah nur noch einmal das weiße Mädchen mit diesem Haufen Papiertücher um eine Ecke biegen und wieder zurückkommen. Unseren Freund Sebastian hatte sie nur kurz von hinten. Dann sah man die schiefergedeckte Garage, hinter deren Gitterfenster Sebastians Kopf auftauchte. Darauf – kaum zu hören – das Anwerfen des Motorrads und in schönster Deutlichkeit, wie er startete. Hinterm Sozius ein Tailpack.

„Soll ich Ihnen sagen, Pepa, was in der Hecktasche drin ist?"

„Die blecherne Kühlbox."

„Eben."

„Scheiße. – Tschuldigung."

„Schlimm, nicht?"

Wir warteten auf Heinz. Als er kam, blätterte er meine Photos hin. Heinz hatte gute Arbeit geleistet.

Meine Mitarbeit war in der Tat nötig gewesen – nicht nur wegen einer herrlichen Aufnahme von Gertrud hinter Gardine und Videokamera. Zwar zeigten die ersten Photos nur weiße Flecken zwischen Pappelgezweig, doch waren die anderen brauchbar. Ich kommentierte. Sie habe das Knäuel vorsichtig hineingelegt.

„Wie ein Baby?"

Bitter klang Gertruds Stimme an mein Ohr. Heinz schaute ahnungslos. Dann die Photos von Sebastian, über die Mülltonne gebückt. Der bierdeckelähnliche Gegenstand war eine Dose, die mich an eine

Petrischale erinnerte. Der Rest war unbrauchbar – bis auf die Photos vom Eisvogel. Heinz hatte sie auf dreißig mal zwanzig abgezogen. Ich freute mich richtig drüber. Herrliche Farben!

„Geschenk an dich zum neunundzwanzigsten."

„Zum was?"

„Am neunundzwanzigsten ist ‚Peter und Paul', lieber Pepa. Vorgezogenes Namenstagsgeschenk."

Wir lachten, wurden aber rasch wieder ernst, als wir Heinz das Video zeigten. Heinz fluchte und wurde wild, lief durch Gertruds Wohnzimmer und stieß sich an der Tischkante. Gertrud ging in die Küche, um einen Tee zu machen. Da saß er stumm. Als sie hereinkam, erzählte sie uns, sie habe sofort nach Sebastians Abfahrt bei Agnes angerufen. Sicherheitshalber.

„Das ist die andere Mutter in ‚Hahn giegen Hahn'. Die macht die Kneipe an der Steinfurter Straße. Und tatsächlich: Fünf Minuten später kam Sebastian dort vorbei."

Diesmal mußten wir ihn festnageln. Heinz tendierte in seiner Wut schon Richtung Folter.

„Die Inquisition ist abgeschafft, Heinz."

„Abtreibung aber nicht", kam es zurück.

Wir gerieten uns in die Haare. Auch über Gentechnologie, die Schöpfung und die Evolution. Ich versuchte, Heinz klarzumachen, daß es schließlich keine wilden Pudel gäbe, sondern auch dieses häßliche Vieh eine menschliche Erfindung sei, daß man darüber nachdenken könnte, blaue Hunde mit roten Flecken oder leuchtende Hasen zu züchten. Warum keine Züchtung nach ästhetischen Maßstäben? Heinz nannte das menschlichen Hochmut und Irrwitz. Das Vorhandene reiche aus. Es ging laut zu. Bis Gertrud den Tee brachte und auf den Fall Sebastian zurückkam. Wir einigten uns darauf, ihn so in die Ecke zu treiben, daß er auspacken mußte. Wenn es sein mußte, mit altbewährten Verhörmethoden.

Heiko Sommer war dran. Ich telefonierte in meinem Gewächshaus, wo ich gerade meine Yellow Pearshaped-Tomaten versorgte. Daneben gediehen die ebenfalls birnenförmigen Red Pear. Draußen sahen die San Marzanos schon viel besser aus. Es mochte kommen, was wollte: Nie würde ich resistente oder tolerante Sorten kaufen oder züchten.

Als man mir vor Jahren unter der Hand die Anti-Matsch-Tomate namens FlavrSavr der US-Firma Calgene angeboten hatte, hatte ich entrüstet abgelehnt. Ich hatte keine Lust, auf eine Tomate hereinzufallen, die von außen frisch aussieht, weil sie das Enzym Polygalakturonidase nicht mehr bildet, aber von innen fault und resistent gegen Antibiotika macht. Wenn sie dann noch nach Metall schmeckt – na danke. Nach neuesten Meldungen war es einer deutsch-brasilianischen Gruppe gelungen, transgene Tomaten zu züchten. Man hoffe sogar, Tomaten zu Produzenten von Medikamenten zu machen. Erst Schafe und jetzt Tomaten!

Heiko Sommer hatte mein Gewächshaus zur Telefonzelle gemacht. Ich sollte eine Stereoanlage einbauen lassen. Diese Art Fortschritt lag mir mehr.

„Ich bin selbst mit rumgefahren. Cirre und Gustav haben aber die meisten Kilometer gemacht. Was ist übrigens mit Spritgeld?"

Seine Biolek-Stimme kam wie immer geschlenkert.

„Ich sollte euch 'ne Rechnung über Schmerzensgeld machen, ihr Heinis! Aber okay: Macht mir 'ne Rechnung."

„Danke. – Aber wir tun ja auch 'ne Menge für Sie – oder? Dieser Kerl im Audi acht – wie hieß er noch?"

„Günter Lachsmann."

„Also, dieser Günter Lachsmann war seit Montag einmal in Düsseldorf, wo er ja wohl herkommt, in seinem Haus und lange in einer Firma, ‚BAM' oder so. Einmal in Münster bei diesem Marsman am Stadthafen zwo, mit dem ist er zu einer Firma namens – Moment mal – die heißt ‚RIA' – Regionale Industrie-Ansiedlung. Abends dann in den Sauna-Schuppen ‚Whirl'. Einmal nach Hamburg bei der Nordfleisch-Zentrale, abends im Edelpuff „Ensemble" und zweimal in Steinfurt an diesem Institut, wo er mit einem pickeligen Kleinen im Restaurant war. Jedenfalls, soweit wir es mitgekriegt haben. Er wohnt hier im ‚Birkenhain'. Nobel, was?"

„Geht so. Und wo war er hier?"

„Paar Mal bei Nordfleisch und im Rathaus, bei einigen Privatadressen – Moment …"

„Auch in der …? – Vergessen Sie's."

Fahnden schon, dachte ich. Schnüffeln nicht. Ich wollte nicht wissen, wo und wann sich Sonja mit Günter traf. Das war ihre Sache.

Vertrauen ist besser. Lachsmann war ihr größter Fehltritt und würde sowieso bald aus ihrem Gesichtskreis verschwunden sein. Das war meine Rest-Motivation an dem ganzen Fall.

Ich fragte Heiko nach Photos.

„Morgen fertig. Rechnung kommt auch mit."

„Ich könnte euch vielleicht noch mal brauchen, wenn auch weniger aufwendig. Aber erst mal bis Freitag."

Heiko meckerte nicht. Er wußte, was die Uhr geschlagen hatte. Ich konnte ihm das nächste Frühjahr versauen, wenn ich wollte.

Günter Lachsmann war also auf Sondierungsreise. Falls er nicht schon vorher den Schwanz einkniff, müßte eine Sprechstunde mit unserem Herrn Bürgermeister reichen. Solche Herren stehen nicht auf anrüchige Verwicklungen. Die haben nicht das faule Format der Leute aus Oggersheim, Kiel und Berlin. Und auch Günter ging Risiken lieber aus dem Weg. Weshalb er sich gerne auf dem Teller der öffentlichen Hand bewegte.

Ich hatte ein gutes Gefühl und goß meine Minibel-Zwergtomate, die in ihrem Topf zu explodieren schien. Die diesjährige Tomatenernte konnte noch gut werden. Herrlich ruhig war es in meinem Treibhaus.

Die Nachmittagssonne warf scharfe Schatten auf die Treppe. Ich sah, wie Sebastian zauderte, in den Keller des Speichers hinunterzusteigen. Sie hatten es also geschafft, ihn herzulotsen. Wir hatten alles präpariert. Vier Mikrophone hatten die Jungs installiert, zwei an den Sofas, zwei im Raum verteilt. Draußen bediente Fidel die Aussteuerung. Fidel war vielleicht der von allen am besten Erzogene. Verletzlich sah er aus, und hübsch war er. Ein bißchen wie James Dean. Ihn schien die ganze Sache am meisten mitzunehmen, weil er die Welt noch nicht so dreckig sah. Sebastian sei doch okay gewesen …

Das Gespräch führte Heiko zusammen mit Cirre. Gustav stand am Eingang. Zuerst taten sie, als wollten sie ihm den Keller zeigen: Hier hätte ich gelegen, da das Narbengesicht. Sebastian fragte skeptisch, wie sie auf ihn gekommen seien. Cirre kam ins Stottern, Heiko würgte ihn ab.

„Erst wollen wir von dir wissen, was du mit dem Narbengesicht zu tun hast."

„Das Narbengesicht, dieses Schwein? Ich habe nichts mit ihm zu tun. Der eher mit mir.“

Sebastian redete in seiner zähneverhangenen Art.

„Und was?“ wollte Heiko wissen. Er setzte sich auf ein Sofa, bot Sebastian eine Flasche Bier an und machte Platz.

„Das wißt ihr doch!“ Sebastian tat genervt und flocht immer wieder ein, wie dämlich diese Entführungsaktion gewesen sei. „Der hat Fabian und seine Oma bedroht! Und dann mich! Er arbeitet für Professor Ribbe und wollte nicht, daß Fabian an der Sache weiterarbeitet und dann daß wir den Mund halten. Wißt ihr doch alles.“

Ich hielt mich draußen bei Fidel auf und sah durch die Schießscharte. Breitbeinig saß Sebastian auf dem Sofa und hatte die Flasche zwischen den Knien. Von Marsman mußte er über unsere beiden Nächte informiert worden sein. Allerdings hatte ich den Eindruck, daß Sebastian immer noch nicht wußte, wer das Narbengesicht zum Narbengesicht gemacht hatte.

„Und mit dem Professor, was hast du mit dem zu tun gehabt?“

Cirre fragte ungeschickt direkt, wie er es in Serienkrimis gesehen hatte, und rauchte eine Lucky Strike nach der anderen. Sebastian sah auf und nahm einen Schluck. Sein Adamsapfel wippte.

„Soll das ’en Verhör sein, Kleiner?“

„Ich will nur wissen, woher du weißt, daß der Professor Fabians Unfall eingefädelt hat.“

„Weiß ich eben. Basta! – Ich hab hier genug gesehen. Ihr könnt ja ein Museum für Zeitgeschichte daraus machen. Vielleicht kriegt ihr öffentliche Gelder.“ Er blieb mit seinem Witz allein. „Laßt uns noch ein bißchen rumfahren, Jungs! Kommt!“

Selbst wenn er mehr als vier Sätze redete, wurde man bei ihm den Eindruck nie los, einen mundfaulen Kerl vor sich zu haben.

Heiko stellte sich auf.

„Cirre wollte, glaube ich, wissen, woher du das vom Professor weißt.“

Sebastian sah sich um. Langsam mußte ihm was dämmern.

„Vom Narbengesicht weiß ich das. Als er Fabians Oma und mich bedrohte, sagte er: Schöne Grüße von Ribbe. Wenn wir nicht die Schnauze hielten, würde uns ein Unfall passieren wie Fabian. Ist dann doch klar, daß der die Drecksarbeit für Ribbe macht.“

„Und warum sollte Ribbe Angst vor euch beiden haben?"

„Der konnte sich ja denken, daß Fabian uns alles erzählt hatte."

„Ach!"

Cirre zog lässig an seinem Stummel. Sebastian stand auf. Er hatte die Flasche leergetrunken.

„Jetzt erzählt ihr mir mal, wie ihr auf den Belgier, also diesen …"

„Marsman".

Heiko grinste Cirre an.

„… also diesen Marsman gekommen seid. Daß ihr den gleich entführt habt!"

Die ganze Zeit über hatte Fidel am Rekorder herumgesteuert. Wir hatten beide Ohrhörer. Jetzt hockte Fidel sich vor die Wand und sah durch die Schießscharte. Er machte einen verzweifelten Eindruck, biß sich permanent auf die Unterlippe und knibbelte mit den Fingern. Drinnen schritt Sebastian hin und her und entfernte sich vom Sofa. Heiko redete. Man habe ja durch ihn gewußt, daß da so einer herumfahre und wahrscheinlich Fabian auf dem Gewissen habe und so weiter."

„Aber ihr kanntet ihn nicht."

„Du hast uns von seinem Narbengesicht erzählt. Im Suff damals im ‚Sixty-Six.' Und irgendwann hat ihn Cirre zufällig gesehen."

„Wo?"

„An unserem Torhaus."

„Waas?"

Sebastian hatte einen Finger in die Flasche gesteckt und ließ sie wie eine Keule baumeln. Er stand jetzt nicht weit von Gustav. Ich konnte ihn kaum mehr sehen und schlich zum Eingang. Falls Gustav Hilfe brauchte. Von da hörte ich, wie Cirre von seinem unfreiwilligen Lauschangriff erzählte – etwas zu laut. Er wollte wahrscheinlich sichergehen, daß seine wichtige Enthüllung bestens auf Band zu hören war.

„Du verscheißerst uns also dauernd, du Arschloch!" schrie er schließlich. „Damit ist jetzt Schluß!"

Sebastian sah sich um und trat auf die Kellertreppe. Gustav straffte sich und stemmte seine Linke gegen den Türpfosten. Sebastian stieg auf die nächste Stufe. Ich trat sofort hinter Gustav. Als Sebastian mich sah, erschrak er und stolperte zurück.

„Der Pfühl! Scheiße, das hätte ich mir denken können."

„Tag, Sebastian."

„Alles mitgehört, was?"

„Alles."

„Ihr seid mir Freunde!" schrie Sebastian in den Keller. Ich stieg hinunter. Ein mulmiges Gefühl überkam mich. Jetzt hatte ich Hände und Beine frei. Nur der Pädagoge hinderte mich, sie auf Sebastian loszulassen.

Sebastian durfte sich wieder neben Heiko setzen. Cirre blieb breitbeinig stehen und steckte sich eine an. Ich plazierte mich auf dem Sofa gegenüber. Sebastian schwieg auf jede Frage. Schließlich wurde es mir zu langweilig.

„Hör zu! Ich mache dir einen Vorschlag zur Güte. Ich habe kein Interesse, dich mehr in den Sumpf zu reiten als nötig. Meine Geduld ist allerdings arg strapaziert. Wir haben deinen Kumpel Marsman bei einem Freund in der Mangel. Und jetzt rate ich dir gut, mehr zu reden, als du normalerweise für chic hältst! Sonst erinnere ich mich an meine Jugend auf der Straße. Freundchen, da habe ich mir eine Menge von den Bullen abgeguckt!"

Sebastians Blick irrte durch den Keller. Gertrud wäre beim Anblick eines so einsamen und vom Weg abgekommenen Jungen weich geworden. Ich habe für diesen Schlag Luxuspennäler nichts übrig. Wenn er wenigstens Arbeiterkind gewesen wäre …

„Wo hast du Marsman kennengelernt?"

Sebastian räusperte sich frei. Ich blickte ungeduldig auf die Uhr.

„Bei einem Bikertreff in Haltern. Letztes Jahr. Beim Zelten. Er hat meine Kawasaki bewundert."

„Papas Geld?"

Sebastian nickte.

„Sozusagen die Abfindung von meinem Alten. Albert Marsman und ich haben uns prima verstanden. Später kam er mit der ein oder anderen Sache. Wenn ich Geld brauchte, hat er mir ausgeholfen."

„Deine Gegenleistung?"

Sebastian rang mit sich. Er hatte noch immer einen Finger in der Flasche. Ich fragte mich, ob er ihn wieder rausbekommen würde.

„Für Tuntereien?"

Sebastian zuckte.

„Nee, nein, wirklich nicht. – Also, nicht nötig. Nee.“

„Sondern?“

„Für Fabian. – Ich sollte …, also ich habe mich an Fabian rangemacht. Aber ich fand ihn auch so echt süß. Sie müssen wissen, daß … Na, ja, ich wußte, daß er auch schwul war. Albert vermutete damals schon, daß Fabian im Institut herumspionierte. Der kannte auch Fabians Onkel, machte irgendwelche Filme mit dem. Fabian hatte zuerst nur die Hähne für Martins Versuche dahin gebracht, dann hatte er da einen Aushilfsjob.“

„Was hat Marsman mit dem Institut zu tun?“

„Er arbeitet mit Doktor Martin zusammen. Er ist bei einer belgischen Firma, mit der Doktor Martin kooperiert.“

„Wie heißt die Firma?“

„Ich glaube – Grafo. Die machen eigentlich Futtermittel und so und sind jetzt auch in der Hähnchenzucht.“

„Was bringt das für Doktor Martin?“

„Die wollen groß raus. Mit neuen Methoden. Und sind in einem Konsortium oder wie das heißt. Da hängen jedenfalls Hunderte von Millionen drin.“

„Und du?“

„Albert hat mich brauchen können. Er sagte, das Projekt müsse flankiert werden, abgesichert, und ich sollte ihm ab und an helfen. Ich mußte gerade ’ne neue Lederkombi haben. Eine Dainese Arrow. Da sind schnell anderthalbtausend weg.“

„Wofür konkret?“

„Na, für die Lederkombi. – Ach so: eben wegen Fabian. Daß der keinen Mist macht und die Firma auf dem Laufenden ist. Der wußte schon zu viel. Hätten die ihn rausgeschmissen, hätte er Hallas gemacht. Das wäre für das Konsortium und für die Grafo und Doktor Martin dumm gewesen.“

„Und der Terror gegen Professor Ribbe?“

„Der Professor hatte einiges mitgekriegt von Martins komischen Versuchen. Da waren auch Sachen mit den Sicherheitsstandards nicht in Ordnung. Der hätte, glaube ich, irgendwas mit Stufe vier gebraucht, hatte aber nur Stufe zwei oder so. Ribbe hielt aber still, weil Martin weiß, daß der Professor säuft und an einem Brand schuld war, bei dem vor ein paar Jahren einer krepiert ist. In letzter Zeit wurde er aber immer lästiger und wollte, daß Doktor Martin die Versuche einstellt. Da konnte ich mit meinen Kumpels gut was machen. Den Ribbe einschüchtern und so, meine ich."

Sebastian redete sich das Schwarze von der Seele. Bei den Jugendlichen ist der Kern noch zu weich, um lange durchzuhalten.

„Hey, Mann, du hast uns erzählt, der Professor ist schuld an Fabians Unfall, du Arschgesicht!"

Gustav kam heruntergeschossen und hätte ihm eine verpaßt, wenn nicht Heiko dazwischengesprungen wäre. Gustav machte sich von Heiko los und schrie:

„Und du Scheißkerl – wette ich –, du hast auch Fabian auf dem Gewissen, was?"

„Seid ihr bescheuert? Damit habe ich überhaupt nichts zu tun. Das war Marsman! Ihr spinnt wohl!"

Es wurde Zeit, daß Sebastian an seine letzte Chance erinnert wurde. Ich trat ihm empfindlich vor das Schienbein.

„Gnade dir Gott, Sebastian! Erzähle die Wahrheit! Wir wissen von dem Lackschaden am Wagen deines Herrn Vaters."

Da fing er an zu heulen. Ich kriegte zuviel. Gustav offenbar auch. Er stürzte sich auf ihn und scheuerte ihm eine, daß er vom Sofa rutschte und die Flasche auf den Boden knallte.

„Laß diese Show, du Arschficker!"

Als er auch zutreten wollte, hielt ihn Heiko wieder zurück und führte ihn an die Kellertreppe. Sebastian kroch aufs Sofa zurück. Er heulte nicht mehr. Ich trat ihn noch einmal gegen das Schienbein. Das tat mir gut.

„Wir hören!"

„Schon gut! – Ich hatte den Wagen vom Alten. Marsman rief mich an, ich sollte nach Steinfurt kommen. Fabian hatte sich wieder ein Vieh geklaut und war mit seiner Schwalbe auf dem Weg nach Hause. Marsman hat sich ans Steuer gesetzt. Und als ich merkte, was abging, war es zu spät. Der hat den Fabian volle Kanne umgefahren. Da konnte ich gar nichts gegen machen!" Die Jungs stierten ihn an. „Echt nicht! Verdammt! So war's! Genau so!"

Marsman hatte seinen Maserati geschont und war jedem Risiko aufzufallen aus dem Weg gegangen. Und Sebastian hing nun mit drin. So erzieht man sich seinen kriminellen Nachwuchs. Es entstand eine

Pause. Man hörte Gustav heulen. Cirre schniefte und warf seine angerauchte Zigarette in die Ecke. Dann sagte ich:

„Und jetzt der Tod von Fabians Oma. Komm schon!"

Sebastian seufzte. Ihm wurde langsam klar, in was ihn sein Freund Albert hineingezogen hatte. Er warf sich gegen die Sofalehne, atmete tief durch und fuhr sich über die Stoppelhaare. Noch immer baumelte die Flasche an seinem Finger.

„Die Oma wußte genau, was Fabian machte. Sie mochte mich nicht, aber sie hat mir gesagt, was sie über den Unfall dachte. Sie hatte gewußt, daß Fabian den zweiten Hahn klauen wollte, um dann die Polizei einzuschalten."

„Und du Arschloch von Idiot hast das Marsman erzählt!"

Cirre stand da und zitterte. Ein kleiner Bursche mit einem runden Gesicht, dessen Mundwinkel er männlichen Vorbildern abgesungen hatte. Der Keller war noch immer von den scharfen Schatten der Nachmittagssonne zerteilt. Sebastian redete zwischen den Zähnen und im Leierton, als wollte er uns zeigen, wie egal ihm das alles war.

„Ja, gut, ich hab's eben Marsman gesagt. Aber ich hatte gedacht, er wollte der Alten nur noch mal richtig Druck machen, als er sich mit mir in der Bücherei verabredet hat. Zuerst hat er der Lilienthal Geld angeboten. Dreitausend! Und als sie das idiotischerweise nicht wollte, hat er ihr eine Schwarte vor den Kopf gehauen, daß sie gleich umkippte. Dann mußte ich den Heizlüfter auf das Regal wuchten und ..."

Er machte eine Pause und schluckte.

„Und was?"

„Er hatte mir die Schwarte und den Heizlüfter schon vorher in die Hand gedrückt. Da waren jetzt meine Fingerabdrücke drauf. Und er hatte Handschuhe an. Das hab ich zu spät gemerkt."

„Nicht nur das. Und dann?"

„Dann hat er mir die Dreitausend in die Hosentasche gesteckt und mich rausgeschickt. Ich dachte wirklich, daß er der Alten nur was vor den Bug und so. Aber er hat das Regal mit dem schweren Ding drauf umgekippt. Das habe ich von draußen gesehen."

Das ist heute die Art der Jugend, wenn man sie mit der Realität konfrontiert. Wir haben damals die Realität ebensowenig akzeptiert. Aber wir haben uns aufgerafft, uns untergehakt und in die Wasserwerfer gestellt. Denen geht es heute um Lederkombis und das Abzappeln am Wochenende.

„Das war alles?"

Hart fiel meine Stimme in die Stille. Ich wiederholte die Frage. Sebastian nickte.

„Wirklich?"

Ich rief nach Gertrud und Heinz. Sie hörten im Auto über Fidels Anlage mit und warteten dort mit der Arzthelferin von Dr. Schöttler. Sie kamen sofort. Sebastian riß die Augen auf. Die Arzthelferin sah ihn nicht an. Die kleine Schwarzhaarige. Sie stand wie Sterntaler im letzten Hemdchen. Ich stieß Sebastian an. Er sagte nichts.

„Gut, Frau Kerkfeld, dann erzählen Sie mal!"

„Nein!" Plötzlich war Sebastian wieder da. „Ich mache das schon. – Seit Marsman wußte, daß mein Alter Frauenarzt ist, war er noch mehr an mir interessiert. Doktor Martin sucht ständig Embryonen. Auf dem Schwarzmarkt."

„Wofür?"

Sebastian zuckte zusammen. Gertrud hatte sich eingeschaltet. Sie klang hart wie eine russische Offizierin.

„Er brauchte Zellen von männlichen Embryonen. Bis neun Wochen alt. Die spritzte er gezielt Hähnen irgendwo ein. Er sagte, das laufe sehr gut. Die Veränderungen in den Hähnen seien interessant und eröffneten ganz neue Perspektiven. Marsman war zuständig für das Frischfleisch."

„Das wußte Fabian?"

Heinz klang wie ein russischer KGB-Offizier.

„Nicht genau", sagte Sebastian. „Aber er ahnte etwas und wollte seine geklauten Hähne untersuchen lassen. Von meinen Fahrten nach Steinfurt hatte er auch keine Ahnung."

Sebastian erzählte, wie er die Arzthelferin dafür gewonnen hatte, ihm die brauchbaren Embryonen möglichst frisch und sauber zu liefern. Das ginge so seit drei Monaten. Sein Vater hätte ziemlich viele Abtreibungen. Und illegal sei das auch nicht. Die seien ja schon tot. Nur totes Gewebe. Zerfetzt meistens und zerschnippelt. Ich merkte, wie es in Heinz brodelte. Er stand kurz vor der Verwandlung zu Torquemada. Zweihundert für ihn und zweihundert für sie, wenn die Ware brauchbar war, erzählte Sebastian. Ich sah zur Arzthelferin. Ein hilfloses Ding, das bei Gertruds und Heinz' Verhör in Tränen ausgebrochen war. Die Menschen sind eine Spezies, die dazu neigt, sich beim geringsten Vorteil selbst zu belügen. Die Kleine sah mich an und bedeutete mir, daß Sebastian alles gesagt hatte. Gertrud führte sie zum Auto zurück und würde sie da hoffentlich übers Knie legen. Ich beendete die Aktion und bat Fidel mit seinen Kassetten herein. Er hielt sie Sebastian vor die Augen und spuckte ihn an.

„Schon klar", sagte Sebastian nur.

Jetzt konnten wir Sebastian den Jungs überlassen. Ihnen würde das Richtige einfallen. Als ich die Kellertreppe hinaufstieg, hörte ich, wie sie versuchten, die Flasche von seinem Finger abzuziehen. Er schrie und fluchte. Wir waren nicht zwanzig Meter entfernt, da vernahmen wir einen Knall und einen fürchterlichen Schrei. Danach Gewimmer. Heinz hielt nur kurz inne. Ich lächelte vor mich hin. Sie hatten den Flaschenhals zerdeppert. Wahrscheinlich mit aller Wucht.

13

Niemand hatte auf der Fahrt ein Wort gesagt. Ich saß neben Gertrud. Heinz ließ mitunter ein Grollen aus dem Fond hören. Neben ihm war die kleine Arzthelferin immer kleiner geworden und als sie ausstieg, wirkte sie wie geschrumpft. Wahrscheinlich dachte sie, sie würde morgen von Dr. Schöttler rausgeschmissen. Wegen ihr hatten wir uns noch nicht besprochen, und ich hatte keine Lust, sie zu beruhigen. Jetzt standen wir vor Heinz' Haus.

Er krallte sich in Gertruds Nackenstütze fest und dachte nicht daran auszusteigen. Irgendwann drehte sich Gertrud herum.

„Ich verstehe dich ja. Aber so ist die Welt. Was können wir ändern?"

Gertrud versuchte vorzubauen. Sie wollte nicht, daß die Kleine oder Sebastian bluten mußten. Sie hat ein Herz für junge Leute. Mir war das gelinde gesagt schnurz. Junge Leute kann man nicht durch alte Leute retten. Heinz stierte nach vorn. Schließlich tat ich ihm den Gefallen und sagte etwas.

„Zwei Tote. Beide auf das Konto von Marsman. Da müssen wir uns etwas überlegen. Aber der Rest ist nicht unsere Sache."

Ich gebe zu, daß ich mir Marsman – und Günter Lachsmann – vom Hals schaffen wollte. Sebastian, Dr. Martin oder die Kleine spielten für mich keine Rolle. Heinz war überraschend lange still und sagte dann:

„Und wofür die gestorben sind, das dürfen wir nicht fragen?"

„Für Geld natürlich, Heinz, immer das Geld! Beklage dich bei den Phöniziern. Die haben es erfunden, aber leider zu wenig davon."

„Lassen Sie die Sprüche, Pepa. Heinz hat schon ganz recht. Da steckt ja eine ganze Industrie dahinter, die solch schlimme Sachen erst möglich macht. Diesen Doktor Martin sollten wir nicht ungeschoren lassen. Aber die jungen Leute? Ich weiß nicht."

Ich sagte nichts dazu. Sollten wir vor dem Nationalen Ethikrat einen Hungerstreik organisieren, einen Kreuzzug starten, einen Orden stiften wider das tierische Essen? Sollten wir hier aus Gertruds Opel rausspringen und in Heinz' Siedlung mit der Zerstörung des tiefgefrorenen Hähnchenfleisches anfangen? Was sollte das in dieser faulsten und bequemsten aller Welten, wo die Leute lieber über die Farbe neuer Servietten nachdachten? Ich sah in die gepflegten Vorgärten, die aussahen wie die Ausweitung der hiesigen Wohnzimmerlandschaften. Ich hätte mich nicht gewundert, in den Beeten eine staubsaugende Frau zu sehen. Ich mag keine Hochwertgespräche. Ich bin Realist. Ironie ist mir lieber.

Heinz sah unglücklich drein, dermaßen unglücklich, daß es mich erbarmte. Ich überlegte, wie ich ihn aufmuntern konnte und tätschelte seine Hand.

„Den Marsman übernehme ich. Den Lachsmann auch, damit die Ansiedlung dieses Fleisch-Konzerns verhindert wird. – Ach, übrigens: Wissing hat die restlichen Sechstausend überwiesen."

Ich hatte einen Streifen des Photoposters an den Nachbarschaftskasten geklebt, worauf am nächsten Tag das Geld da war. Heinz nickte.

„Ist schon gut."

Heinz fiel in die Sitzbank zurück. Seine eigene Rolle quälte ihn.

„Ich möchte, daß Doktor Schöttler von den Geschäften seines Filius und seiner Arzthelferin erfährt. Ich möchte es. Und ich werde es tun, auch wenn ihr dagegen seid."

Jetzt wurde ich laut.

„Für einen Haufen toter Zellen willst du das arme Mädchen kaputtmachen? Ist das deine Form der Nächstenliebe? Ja? Es geht dir doch nur um dich selbst! Führ dich nicht so auf! Diesem abgetriebenen Material kann man fetale Stammzellen entnehmen. Primordiale Keimzellen nennt man die. Und die werden in den Labors der Welt zu embryonalen Keimzellen weiterentwickelt, weil sie pluripotent und für die Forschung nützlich sind. Das ist legal, Heinz! Vollkommen legal!"

„Lassen wir das Mädchen zufrieden", sagte Gertrud betont ruhig. „Die soll das Geld, das sie verdient hat, spenden. Wie Wissing. Sebastian kriegt allerdings eine kräftigere Abreibung. Ich meine so, daß er zum Beispiel sein Motorrad verkaufen muß, um ebenfalls das Geld zu spenden. Für die knapp Dreitausend hat er ja schon eingewilligt. Ich glaube, Heinz, daß das einen größeren Erziehungseffekt hat, als die beiden einfach ins Aus zu befördern. Da lernen die nur noch miesere Praktiken kennen."

„Das kann ich nicht so einfach mitmachen, Gertrud. Alles mit Geld regeln … Ein junger Tierschützer, der gewissen Geschäften im Wege steht, eine alte Frau, die tapfer Nein sagt, ein ungeborener Mensch – alles wird in Geld aufgewogen. Was sind sie wert? Ein Motorrad? Oder darf's ein bißchen mehr sein?"

„Alles hat eben seinen Preis, besonders das Unbezahlbare", sagte ich. „Außerdem bin ich Pädagoge und ich will, daß die beiden etwas daraus lernen. Aber ich bin nicht der Großinquisitor. Das mache ich nicht, Heinz. Das mache ich einfach nicht. Viele Leute haben zur Forschung mit Tieren oder embryonalem Gewebe eine andere Ansicht als du. Für mich sind Marsman und vielleicht Doktor Martin die Verbrecher – und zwar, weil beide über Leichen gehen."

Gertrud nickte.

„Wahrscheinlich stecken solche Herren mit weißen Kragen dahinter. Die wissen genau, warum sie Marsman anstellen, warum sie Doktor Martin sponsern und decken. Diese belgische Firma aus Namur, diese Grafo. Die wollen ihr lukratives Zucht- und Genprogramm, das sie in Steinfurt aufbauen, in den Konzern einbringen."

Heinz klemmte zwischen den Vordersitzen und fand langsam wieder zur Sache zurück.

„Übrigens: Diese Firma war Hauptverursacher des Dioxinskandals vor zwei Jahren. Als ich hörte, wie Sebastian über die Grafo redete, habe ich mich gleich an unseren Urlaub in Belgien erinnert. Die Grafo ist die Fettschmelze gewesen, bei der das Dioxin in die Futtermittelkette für Masthähnchen und Legehennen geriet. Die Firma kennt sich bestens mit Bilanztricks und Schwarzmarktgeschäften aus. Ich denke, daß die jetzt in die Zuchtforschung hinein wollen, aber verhindern wollen, daß ihre heikle Forschung über die Genehmigungsbehörden in die Öffentlichkeit gelangt, sie wieder in die Schlagzeilen geraten und alles durch die Sicherheitsmaßnahmen noch teurer wird. Forschung mit embryonalem Gewebe mag zwar bei uns nicht verboten sein, ist aber nicht öffentlich durchsetzbar."

„Noch nicht – vielleicht."

„Aber genau an dieser Stelle sind Millionen zu verdienen. Die Forscher sind in Goldgräberstimmung. Da werden Karrieren und Unternehmen begründet, und da geht man ins Ausland, in den Schwarzmarkt …"

„… und braucht Leute wie Marsman und Martin.“

Ohne Gertrud hätten Heinz und ich uns längst zerstritten. Sie pendelte hin und her und bestätigte mal den einen, mal den anderen. Sie wußte genau, daß Männer nach den kleinen Niederlagen des Alltags sofortige Kompensation brauchen. Jetzt fühlte sich Heinz verstanden, aber ich hatte recht.

„Fabians Hähne waren so gefährlich, weil die Grafo und Doktor Martin hätten einpacken können, wenn die Öffentlichkeit davon erfahren hätte. Abgesehen von der Schwarzmarktseite und der Verletzung der Sicherheitsstandards. Fabian war hochgefährlich für sie. Der arme Junge hatte keine Ahnung davon. Deshalb der ganze Aufwand.“

„Und jetzt?“

Ich schob Gertrud den Posten der SoKo-Chefin zu, und sie lächelte.

„Jetzt übernehme ich Sebastian und die kleine Arzthelferin. Sie, Pepa, kümmern sich um Marsman und Lachsmann. Und du, Heinz, fällst mit dem Tonband in Steinfurt ein, stellst dich als pensionierter Beamter und Bekannter Fabians vor und bringst den Professor dazu, mit aller Härte gegen Doktor Martin vorzugehen. Am besten redest du vorher mit Martin selbst Tacheles und machst ihm klar, was die Stunde geschlagen hat.“ Sie lehnte sich lässig gegen das Steuerrad. „In Ordnung?“

Heinz nickte und wirkte sogar entspannt. Gertrud hatte ihm die Rolle des Weltpolizisten zugeschanzt. Er allein gegen die skrupellose, gottlose Wissenschaft. Gertrud blickte mich an. Ich verzog nur den Mund. Vielleicht ahnte sie, daß ich meinerseits eine unlösbare Aufgabe vor mir hatte: Marsman. Bis zu den Sommerferien in zwei Wochen wollte ich die Sache irgendwie über die Bühne bringen. Ich hatte keine Lust, die Ferien vermummt und in Angst vor Verstümmelung zu verleben.

Als Heinz ausgestiegen war, schwieg Gertrud. Erst als wir uns vor meinem Haus verabschiedeten, sagte sie:

„Wenn mir was gegen Marsman einfällt, melde ich mich sofort. Ehrenwort.“

Der Mensch ist auf der Welt doch allein. Das ist seine Grundbefindlichkeit. Freundschaften sind angenehme Illusionen. Ehrenworte kosten wenig, dachte ich, als ich winkte. Sie kosten manchmal den Kopf – oder das Gesicht.

Am Abend kam Sonja. Wir wollten uns einen gemütlichen Fernsehabend machen. Ich war froh, nicht allein zu sein. Hinter dem Fernseher lag die Browning. Es lief „Fluß ohne Wiederkehr“ mit Knabbereien, Marilyn Monroe und Robert Mitchum. Von 1954. Sonja mag Western nicht, aber Romanzen, in denen nach den ersten Einstellungen alles klar ist und man sich neunzig Minuten auf das Happy-End freuen kann. Gerade sang Marilyn „One Silver Dollar“ und die simple Story von Witwer, Sohn und Barsängerin machte eine Pause, als das Telefon klingelte.

Ich zuckte zusammen. Schon der Film-Bösewicht Weston, ein Spieler und Feigling, hatte mich dauernd an Marsman erinnert. Aber ein Spieler war nicht in der Leitung, nur ein Feigling: Helmut.

Es sei dringend. Er fragte mitnichten, ob er störe, redete drauflos, wollte wissen, was ich von Ulrike hielt. Wahrscheinlich kam sich Helmut jetzt großartig vor, nachdem er mir Sonja wiederverschafft hatte, und erlaubte sich neue Kredite. Ich war genervt. Sonja sah es und nahm mir den Hörer aus der Hand.

„Ja, Helmut, klar. Ich habe das längst geahnt. Aber du bist auch selbst schuld. – Na, du solltest vorsichtiger sein. Nicht nur aufs Äußere sehen. – Nein, Helmut, böse bin ich dir nicht mehr. Vielleicht Pepa. Dem hat das richtig zugesetzt. Da mußt du, fürchte ich, einiges wiedergutmachen. – Du bist gut! So schnell können wir auch nichts tun. – Wie lange bleibt sie denn bei ihrer Schwester in Frankfurt? – Ach, nur bis morgen abend. – Ja, ich spreche mit Pepa. Aber garantieren kann ich für nichts.“

Ich hatte den Fernseher abgestellt. Helmut hatte Mitchum geschlagen. Gerade war Marilyn dabei gewesen, sich nach einer spritzigen Floßfahrt die Sachen zu trocknen. Ich war sauer. Sonja nicht. Ich kannte sie zu gut, um nicht zu wissen, daß Helmuts Liebesodysseen alles toppten. Sie mag Helmut, und unsere Beziehung ist eigentlich eine Dreiecksbeziehung: Wenn Helmut Liebesprobleme hat – und das hat er in jedem Frühjahr –, stärkt das unsere Beziehung. Sein Unglück macht sozusagen unser Glück. Sonja übersah, daß der Fernseher nicht mehr lief, und wollte gleich von mir wissen, wie Ulrike denn so gewesen sei.

„Anstrengend.“

„Das sind bei dir alle Menschen. Genauer bitte!“

„Sehr anstrengend."

„Noch genauer."

„Ach, Sonja, bitte nicht!"

„Doch, Pepa. Wir lassen Helmut nicht im Stich, nur weil er in Liebessachen ein Hänger ist. Erzähl schon!"

„Sie hat ein blaues und ein braunes Auge – das gibt's –, redet furchtbar viel – das weißt du doch alles, kokettiert soviel wie sie redet und joggt auch noch – wahrscheinlich zum Ausgleich."

„Zum Ausgleich?"

„Weil man beim Joggen nicht reden kann, muß sie es hinterher ausgleichen."

Sonja lächelte, steckte mir einen Salz-Kräcker in den Mund und küßte mich.

„Beim Joggen kann man, liebster Geliebter, prima reden, soll das sogar. Das ist ein Zeichen von Fitneß und richtiger Belastung."

„Aber wer joggt schon mit Ulrike?"

Ich kriegte noch einen Kräcker mit Nachgeschmack.

„Natürlich ist diese Ulrike eine Katastrophe. Absolut!"

„Und nun?"

„Nun lassen wir Helmut hängen, liebste Geliebte, damit er ganz, ganz lange leidet und endlich etwas lernt."

„Das machen wir nicht, Pepa!"

„Doch! Genau das machen wir! Man sollte Kinder und Jugendliche viel häufiger hängen lassen. Und Helmut ist ein Kind."

„Den erziehst du nicht mehr. Wir können es doch machen wie beim letzten Mal."

„Eben nicht. Ulrike weiß alles über ihn. Sie war sogar schon bei Helmuts Eltern."

„Großer Gott!"

„Eben. Die mögen das Weibchen übrigens auch nicht."

„Das ist es! Wir sprechen uns mit Helmuts Eltern ab und erzählen ihm, daß sie sich an uns gewandt hätten, weil sie sich um ihn sorgten. Er gibt doch soviel auf die Ansicht seiner Eltern."

„Eine Intrige? Na ja."

Wie bei der Droste. Die Arme hatte eine ekelige Verwandtschaft. Nur war Ulrike – anders als die Droste – wirklich ein Luder. Sie war nicht durch ein abgekartetes Spiel in etwas hineingetrieben worden, sondern hatte mich getrieben. Ulrike wäre eine Katastrophe für unseren hilflosen Freund. Dauernd gehörnt und betrogen!

Ich kriegte wieder ein Knabberstück, wobei Sonja sagte:

„Das ist keine Intrige, Pepalein! Das ist Notwehr!"

Das sagen alle Intriganten. Kurz schoß mir durch den Kopf, Helmut die Wahrheit über Ulrikes Avancen mir gegenüber zuzumuten. Aber das würde er nicht verkraften. Ich mußte es umgekehrt machen: Ich mußte Ulrike damit drohen, Helmut von ihren Avancen zu erzählen. Erpressung statt Intrige. Das ist offener und entspricht unserem Volkscharakter.

„In Ordnung, Sonja, ich regele die Notwehr-Intrige."

Da küßte sie mich ab.

„Du bist wirklich ein Robert Mitchum."

Sonja stand auf, stellte den Fernseher wieder an und lehnte ihren Kopf an meine Brust. Marilyn liegt über einem Klavier und singt gerade wieder „River of no Return". Da kommt Robert Mitchum, nimmt sie einfach auf den Arm und trägt sie aus dem Saloon auf seinen Kutschbock. Und ihre roten Schuhe liegen im Dreck.

Sabinchen im Arm zu tragen, wäre mir nicht im Traum eingefallen. Doch mußte ich sie lange im Arm halten. Sie tanzte so gerne – mit mir. Sie ahnte wahrscheinlich tief unter ihren Pölsterchen, daß ich mir auf dem jährlichen Abi-Ball die Vorteile erschleiche, die eine Sekretärin bieten kann. Die Schüler hatten wieder eine geschmacklose Tanzkapelle besorgt.

Als ich zur Bar fliehen wollte, um einen Rotwein zu erstehen, hüpfte Sabinchen hinterher. Und wieder spürte ich ihren Arm. Die Eltern sahen weg, die Schüler sahen hin. Ich tat lässig. Nach Sartre ist der Mensch das, wozu er sich macht. Und ich hatte nicht vor, mich zum Affen zu machen – oder zu einer Art Lehrer Lempel, dem man Schwarzpulver in die Pfeife stopft. Also schäkerte ich unkompliziert mit ihr – mit dem Blick eines Pariser Weltweisen vor den sinnlichen Bildern François Bouchers – und sah mein Heil in der prompten Bedienung ihres Durstes.

Als ich gegen halb drei das Taxi rief, protestierte sie nur müde. Ich lieferte sie vor der Eingangstreppe ab und eilte zurück zum Taxi. Es kann sein, daß sie erst gegen Morgen die letzte Stufe schaffte und das

Schlüsselloch fand. Doch jede weitere Hilfe meinerseits hätte mich den Schlingen einer Krake ausgesetzt.

Ich hatte mir angewöhnt, wenn ich nach Hause kam, die Haustür laut zu öffnen, im Flur Licht zu machen, dann aber hinten herum ins Haus zu gehen. Die Browning holte ich immer aus dem Handschuhfach, bevor ich hineinging. Dann nachsehen, ob die Papierschnipsel noch in den Türritzen steckten. Es war niemand hier gewesen. Ich löschte das Licht.

Auf der dunklen Terrasse ging mir Marsman durch den Kopf. Wie konnte ich mich von diesem Verrückten befreien? Ich wußte es nicht. Doch ergab sich wenigstens für Lachsmann eine Lösung. Dazu allerdings brauchte ich die Motorradjungs.

Plötzlich hinter mir ein Geräusch! Ich fuhr herum. In der Terrassentür stand jemand. Ich griff in meine Jacke. Die Browning!

Das Licht ging an. Ich umfaßte meine Waffe.

Da sah ich sie.

In meiner Schlafanzugjacke: Sonja!

„Ich hatte nicht schlafen können, da bin ich zu dir gefahren. Sauer?"

Ich atmete tief durch, lachte und umarmte sie. Sie mauserte sich. Eine perfekte Einbrecherin. Meine Sicherheitsvorkehrungen mußte ich optimieren.

Als sie mich – danach – fragte, ob ich mich gestört oder eingeengt fühlte, sagte ich:

„Nein, Schatz, nur angespornt, noch besser zu werden."

Es konnte losgehen. Heiko warf seine Moto Guzzi an und klopfte mir auf den Oberschenkel, Fidel und Cirre winkten mir zu und machten das Victory-Zeichen. Die Lederkombination paßte mir halbwegs, der Helm saß gut, und frischen Wind war ich gewohnt. Gustav hatte durchgegeben, daß Günter Lachsmann sich auf den Weg nach Münster gemacht hatte. In Darup wollten wir zuschlagen.

Wir blieben zunächst weit hinter ihm. Dann, als wir zum Berg kamen, überholte ihn Cirre. Gustav hielt sich vor Günters Audi. Knapp hinter dem Starenkasten, vor dem alles abbremste, klemmten wir ihn ein. Mir wurde ganz anders, als ich sah, wie eng das zuging. Aber Günter Lachsmann ging kein Risiko ein. Er ließ sich brav auf den

Platz der alten Tankstelle dirigieren, wo sich jetzt ein Getränkemarkt befand. Als er fuchtelnd ausstieg, blieben wir ruhig. Cirre flitzte gleich hinter ihn, setzte sich in den Audi und zog den Schlüssel ab. Es klappte alles wie am Schnürchen.

„Halt die Luft an, Mann!“ schnauzte Heiko.

Günter bekam Hitzeflecken auf seinem geschmirgelten Putin-Gesicht. Er sah sich um. Weit und breit nur vorbeiflitzende Autos, die gleich hinter dem Starenkasten wieder beschleunigten. Der Getränkemarkt hatte geschlossen. Ich lehnte mich an einen Glascontainer und sah mir befriedigt Günters Kampf an.

„Das ist Nötigung! Das werden Sie bereuen!“ schrie er.

„Wir wollen Ihnen nur ein paar gute Ratschläge geben“, sagte Fidel.

„Tips fürs Leben sozusagen“, sagte Heiko.

Die Jungs genossen ihre Überlegenheit. Am liebsten hätte ich ihnen eine Fahrradkette in die Hand gedrückt. Lachsmann walkte seine Lippen.

„Tips? Ich gebe mir meine Tips selbst.“

„Am besten, Sie reden nicht soviel, sondern hören gut zu“, sagte Heiko, der das Wort führen und sich, weil er das Mikro hatte, möglichst nahe an Lachsmann halten sollte. Unser Dicker überragte Lachsmann um einen halben Kopf. Ich hoffte, daß er konzentriert blieb. Mit ihm hatte ich die größten Bedenken, doch hatte ich das Gruppengefüge nicht stören wollen. Heiko war der Boß. Das war zu respektieren.

„Also, Herr Lachsmann, wir haben zwei Tote zu beklagen. Freunde von Ihnen sind schuld daran. Ihre weiße Weste könnte da einige Flekken kriegen, wenn wir auspacken.“

Günter straffte sich. Was dachte er? Unheimlich, in solch einer Situation Unbekannten ausgeliefert zu sein.

„Ich muß Sie auffordern, mir den Weg freizumachen.“

Er hatte wieder Statur. Glatt und breit stand er da. Heiko stellte sich bedrohlich vor ihn. Hinter den getönten und spiegelnden Visieren konnte Günter keine Gesichter erkennen.

„Tote, die Ihr Bekannter Marsman auf dem Gewissen hat. Und zwar in Sachen Nordfleisch.“

„Meine Herren, erzählen Sie mir keine Romane, sondern gehen Sie zur Seite!"

Gustav und Heiko stellten sich ihm in den Weg, Cirre, der im Audi saß und das Kassettenteil untersuchen sollte, sah aufgeregt umher. Als Lachsmann Gustav anrempelte, fürchtete ich, daß die Jungs mir aus dem Ruder liefen. Fidel griff ein. Er hatte einen Fuß auf den Fahrradständer gestellt und stützte sich lässig mit dem Ellenbogen auf.

„Bleiben Sie höflich! Wir tun unsrerseits auch unser Bestes."

Ich hatte Spaß an dem Jungen. Endlich begann Heiko, Günter brühwarm und in seinem Nebenbei-Ton von Grafo und Dr. Martin zu erzählen. Günter guckte uns an. Er überlegte. Einige Male blieb sein Blick an mir hängen. Wir hatten abgemacht, daß alle hinterm Visier blieben.

„Sie erzählen mir Ungeheuerliches!" Günter hatte seinen Großmannston wieder. „Erstatten Sie ordnungsgemäß Anzeige und beenden Sie diese Nötigung hier. Mit Ihren Sorgen habe ich nichts zu tun!"

Wir durften ihn nicht so in die Enge treiben, daß er um Hilfe rief oder uns einfach davonlief, mußten ihn aber wirkungsvoll unter Druck setzen. Die Situation wurde heikel. Gustav und Cirre sahen zu Heiko, Heiko sah idiotischerweise zu mir. Es wurde mir warm. Günter bemerkte natürlich Heikos Blick und kam auf mich zu. Wenn Heiko nicht dran blieb und den nächsten Schritt verpatzte … Ich hätte die kanadische Studie über Dicke beherzigen sollen!

Da trat Fidel dazwischen. Ich atmete auf.

„Herr Lachsmann, nun tun Sie mal nicht so. Das kommt bei uns gar nicht gut an, müssen Sie wissen. Wir haben Beweise."

„Das wird wohl nicht gehen, junger Mann! Und nehmen Sie endlich diese albernen Helme ab!" Er trat fest auf den kleinen Cirre zu und hielt ihm die Hand unter. „Meinen Autoschlüssel, bitte!"

Cirre schüttelte hektisch den Kopf. Meine Inszenierung war in Gefahr! Wieder griff Fidel ein.

„Also gut, dann eben anders."

Er winkte Heiko. Der hatte seinen Text für ein Verhör mit einigen Fallen und Fangfragen vergessen, trat aber vor und begann wenigstens mit dem übernächsten Schritt.

„Hier!"

Günter sah auf das erste Photo. Hoffentlich hatte Heiko zuerst das Photo mit Günter am Eingang unserer Nordfleisch-Niederlassung gezogen! Wir hatten abgemacht, langsam zu steigern. Günter lachte blasiert. Was das solle, er sei schließlich Geschäftsmann. Er trat einen Schritt auf sein Auto zu. Heiko ging hinterher und hielt ihm das zweite Photo über die Schulter: Günter vor der Nordfleisch-Zentrale Hamburg.

Günter schüttelte den Kopf.

„Guter Mann, ich weiß nicht, woher Sie diese Photos haben und wer Sie sind. Die Photos dokumentieren meinen Geschäftsalltag. Beenden Sie diese überflüssige Vorstellung. Ich habe einen Termin. Räumen Sie den Autositz!"

Cirre blieb sitzen. Fidel und Gustav nickten Heiko zu. Zum Glück sah der nicht wieder zu mir herüber. Wenn Günter jetzt Theater machte, mußten wir passen. Ein Eiertanz zwischen Einschüchterung und Lockung.

Jetzt zog Heiko das erste As. Günter mit Dr. Martin und Marsman. Hoffentlich fiel ihm dazu verbal etwas ein. Jedes Photo sollte er laut und deutlich kommentieren. Mist! Heiko fiel nichts ein. Ich sah, wie Günter das Photo genauer betrachtete.

„Und? Das ist Doktor Martin. Er forscht am Institut für Tierzucht und Haustiergenetik."

„Und der andere?"

„Was weiß ich? Ein Mitarbeiter von Doktor Martin vielleicht."

Cirre winkte ihn in den Wagen. Günter setzte sich auf den Beifahrersitz, in den Fond des Wagens hockten sich Heiko und Gustav. Aufmerksam hörte Günter der Aufnahme von Sebastians Verhör zu. Wir hatten die wichtigsten Stellen zusammengeschnitten.

„Wer weiß, wer das auf Band gesprochen hat", meinte er, als Cirre das Band gestoppt hatte. „Sie sollten es bei der Hörspiel-Redaktion des WDR probieren. Ich kenne Doktor Martin nicht so, daß ich mich für ihn verbürgen könnte. Das hier aber erscheint mir doch sehr abenteuerlich."

Er hatte sich wieder vollkommen im Griff. Als Geschäftsmann lernt man zu lügen wie das tapfere Schneiderlein. Sehr langsam reichte Heiko das nächste Photo nach vorne, Cirre schaltete das Band wieder an. Sebastian redete über Marsman. Wenn Heiko es richtig gemacht hatte, mußte Günter dazu die Photos von ihm mit dem Hamburger Nordfleisch-Leiter in Händen halten: vor dem Edelpuff ‚Ensemble'. Endlich beschrieb Heiko das Photo laut und deutlich. Günter wurde ganz ruhig. Man mußte seinem Gehirn Zeit lassen. Nicht zu hastig! Gustav sah zu mir herüber, ich nickte leicht. Vielleicht der entscheidende Augenblick.

„Kann ich die behalten?"

Das kam kaum verstehbar und müde. Wir hatten ihn! Langsam kapierte er, was das für ihn bedeutete. Heiko nickte mit seinem Helm wie Darth Vader. Dann kam sein nächstes Photo. Heiko hatte sogar seinen Text parat! Es mußte Nummer fünf sein und zeigte Marsman und Günter vor Marsmans Wohnung, Nummer sechs die beiden am ‚Büro RIA', das letzte Photo ihn und Marsman vor dem ‚Whirl'. Es war still im Wagen. Cirre machte zu Gustav und mir das V-Zeichen. Mir fiel eine Zentnerlast vom Herzen.

Schließlich stieg Lachsmann aus, lehnte sich auf das Dach des Wagens und sah zu mir herüber. Erkannte er mich an der Figur? Als er auf mich zutrat, verstellte ihm Fidel den Weg und schüttelte mit dem Kopf. Günter forschte in meinem Visier. Das konnte ihm nur sein verzerrtes Spiegelbild liefern.

„Sie haben mich in der Hand. Erpressung nennt man das wohl. Wer sind Sie? Was wollen Sie von mir?"

Ein bißchen dünn kam seine Stimme. Ich genoß es. Die Jungs sahen gespannt auf uns. Vier blitzende Helme, vier schwarze Lederkombis und vier Motorräder um einen schwarzen Audi acht. Sollte ich mich Günter gegenüber zu erkennen geben? Es konnte meinen Triumph steigern, war aber auch riskant. Ich beschloß, mir einen Spaß zu machen: Schon in der Schule hatte ich gerne Franz-Joseph Strauß parodiert und in meiner Studentenzeit große Lacher geerntet. Augenblicklich flog ein stakkatisches Bayrisch durch die Luft:

„Gehen's zurück nach Düsseldorf. Sie können in Ihrem Abschlußbericht schreiben, Ihre Sondierungen hätten ergeben, daß der geplante Konzern nicht den Kriterien einer soliden Geschäftsführung entspricht. Die Ansiedlung sei ein Risiko für die Kommune. Es müsse eher die Rede sein von einem Konsortium, das zum Teil auf dem Finanzmarkt operiere und das an kurzfristigen Transaktionen interessiert sei, nicht aber an einer langfristigen Niederlassung – oder so. Sie seien für den Job nicht zu haben. Denken's sich halt was aus. Bis Morgen früh neun haben's Bedenkzeit. Wenn's einverstanden sind mit unserem Vorschlag, hängen's Ihr Maskottchen da, den Koffer, ab. Wir sehen's dann schon am Parkplatz vor'm Birkenhain. Ansonsten werden wir Sie bekannt machen wie einen bunten Hund."

Damit drehte ich mich um und ließ ihn stehen. Heiko kam, ich setzte mich auf den Sozius seiner Moto Guzzi. Der kleine Cirre trat großtuerisch auf den mittelgroßen Günter zu.

„Die Bilder und die Kassette können's behalten, Herr Lachsmann. Aber die neuen Aufnahmen nur auf Bestellung, bitt'schön!"

Und er zeigte auf Heiko, der gerade seine Mikroverkabelung und den Taschenrecorder aus der Jacke zog. Alles lachte. Gott, tat mir das wohl! Als wir vom Platz fuhren, stand Günter plattgesichtig und schmalbeinig da. Zum Abschied winkte ich ihm.

Morgen früh würde ich selbst auf dem Parkplatz nachsehen. Da unterrichtete ich Philosophie. Gruppenarbeit, hatte ich mir gedacht. Die Schüler sollen Selbständigkeit lernen. Thema: Albert Camus, Glück in einer sinnlosen Welt.

Am nächsten Morgen brauchte ich keine Skrupel zu haben. Unterricht war unmöglich. Man stemmte die Wände auf: Sicherheitsverkabelung für dreihunderttausend Mark. Überall sah es aus, als hätte eine Bombe eingeschlagen. Nach dem Brand auf dem Düsseldorfer Flughafen hatte sich die Versicherungswirtschaft durchgesetzt. Die Rumbach hetzte gegen die Büro-, Pluto- und Filzokratie und bestand auf Unterricht. Ihre Schüler hatte sie wohlweislich nicht gefragt. Die Sonne schien, und Rainer unterrichtete draußen. Er ließ Schattenlängen berechnen – sprich: die Schüler blau machen. Er war eben wie ich ein Edeka: – Ende der Karriere … Er war beliebter als die Rumbach. Die Große-Lembeck-Hüskens, genannt Klein-Häuschen, tippelte durch die Flure und jammerte über den Zementstaub. Als ich ihr darlegte, daß Zement aus Kalk und löslicher Kieselsäure mit Eisenoxyd besteht und mit der Hautfeuchtigkeit ätzend reagiere, rief sie „Oh!" und war eine Viertelstunde später mit ihrer fünften Klasse draußen bei Rainer zu sehen.

Damit war die Schule anderthalb Wochen vor Ferienbeginn lahmgelegt. Die Zeugniskonferenzen heute und morgen sollten in der Turnhalle stattfinden.

Mich interessierte vor allem, was mit Günters Audi war. Ich verdrückte mich und fuhr in die Stadt. Meinen Roadster parkte ich unweit vom ‚Birkenhain', griff mir den Aktenkoffer und tat, als müßte ich zur Buchhandlung. Und wie ich gedacht hatte: Günter saß hinter einem Busch auf einer Bank, tat, als hielte er sein Wachsgesicht in die Morgensonne, beobachtete aber sein Auto. Er sah mich nicht kommen. Ich tat, als hätte ich ihn plötzlich bemerkt und eilte auf ihn zu.

„Das gibt es nicht! Günter! Was machst du hier?"

Er war verdattert und knetete seine Lippen.

„Und Sie? Keine Schule?"

„Bei uns ist Großbaustelle. Ich nutze die Zeit, um ein paar Bücher für die Schüler abzuholen."

Ich deutete zur Buchhandlung.

„Und du? Geschäfte, Kirsten oder – Sonja?"

Ich griente auffällig. Sollte er ruhig eine Ahnung bekommen.

„Keine Angst. Nur Geschäfte. Aber die sind erledigt."

„Du siehst angestrengt und übermüdet aus. Nicht gut gelaufen?"

„Geschäfte sind meist anstrengend, Herr Pfühl! Hauptsache, die Lehrer unserer Kinder sind immer ausgeruht, damit sie nicht um sich schlagen."

Ich tat, als lachte ich über diesen dämlichen Witz, und hatte vor, Günter zurückzuärgern.

Also redete ich, ohne auf Günters Nerven zu achten. Einige Minuten später kam Fidel auf seiner R 1100 mit abgeklebtem Nummernschild vorbei und umrundete Günters Audi, sah hinein und war mit einem Höllenlärm schon wieder verschwunden. Günter hatte sofort einen Notizblock in der Hand, war aufgesprungen und zu seinem Wagen gerannt. Hatte er Fidel anhalten wollen? Ich blickte ihm besorgt in die Augen und tat ironisch.

„Na, Günter, schlechte Nerven? Der tut deinem Wagen doch nichts!"

Ich zeigte in den Audi.

„Ach, das Geldköfferchen von Sonja hast du abgemacht? Schade! Es paßte so schön. Weiß es Sonja?"

Günter stand kurz vor dem Ausbruch einer Hautallergie. Sein Lackgesicht sah nicht gut aus. Er riß die Tür des Wagens auf.

„Nein!“ schrie er. „Sie weiß es nicht!“

Ich bückte mich und sah zu ihm in den Wagen.

„Weiß sie denn wenigstens, daß du hier bist? Das kannst du nicht machen. Ist nur ein paar Meter zu ihrer – Pardon – deiner Boutique.“

Sonjas Boutique war die Abfindung an Sonja gewesen. Sonja hatte sich damals bei dem Angebot geärgert, dann aber doch zugegriffen. Günter hatte nicht mit Sonjas Geschäftstüchtigkeit gerechnet und auf ihre Pleite gehofft.

Bei meinem letzten Satz hatte er gezuckt und mich angesehen, als würde er mich gleich mit der Wagentür guillotinieren. Ich zog mich zurück, hielt die Tür aber fest.

„Wissen’s was, Herr Lachsmann? S’passen’s auch besser an die Düssel, wenn’s mich verstehen, Sie!“

14

Mit Sebastian war ich noch nicht fertig. In der Schule tauchte er – so kurz vor den Ferien und bei dem Renovierungsdreck – sowieso nicht mehr auf. Die letzten Worte, die ich von ihm gehört hatte, waren „Schon klar!“ gewesen. Das war mir zu billig. Ich überlegte, ihm das Fachabi zu verschaffen, um ihn aus den Augen zu haben. Aber vorher mußte er noch etwas für mich tun.

Also rief ich an. Nachmittags gegen vier Uhr. Es klingelte ein paar Mal. Endlich hob er ab. Im Hintergrund gab es laute Musik.

„Hallo, ist da jemand?“

„Hier ist Pfühl.“

„Hallo, bitte sprechen Sie lauter. Ich verstehe Sie nicht!“

„Hier ist Pfühl!“ rief ich in die Muschel.

Ich hörte, wie er nach hinten rief:

„Seid doch mal leiser, ich kann nichts verstehen. Dreh doch mal einer leiser, verdammt! – Hallo?“

Ich gab nicht auf und schrie:

„Hier ist Pfühl!“

„Tschuldigung, wir haben hier eine Party. Könnten Sie was lauter sprechen?“

„Verdammt, Sebastian, jetzt …“

„Sie müssen bitte auch langsamer reden, wenn ich Sie …“

Da fiel der Groschen bei mir. Ich knallte den Hörer hin. Mistdinger, diese Anrufbeantworter mit Spaß-Beilage!

Als ich es gegen Abend noch einmal probierte, bekam ich einen ähnlichen Unfug zu hören. Sebastian redete betont langsam:

„Hier spricht der – mobile Anrufbeantworter von – Sebastian Schöttler. – Ich befinde mich zur Zeit in – Japan. Sie zahlen im Moment exakt – drei Mark vierundneunzig für – zehn Sekunden Gesprächsdauer. Falls Sie mir – trotzdem – eine Nachricht hinterlassen wollen, vergessen Sie’s oder – sprechen Sie nach diesem Tempel-Gong.“

Ich ärgerte mich maßlos, auf Sebastians hanebüchenen Unfug hereingefallen zu sein. Der Anrufbeantworter als höchstes Stadium des Telefonismus. Schon die Trennung von Körper und Stimme beim Telefonieren hat für mich etwas Bedrohliches. Die potentielle Unsicherheit darüber, was der Anrufer gerade tut, hat für mich terroristische Züge. Ich rief Gertrud an.

Gertrud hatte Sebastian erwischt – „gestellt“ sagte sie – und ihn ohne viel Federlesens erpreßt. Sie seien am Montagmorgen nach Bochum gefahren. Direkt an der Autobahn sei ein riesiges Motorradhaus. Sebastian habe für seine Kawasaki fast Dreizehntausend gekriegt! Das Geld habe sie sich gleich „eingesackt“. Übrigens wolle Sebastian zur Fremdenlegion. Alt genug sei er ja. Und wenn sie ihn da nicht nähmen, nach Australien. „Vielleicht wird er Schriftsteller“, sagte ich und erzählte Gertrud etwas über Ernst Jünger, den sie natürlich nicht kannte. Sebastian habe gesagt, hier sei es jedenfalls „Scheiße“. Gertrud klang ernüchtert und sagte zum Schluß:

„Ich weiß nicht, wie Sie es mit diesen Jugendlichen aushalten, Pepa. Der hat mich die ganze Zeit behandelt, als wäre ich schuld an seiner Misere.“

„Das versuchen die immer, Gertrud. Man darf nur nicht so tun, als dächte man darüber nach. Die müssen wissen, daß sich die Welt einen Dreck um sie schert, wenn sie sich einen Dreck um die Welt scheren.“

„Ist das die neue Pädagogik?“

„Die allerneueste.“

Sie machte eine Pause. Das Telefonat wurde mir lästig.

Endlich begann sie von Heinz zu erzählen. Wie ein Kreuzritter sei er nach Steinfurt gezogen, als ginge es um die Befreiung der Menschheit von gewissenlosen Wissenschaftlern, und habe Professor Ribbe das Material vorgelegt. Er werde das der Öffentlichkeit zugänglich machen und so weiter. Ribbe sei sofort in die Knie gegangen. Heinz wolle morgen ein Gespräch zwischen Ribbe und Dr. Martin einfädeln und mitschneiden, um Dr. Martins Erpressung zu dokumentieren und ihn zum Rückzug zu zwingen. Ich schüttelte mit dem Kopf.

„Ich wage zu bezweifeln, daß Ribbe für so ein Manöver gewieft genug ist. Wir werden da alle drei auftreten müssen.“

Am nächsten Vormittag jagte ich in einer Springstunde zur Bank. An zwei Nachmittagen Zeugniskonferenzen! Da kommt man zu nichts. Gerade wollte ich den Geldautomaten ansteuern, als ein dünner Jüngling mir in die Arme lief: Sebastian. Er zählte pfeifend sein Geld nach. Wie der Scherenschleifer bei Hans im Glück: lustig und immer Geld in der Tasche. Gleich hielt ich die Hand auf.

„Tag, Sebastian! Dann gleich mal her damit!"

Der Jüngling stand völlig perplex da, und schon waren seine vierhundert Mark in meinem Sakko verschwunden.

„Na, keinen Unterricht?"

„Und selber?"

„Hör mal, Herr Schöttler! Ich denke, Sie haben Grund, höflich zu sein. Die Gewichte in Ihrem Leben sind im Augenblick höchst ungünstig verteilt."

Damit hatte er nicht gerechnet. Sein Adamsapfel kam ins Wippen. Er mußte schlucken.

„Entschuldigung."

„Bitte." Ich war wieder bereit, ihn zu duzen. „Ich könnte für dich noch etwas tun, Sebastian. Heute nachmittag ist Zeugniskonferenz. Vielleicht kann ich trotz deiner Fehlstunden noch das Fachabi für dich arrangieren. – Wenn du mir noch eine Frage beantwortest." Er nickte kleinlaut. Ich begann, mir eine Zigarette zu drehen. „Was war mit Wissings Hahn?"

Er sah mich an, als wollte er sagen: Was wissen Sie eigentlich nicht?

„Nach dem Vieh kräht doch heute kein Hahn mehr, Herr Pfühl!"

„Doch. Ich. Also?"

Er kratzte sich in den rötlichen Stoppelhaaren.

„Herr Pfühl, das ist irre lange her. Echt."

„Ziemlich genau einen Monat. Echt. Ich höre."

„Den Hahn sollten wir nur zurückbringen."

„Sollten? Wir?"

„Doktor Martin flippte wegen Fabian ziemlich aus. Der alte Wissing wollte den Hahn nicht mehr rausrücken. Er lieferte auch nicht mehr ans Institut. Ich glaube, daß seine Alte Stunk machte. Albert, also Marsman, und ich sollten das Vieh wieder besorgen. Tot oder lebendig."

Hinter dem Glas der Sparkasse hatten sich einige Kunden angestellt. Ein fetter, alter Mann zählte verstohlen seine paar Scheine. Als er sah, daß ich ihm zusah, drohte er mir wegen meiner Indiskretion mit der Faust. Sein Stock fiel zu Boden. Ich grinste. Ich bin gerne indiskret.

„Und wie solltet ihr den Hahn rausholen?“

Der dicke Alte kam herausgetippelt, sah Sebastian und mich böse an und raunzte:

„Schämen Sie sich!“

Sebastian meckerte gleich zurück.

„Ich kann nichts dafür, daß ich noch keine Mumie bin.“

Dem armen Mann stand der Mund offen. Ich zuckte mit den Achseln.

„Sie müssen entschuldigen. Die Jugend heute.“

Er spuckte vor mir aus und ging ab. Sebastian und ich sahen uns an und lachten.

„Sie sind cool drauf, Herr Pfühl.“

„Ich kann auch noch cooler, Sebastian. Schieß los!“

„So'n Federvieh zu stehlen ist gar nicht leicht, sag ich Ihnen. Weil es gleich losgackert.“

„Wie Junos Gänse.“

„Von wem?“

„Von Frau Juno.“

„Wo?“

„Auf dem Kapitol.“

„Ist das die Alte vom Bush?“

Mehr als Fachabi saß wirklich nicht drin. Sebastian erzählte, wie sie früh morgens gewartet hätten, bis der Hahn am Zaun aufgetaucht sei. Marsman habe das Vieh mit einer Luftdruckpistole getroffen, aber nur halb, die Spritzampulle sei gleich wieder abgefallen, der Gockel sei in den Hühnerstall zurückgeflattert, bevor er zusammengebrochen sei. Er, Sebastian, sei über den Zaun, und habe zuerst den Betäubungspfeil eingesteckt. Ein Gegacker sei das gewesen! Er habe Panik gekriegt, sich den Hahn gegriffen, habe mit dem Messer in das Vieh reingehauen, sei aber mit dem Tier am Schloß hängengeblieben, habe ihn losgerissen, dann aber aus den Händen verloren. In dem Augenblick sei bei Wissings das Rollo hochgegangen, und sie seien abgehauen. Ich paffte vor mich hin. Sebastian bat um Tabak.

„Wozu wollen Sie das denn wissen?“

„Ich wohne gegenüber.“

„Ach! Haben Sie den Krach gehört?“

Sebastian war geschickt im Drehen. Feuer hatte er selbst.

„Nein, im Gegenteil, ich habe die Ruhe genossen. Nur später … Lassen wir das. – Wo hapert’s denn beim Zeugnis?“

Wir standen die ganze Zeit vor einem sexistischen Sparkassenplakat: Ein wildes Weibsbild mit Lederhose saß lesend auf einem, der auf allen Vieren am Boden kroch. Als Mann fühlte ich mich provoziert.

„Siehst du, Sebastian. So sieht’s aus ohne Abschluß!“

„Die braucht doch nur einen Kredit für ’nen Sessel. Außerdem gehe ich zur Fremdenlegion. Aber das Fachabi – wär schon nicht schlecht. Ich brauche nur ein paar Punkte mehr.“

„Wo?“

„LK Mathe bei Herrn Bulting.“

Also Rainer. Der plädierte immer für Abgehen, wenn damit auf beiden Seiten Nerven zu schonen waren.

„Das kriege ich hin. Und sonst?“

„Grundkurs Deutsch. Da bräuchte ich fünf Punkte. Bei Frau Rumbach.“

„Ach, du Scheiße!“ rutschte es mir heraus. Ich räusperte mich. Sebastian sah mich ängstlich an. Das mit der Fremdenlegion glaubte er wohl selber nicht. Ich faßte ihn männlich an den dürren Schultern. „Man wird sehen, was man tun kann.“

„Ich weiß, die Rumbach ist so eine wie die da.“

Er zeigte auf das Plakat. Ich ließ den Jungen los.

„Ich glaube kaum, daß deine Deutschlehrerin Kredit braucht.“

„Schade.“

Sebastian griente. Bei dem Jungen hatte ich kein gutes Gefühl. Wahrscheinlich hatte die Rumbach den Burschen besser eingeschätzt als ich.

Ich stieg in meinen Wagen. Sebastian rief hinter mir her, was mit den vierhundert Mark sei. „Kredit, Sebastian!“ rief ich und fuhr zur Schule zurück. Ein herrlicher Sonnentag. Viel zu schade für Konferenzen. Im Lehrerzimmer stand die Hitze.

Als die Reihe an Sebastian Schöttler kam, wurde es brenzlig. Rainer hatte sofort genickt und für seinen Leistungskurs den Punkt draufgelegt. Nur die Rumbach machte Ärger.

„Bei jedem anderen“, schloß sie, „aber nicht bei dem Schöttler!“

Der Satz war ein Fehler. Neben mir grinste die Kollegin Große-Lembeck-Hüskens.

„Zeig's ihr", flüsterte sie mir zu, und als ich mich meldete, klopfte sie mir ermutigend den Oberschenkel. Sie ist alleinstehend wie ich – nur unglücklicher dabei.

„Frau Rumbach, Ihre Emotionen können wir gut verstehen. Dieser Schüler ist unangenehm und hat Charakterschwächen, die ich hier nicht ausbreiten möchte. Aber wir müssen objektiv und gerecht bleiben – leider. Wenn bei jedem anderen, wie Sie sagen, dann eben auch bei Sebastian. Diese Blöße dürfen wir uns und dürfen auch Sie sich nicht geben. Außerdem: Wollen Sie sich wegen des einen Punktes wirklich noch länger mit ihm herumärgern?"

„Oh, sehr gerne, Herr Pfühl! Gerne! Der lacht sich doch ins Fäustchen, wenn er mit seinen Fehlstunden so billig davonkommt."

Die Rumbach konnte nicht wissen, daß er gar nicht so billig davon kam. Ich dachte an die Vierhundert und die anderen Summen, die er bereits verspielt hatte. Einige Zeit ging es hin und her. Bis Rainer redete. Wenn Rainer redet, redet er mit Gewicht. Die Rumbach wurde rot, als er ihre persönlichen Motive andeutete. Und als es zur Abstimmung kam, gab sie klein bei. Meine Kollegin neben mir goß mir Mineralwasser ein.

„Die spinnt doch! Bei der Hitze!"

Danach kam noch ein kritischer Fall. Eine Schülerin von zweiundzwanzig Jahren. Wir hatten keine Lust mehr. Irgendwann hat auch die Jugend ihr Recht verloren.

Übrig blieb noch der herrliche Juniabend. Als ich arglos die Schule verließ, um mich in meinen Roadster zu werfen, dachte ich an diesen herrlichsten aller Fahrtwinde: abends und lau. Die Welt in Harmonie, Tao, Dharma. Ich nenne es MX-5, geparkt in der Abendsonne und eine rauchen.

An der ersten Ampel bog die Große-Lembeck ab. Sie winkte mir neckisch zu. Ich wartete auf mein persönliches Grün und lächelte vor mich hin: meine Urlaubsplanung! Geheime Sache. Sonja würde Augen machen. Ich warf die Arme an die Kopfstütze und lehnte mich zurück.

In diesem Augenblick sprang jemand ins Cabrio.

Er stieß mir eine Pistole in die Seite.

Unter einem Schlapphut grinste mich dieses ekelige Tiergesicht an.

„Ich mußte aber lange warten. Du hast eine anstrengende Job, was?"

Ich antwortete nicht und sah nach vorne. Der Geruch reichte mir. Die Ampel sprang auf Grün.

„Wohin darf ich Sie bringen?"

Ich nahm sein Erscheinen einfach hin. Irgendwie hatte sich meine Seele drauf eingestellt, daß die große Abrechnung bald kam. Schade um den Abend. Angst hatte ich keine. Der Kerl hatte für mich seinen Schrecken verloren. Er war kein Gegner. Einfach ein Verrückter, ein Pinscher, Wadenbeißer. Auch mit seinen Sprüchen über die Zukunft meines Gesichts konnte er mich nicht mehr schockieren. Er habe sich was „Kribbeliges" ausgedacht, sagte er mehrmals und war enttäuscht, als ich nur „Ach" sagte. Nach den Nächten mit ihm würde ich den Rest auch noch aushalten. Diesmal allerdings mußte klar Schiff gemacht werden. Die Ferien sollte er mir nicht versauen!

Wir fuhren Richtung Billerbeck. Umgehung. Die Straße nach Osterwick. Marsman redete sich in Rage: Jetzt sei ihm alles egal. Er habe mit Lachsmann gesprochen und mit Sebastian. Was „duivels" habe er sich ausgedacht, bald würde ich ihn um meinen Tod anwinseln und so weiter.

„Und jetzt links rein, Pfühl!"

Gewerbegebiet. Nicht dumm. Da geisterten um diese Zeit nur noch ein bis zwei Workaholics herum. Vor uns plötzlich ein riesiges Terrain mit Tausenden von Röhren. Angerostete, rotbraune Stahlröhren. ‚Roha', Rohrhandels GmbH. Er wedelte mit seiner Pistole. Ich mußte aussteigen, ihm den Wagenschlüssel zuwerfen. Ekel überkam mich, als er mich nach einer Waffe absuchte.

„Hier, Pfühl, sind wir ganz schön alleen."

„Ich bin nicht schwul."

Er schlug zu, ich wich aus, hielt seine Faust fest und bog sie nach unten. Erst als er mir die Pistole unters Kinn setzte, ließ ich los.

Unter dem hochgezogenen Mundwinkel verzog sich seine kaputte Visage. Er schickte mich durch ein aufgeschnittenes Drahtgitter. Zwischen Reihen und Bergen von Rohren ging es entlang. Eine Szenerie von Schrottplatz und Hafendocks. Ein breiter Weg, auf dem Kräne und Lastwagen standen, altes Gerät zum Transport der Riesenrohre. Die Erde roch nach altem Toastbrot. Immer weiter hinein in diese tote, lehmige Röhrenlandschaft, aus der mannshohe Gräser und Disteln wuchsen. Mehrmals stolperte ich über Drähte, Latten und Stahlseile. Die Pfade zwischen den riesigen Stapeln, aus denen die Rohre unregelmäßig herausstachen, engten den Weg ein. Ich trat auf Steine und in Pfützen. Vor einem Röhrenberg blieben wir stehen.

„Halt! Da erin!"

Ich sah ihn an. Plötzlich doch wieder Angst! Da rein? Dann hätte ich keine Chance. Marsman schob seinen Hut aus dem kaputten Gesicht und wedelte wieder mit der Waffe.

„Da erin, hab ich gesagt, du Scheißleerar!"

Das rostige Rohr hatte einen Durchmesser von fünfzig Zentimetern. Ich würde mich kaum rühren können. Nur langsam nach vorne schieben, das würde gerade gehen. Ich mußte handeln und tat, als übermannte mich die Angst.

„Bitte, Herr Marsman, ich kann Ihnen was bieten!" sagte ich. „Ich habe Geld! Meinen Wagen! Was Sie wollen!"

Das machte ihn fröhlich. Über sein Maske huschte eine zarte Heiterkeit. So weit runter hatte er mich immer haben wollen. Ich warf mich auf die Knie.

„Mein Vermögen ist beträchtlich!"

Jetzt lachte dieses Schwein. Es lachte, quiekte. Gott, konnte der fröhlich sein! Er bog sich vor Lachen.

Das war genau die Sekunde.

Ich warf mich um seine Knie und stieß ihn mit aller Kraft gegen eine der Streben, die aus den Betonstreifen herausstaken. Er schrie auf. Seine Waffe fiel zu Boden.

Ich sprang auf sie zu, wollte sie gerade greifen, als er sie mit dem Fuß fortstieß. Ein zweiter Sprung. Er schlug mir die Beine weg und warf sich auf mich. Ich spürte etwas Spitzes am Hals.

„Halt still, Pfühl! Ganz still, verdomde Hond!"

Er streckte sich über mir aus und griff sich die Pistole. Dieser Spüllappengeruch!

„Aufstehen!"

Kalt sah ich ihn an. Er atmete laut, schien mit sich zu ringen. Bis er hervorstieß:

„Ich könnte dich hier doodschieten. Keiner hört hier was. Aber ich habe Schlimmeres vor mit dir. – Da erin!“

Wieder zeigte er in das Rohr. Als ich mich umdrehte und zögerte, schlug er mir mit der Waffe hart auf die Schulter, so daß ich mich hineinzwängte. Vorne klebte eine Numerierung. Noch heute weiß ich die Zahlen: Rohrnummer 38722, DIN 1615, Material ST 37. Sargnummern … Das Rohr lag über anderen Rohren. Kaum steckte ich bis zu den Knien drin, stieß er mich ganz hinein. Das rauhe Innenrohr ließ kaum eine Bewegung zu. Jetzt konnten nur noch die Götter helfen.

„Jetzt robben, Pfühl! Bis ich stopp sage!“

Seine Stimme überschlug sich vor Wonne, als ich mit Ellenbogen und Fußspitzen zu robben begann. Zentimeter für Zentimeter. Immer tiefer in das Rohr hinein. Das rostige Metall schmirgelte mir Hose und Jacke durch. Über mir dröhnten seine Stiefel. Der Schall brach in meine Ohren ein. Er schien auf dem Rohr hin und her zu schreiten wie ein Napoleon. Was wollte der Mistkerl? Wahrscheinlich, daß ich Panik bekam und heulte und völlig fertig an der anderen Seite herauskam. Dann würde seine Operation mit Messerchen und Säurefläschchen …

„Los! Keine Müdigkeit, du Scheißleerar!“

Schon rief er von vorn. Er war herumgelaufen und klatschte ins Rohr, daß es hallte wie der Weltuntergang. Als ich nach vorne blickte, sah ich ihn nicht. Er konnte mit mir machen, was er wollte. Ich war einem Sadisten in die Hände gefallen, der seinen Spaß haben wollte.

Weiter ging es. Mich überlief ein Gefühl von Klaustrophobie. Und alles voller Rost. Ich war versaut und zerschlissen. Knie und Ellenbogen waren durch. Es ging ans Fleisch. Vor mir die kleine Öffnung des Rohres, das vielleicht zehn Meter lang war. Draußen wurde es dämmerig.

Da schoß seine Visage vor die Öffnung, auf die sein Hut einen schwarzen Schatten warf. Dann wippte er vor und zurück, so daß er einmal im Licht war, dann wieder im Schatten des Rohres. Er spielte mit mir sein Spiel, er flötete und pfiff.

„Komm, komm zum Herrchen, du Hond!“

Er schlug mit etwas Hartem auf das Rohr. Es dröhnte so sehr! Ich konnte mir die Ohren nicht zuhalten. Mein Kopf! Plötzlich Ruhe. Sein Gesicht war weg.

„Jetzt anhalten, Pfühl! Und gucken, asjeblief!“

Ich hörte auf zu robben. Meine Knie und Ellenbogen brannten. Ich sackte vor mich hin.

„Let op, Pfühl!“

Ich hob den Kopf. Marsman hielt einen eckigen Behälter ins Rohr.

„Ich mach jetzt den Karton auf. Ein Geschenk von Doktor Martin!“

Er öffnete den Karton.

Sofort sprang eine weiße Ratte heraus. Dann ein weiterer Karton, noch eine, bis vier, nein fünf Laborratten im Rohr hockten. Sie borstelten und zeigten sich die Breitseite. Keine Weibchen, keine kastrierten Böcke? Das sah Marsman ähnlich. Kurz orientierten sie sich, wollten zurück, doch Marsman trieb sie mit dem Hut zu mir und drückte ein Drahtgitter vor die Rohröffnung. Er hatte alles von langer Hand vorbereitet. Ein hundertprozentiger Sadist.

Die Rohrratten schnaubten und trampelten mit den Füßchen, eine begann, am Draht herumzunagen. Dahinter flötete Marsman:

„Nee, nee, meine hongerige liefe Kleine, an der anderen Seite is leckernij!“

Als hätten sie ihn verstanden, beendeten sie ihre Rangstreitigkeiten und begannen sich zu beriechen. Die Viecher duckten sich aneinander, als beredeten sie sich, begannen zu schnüffeln und liefen auf mich zu. Nur keine Panik! Kein Angstschweiß! Ich riß meine Ellenbogen auf, um meine Arme nach vorne zu bringen, preßte sie über den Kopf, drückte mich auf den Boden des Rohres, meine Faust in den Nacken, und blieb reglos liegen. Rochen die rotäugigen Ratten mein Blut? Ich pfiff durch die Zähne, nahm vorsichtig eine Hand herunter und klopfte. Ratten kann man dressieren. Sie unterbrachen ihr Suchen. Eine, vielleicht der Oberbock, machte Männchen. Dann kamen sie.

Die erste Ratte beschnupperte mich, ich spürte ein Kitzeln, dann ein Krabbeln an den Händen, auf meinem Kopf. Eine Ratte an meinen Achseln, biß kurz zu, ließ aber gleich wieder los. Hatten sie Hunger oder nicht?

Die Tiere liefen auf meinem Körper hin und her. Marsman flötete wie der Rattenfänger. Ich konzentrierte mich auf Bauchatmung. Das macht weniger Schweiß.

Zwischen meinen Beinen nagte ein Vieh. Erst am Stoff, dann ein Biß. Ich schrie einmal kurz und tief auf. Das soll Ratten vertreiben. Es half. Langsam schloß ich die Beine. Wie lange würde es dauern, bis sie merkten, daß ich hilflos war?

Hinter mir Geräusche. Dichtete er das Rohr auch auf der anderen Seite ab? Wollte er mich mit den Viechern alleine lassen? Es wurde immer dämmeriger.

Vorsichtig hob ich den Kopf. Vor mir leckte eine Ratte an meinem blutigen Ellenbogen. Sie wirkte ruhig, hatte die Haare nicht aufgestellt. Das war eine Chance.

Blitzschnell fuhr meine Faust herunter. Sofort griff ich sie, riß ihr den Kopf ab und stieß das weiße Fell so weit ich konnte von mir. Ihre lieben Verwandten stürzten sofort heran und machten sich über die Innereien her.

Wo war Marsman? Sah er nicht zu? Ich hörte Stimmen. Wer konnte das sein? Arbeiter? Ich robbte nach vorne, schob die aufgerissene Ratte mit dem fressenden Anhang immer vor mir her. Entfernten sich die Stimmen? Ich stieß die Ratten weiter. Ich mußte die Initiative behalten. Jetzt wurden die Ratten nervös, ihre Angstschreie schrillten durch das rauhe Rohr. Mir brannten alle Glieder. Zentimeter um Zentimeter. Ich biß die Zähne zusammen und robbte und robbte. Noch einen Meter! Die Ratten duckten sich an den Draht. Die Stimmen waren weit weg. Ich hörte einen Motor anspringen. Marsman? Aber das war nicht mein 1,9-Liter-Motor! Wo war der Mistkerl?

Endlich! Mit aller Kraft stieß ich das Drahtgitter auf. Sofort huschten die Ratten ins Freie und waren zwischen Röhren und Unkraut verschwunden. Ich schoß nach vorne, traf mit den Händen auf die darunterliegenden Rohre, drückte mich ab und glitt mit dem Gesicht ins Nasse.

Eine Sekunde zu spät.

Da stand Marsman.

„Du Scheißkerl, du, Pfühl. Du bist eine zähere Ratte als die.“

Er hielt mir die Pistole an den Kopf.

Ich hockte vor ihm. Es regnete kräftig.

„Dann eben sofort. Kriech wieder erin, Pfühl. Da is es droog. Aber diesmal mit dem Arsch zuerst. Ich will dein Gesicht hier vor mir haben.“

In meinem Gehirn tackerte es. Lieber sterben, als diesmal gehorchen! An der Schläfe spürte ich den Lauf. Weit entfernt ein Auto. Der

Kegel des Scheinwerfers lief über die Landschaft aus rostigen Rohren, huschte auf uns zu. Marsman sah kurz hinüber, ging leicht in die Knie. – Jetzt!

Ich riß meine Arme hoch und schlug seine Waffe von meinem Kopf. In die Dämmerung donnerte ein Schuß, wie von einer Glocke hallte ein metallener Schlag herüber. Noch einmal schlug ich zu, traf ihn nicht, sprang sofort hinter einige Rohre und lief gebückt an ihnen entlang.

Ich sah, wie er anlegte. Ich ließ mich unter eine Reihe von Rohren in den Hohlraum fallen. Wartete, stand auf, lief Zickzack. Ein Labyrinth. Dann hinter eine andere Reihe. Von einem nassen Rohr rutschte ich ab. Das fehlte noch – ein verstauchter Fuß! Zwischen zwei einzelnen Rohren blieb ich im steinigen Dreck liegen. Auf meinen Rücken prasselte der Regen. Wenn Marsman mich fand, würde er mich sofort erschießen. Besser so. Seine Biker klackerten auf den Rohren. Nicht weit entfernt. Ich sah hoch. Gerade kletterte er auf einen hohen Stapel von Rohren und sah umher.

Ich beobachtete ihn. Wie eine Buffalo-Statue erhob er sich gegen den regengrauen Abendhimmel. Er bewegte sich vorsichtig auf dem Rohr, breitete wie ein Seiltänzer seine Arme aus. Ein wenig schwankte er. Meine Chance! Ich sprang auf und schrie ihm in die Seite.

Sein Kopf fuhr herum, er ruderte in der Luft, fand aber auf dem glitschig gewordenen Rohr keinen Halt. Wie ein Stepper tanzten seine Stiefel, glitten ab, er verlor das Gleichgewicht und stürzte kopfüber hinunter. Zwei, drei Schläge von seinen harten Sohlen auf dem Stahl. Wie ein gespenstisches Konzert. Das Geräusch des Regens, sein Schrei. Wenige Takte. Zwei, drei Meter. Ein Aufprall wie von einem Kartoffelsack. Plötzlich Stille.

Nur der Regen zog weiter seine Striche in die Luft. Ich wartete. Im Hintergrund wieder ein Auto. Ein Scheinwerfer. Dunkel. Ich tastete mich in die Richtung, wo er liegen mußte.

Als ich ihn fand, erschrak ich. Sein Kopf steckte zwischen zwei Rohren. Die Schultern waren auf den Rohren aufgeschlagen. Wie ein Gockelschwanz hing der Körper herunter.

Ich trat gegen seinen Rücken. Nur leicht kippte die Figur zur Seite. Der Kopf stak fest zwischen den Rohren. Mein Wagenschlüssel fiel heraus und machte auf dem Rohr den letzten Ton. Alles brannte und zog in mir, als ich mich nach ihm bückte.

The Survival of the Prettiest. Mit einem Kopfstand hatte sich Marsman aus der Welt abgemeldet, wahrscheinlich war er mit den Füßen zuerst in die Welt geworfen worden – bei dem Gesicht. Einige Sekunden sah ich auf den Kopfstandfüßler herunter. „Der Schelm ist tot, der Schelm ist tot! Laßt uns den Schelm begraben!" Diesmal hatte ich keine Lust, auf die Droste zu hören. Ich spuckte auf die Figur und ging zu meinem Wagen.

Sofort schloß ich die Persenning. Ich fluchte. Alles naß! Dann mit diesen Klamotten auf die Polster. Scheiße! Marsman war ein richtiger Dreckskerl gewesen.

15

Als ich unter mehrmaligem Absingen von „Bei mir bist du schön“ geduscht und meine Sachen in den Waschkeller geworfen hatte, rief ich Gertrud an.

„Marsman ist hin“, sagte ich.

Sie war sofort da, fiel mir weinend um den Hals, küßte mein blühendes Gesicht ab und machte sich schließlich über die rostigen Klamotten her. Ich meinerseits öffnete eine Flasche Prosecco Talento.

„Ihr Gesicht ist das allemal wert, Pepa.“

„Eine wirkliche Ratte. Die griechischen Philosophen nennen das: Jedem das Seine zuteilen.“

„Schön, daß die Weisheit so praktisch ist. Prost!“

„Sein Kopf eingekeilt zwischen rostigen Rohren. Ein deutlicher Tod.“

„Was von Heinz gehört?“

„Er wollte sofort zu mir kommen, wenn er aus Steinfurt zurück ist. Ich habe ihm einen Zettel hingehängt, daß ich bei Ihnen bin.“

Als die Flasche geleert war, sah Gertrud auf die Uhr. War bei Heinz was schiefgelaufen? Sie verabschiedete sich und schwang sich beschwipst aufs Fahrrad. Ich stand an der Tür. Sie schwärmte von der Abendluft, dem Mond, meinem Prosecco und kicherte.

„Ach, ich mach mir keine Sorgen um Heinz. Er ist geschickt und zäh.“

„Und ordentlich.“

„Dieser Herr Doktor muß bestraft werden. Da hat Heinz jedenfalls Recht. Und wenn wir alle in Steinfurt auftreten müssen.“

Wozu ich keine Lust hatte. Mein Part war schließlich erledigt. Was ging mich dieser überdrehte Genforscher an? Zumal seine Methode tatsächlich dazu dienen konnte, daß die ‚Chicken-Sexer‘ mit ihren feinen Fingern nicht mehr vierzig Millionen Küken aussortieren und in den Kükenmuser werfen mußten, nur weil diese ein unrentables Geschlecht besaßen.

Als Gertrud in die Sommernacht startete, winkte sie noch einmal und warf mir übermütig Kußhändchen zu.

In diesem Augenblick kam etwas um die Ecke. Ich stieß einen Schreckensschrei aus. Gertrud stürzte. Ich rannte zu ihr. Sie stöhnte und – sie lachte gleichzeitig. Wer da um die Ecke gebogen kam, war niemand anderer als Heinz. Und der war elegant zur Seite gekippt, hatte sein Fahrrad bereits abgelegt und untersuchte Gertruds Bein, wobei er dauernd „Oh Gott, Gertrud!“ sagte.

„Ich glaube, es ist nichts gebrochen. Nur der Knöchel hat eine Prellung.“

Im Haus behandelte er mit der Fahrradklammer am Hosenbein ihre Schürfwunde. Verbände sind für Heinz kein Problem. Gertrud lag auf dem Sofa und bettelte um ein Gläschen Prosecco.

„Ich bestelle mir sowieso ein Taxi.“

Dann erzählte Heinz von Steinfurt. So einfach war es nicht gewesen, Dr. Martin vor Ribbe zu zitieren.

„Irgendwas hat er dauernd vorgeschoben.“

Gertrud richtete sich mit dem Sektglas in der Hand auf.

„Nicht vorgeschoben. Der hat echte Probleme. Frag Pepa!“

Ich tat nebenbei.

„Ich habe Lachsmann rausmanövriert.“

Heinz klatschte in die Hände und staunte. Ich hatte auch ihm ein Gläschen eingeschenkt. Bei ihm begann der Prosecco sofort zu wirken. Er freute sich sichtlich über meine Einzelheiten. Nur fand er riskant, daß ich die Motorradclique so tief hineingezogen hatte. Gertrud schüttelte den Kopf und machte „tse, tse!“

„Und jetzt, Pepa, erzählen Sie von Marsman. Aber bitte langsam und spannend!“

Meine Fähigkeiten im Erzählen spannender Geschichten sind nicht besonders. Im Deutschaufsatz war ich immer miserabel. Ich kriegte meine Note durch das Auswendiglernen von Gedichten. Bald mußte die dritte Flasche her.

Schließlich redeten wir über Dr. Martin. Lachsmann hatte nicht nur das Tiergesicht von seinem totalen Rückzug informiert, sondern auch ihn.

Heinz’ Aufnahme war schlecht zu verstehen. Die Stimmen hörten sich an wie aus dem Dornröschenschloß. Ein schwächlicher Ribbe. Er redete ängstlich um den Brei, über das Wetter, einen Aufsatz in einer

Fachzeitschrift, seinen Etat und, und. Bis er Knall auf Fall auf den Punkt kam.

„Ich möchte Sie bitten, Herr Doktor Martin, zu – also sozusagen – zu kündigen.“

„Bitte? Das können Sie doch gar nicht!“

„Ich möchte Sie daher bitten, eben.“

„Aber, Herr Professor! Sie wissen doch, daß ich Sie, wenn Sie ...“

„Nein, nein, Herr Doktor Martin, nicht mehr jetzt, sozusagen ...“

Martin lachte hart auf.

„Ich werde Ihre Alkoholprobleme offenlegen! Das hätte ich längst tun sollen – im Interesse des Instituts!“

„Damit muß jetzt aber, also ab heute, meine ich, Schluß sein.“

„Sie werden Ihren Lehrstuhl verlieren, Ihr Institut, alles, wenn man erfährt, daß das Feuer damals Ihr Verschulden war!“

Eine Pause trat ein. Schließlich räusperte sich der arme Professor.

„Sie halten die Rechts- und Sicherheitsvorschriften nicht ein und umgehen unseren Forschungsauftrag und die Berichtspflicht. Ich darf ja, bitte sehr, Herr Doktor, so etwas überhaupt gar nicht dulden! Das gäbe ja einen Aufschrei auch in der Öffentlichkeit, wenn man erführe, was Sie da und wie Sie, also sozusagen, da forschen, und mit wessen Geldern.“

„Das ist doch lächerlich! Sie wollen mir Vorschriften machen?“

Heinz kommentierte, Ribbe habe jetzt verabredungsgemäß die Photos mit Lachsmann, Marsman und ihm herausgeholt. Wir hörten, wie der Doktor sich dumm stellte und Ribbe ungeschickt begann, ihm die Sache zu erklären. Wobei der gute Mann den Faden mitsamt Nadel verlor. Dann hörte man eine Tür gehen, es gab ein Knacken und Pfeifen, einige Überraschungslaute von Dr. Martin und endlich Heinz' Stimme.

„Wir haben alles auf Band. Sie können von Glück sagen, daß ich nur pensionierter Polizist bin. Ich gebe Ihnen den guten Rat, Professor Ribbes Angebot schleunigst anzunehmen.“

Stille trat ein. Martin habe sich gesetzt, erzählte Heinz. Schließlich hörten wir einige Fragen vom Inquisitor Heinz. Er leuchtete ihm prächtig heim, und er lächelte uns an, während wir andächtig seiner Gesprächsführung lauschten. Erfolg ist eben auch für Gottgläubige das Salz der Erde. Mehrmals prosteten wir ihm zu.

Als die dritte Flasche geleert war, herrschte eine großartige Stimmung. Heinz begleitete uns sogar ohne Gesundheitssprüche zu einer Zigarettenpause auf die Terrasse. Als das Taxi für Gertrud vorfuhr, fiel ihm noch etwas ein.

„Hier! Er hat gar nicht mehr den Raum verlassen. Ich habe es gleich in den Computer getippt, dreimal ausgedruckt, unterschreiben lassen, fertig."

Dr. Martins Kündigung. „Aus persönlichen Gründen ..." Wir umarmten uns, standen da wie die Musketiere und drückten uns. Einer für alle, alle für einen! Als das Taxi wendete und Heinz mit erhobenen Armen in die Nacht hinausfuhr, erinnerte ich mich an Marsmans hochstehende Beine. Einsam und leichenstarr standen sie jetzt in die Nacht. Ich winkte Heinz mit beiden Händen hinterher.

Noch eine Woche bis zu den Sommerferien. Weshalb ich entspannt blieb, als sie anrief.

„Natürlich habe ich das schreckliche Bild in der Zeitung gesehen und mich gleich gemeldet. Du brauchst dich wirklich nicht mehr bei der Polizei zu melden, Ulrike!"

Das fehlte mir noch!

„Da bin ich ja froh, Pepa! Wer war denn das eigentlich? Der sah ja furchterregend aus im Gesicht!"

„Ach, ein armer Kerl. Ein alter Sportsfreund aus Holland. Leider seit Jahren drogenabhängig. Wahnvorstellungen und Selbstmordversuche. Was der auf dem Gelände der Röhrenfirma wollte, wußte er wohl selbst nicht. Es mußte ja mal so enden. Ich konnte ihn nicht ständig vor sich selbst schützen. Du hast ja mitgekriegt, wieviel Energie mich das kostet."

„Oh ja, du sahst ziemlich fertig aus! Trotzdem, schlimm dieses Ende von deinem armen Freund! Tut mir leid."

„Ulrike, mir geht da noch etwas im Kopf herum."

„Was denn, Pepa?"

Ihre Stimme hörte sich erregt an.

„Wie steht's mit Helmut und dir?"

„Ach, es geht so lala."

Ich spürte durch den Hörer, daß ihre Augen sich öffneten wie die Blütenblätter einer fleischfressenden Pflanze.

„Ihr solltet euch trennen."

„Wie meinst du das, Pepa?"

Ihre Stimme wippte und gurrte. Erschienen in ihren Augen glitzernde Sternchen und sprühender Nebel?

„Ich meine das ernst, Ulrike! Geh zurück zu deinem Mann! Der hat einen Job, der ihm viel Zeit läßt für jemanden wie dich."

Ich sah sie aus allen Wolken fallen. Pause. Lange Pause.

„Ulrike, ich meine das wirklich verdammt ernst! Laß meinen Freund Helmut in Ruhe!"

„Das ist ja wohl meine Sache!"

Durch den Hörer trafen mich kalte, dunkle Strahlen. Ich hasse Telefonieren! Ich konterte mit kristallharten Pupillen.

„Eben nicht. Du würdest mich zwingen, ihm zu erzählen, wie du dich nach der Rotbarbe benommen hast. Ich beschütze meine Freunde, solange ich kann, wie du weißt."

„Du bist ein Schwein!"

„Sicher. Und du ein Luder." Meine Augenschlitze verengten sich und lächelten knallhart in den Raum. Auch am Telefon darf man seinen Körper nicht gehen lassen. „Ich werde Helmut morgen anrufen. Solltest du dann noch bei ihm sein, werde ich auspacken."

Sie schimpfte, sie heulte, flötete und schimpfte wieder. Bis ich das Gespräch kappte.

Natürlich tauchte am nächsten Tag Helmut auf und klagte mir sein Leid. Aber diesmal klang es so, als wollte er bei mir nur nachfragen, ob er eigentlich richtig traurig sein müsse. Wir sahen in den Himmel, aus dem nach einem herrlichen Tag ein Wolkenbruch herausfiel. Helmut bat mich um Tabak und Blättchen. Als er das dritte Blättchen zerknüllt hatte, drehte ich ihm eine.

„Aber stecke sie richtig rum in den Mund!"

Es dauerte, bis er den Witz bemerkte.

„Ja, verarsch mich ruhig. Ich hab's verdient."

„Es war doch klar, daß sie nur Abwechslung wollte. Mit Haut und Haaren allerdings. Wenn eine Frau liebt, macht sie nichts anderes. Ein Mann hat zwischendurch zu tun."

„Und du und Sonja?"

Helmut kann ohne Feuer rauchen. Während ich ihm mein außergewöhnliches Verhältnis zu Sonja ausbreitete, sog er an der trockenen

Zigarette. Helmut hätte nie Kardiologe werden können. In Herzensangelegenheiten wird er immer eine Niete bleiben. Er kennt sich eben eher mit Kindern aus – wie ich mich mit Frauen. Weshalb wir Freunde sind. Denn er meint, ich sei eigentlich ein Kind geblieben. Vielleicht hat er recht.

Und dann begann das Unwetter richtig. Sturm, Blitze und die Martinshörner der Feuerwehr auf der Umgehungsstraße. Wegen der vollgelaufenen Keller. Die Stadtverwaltung wird die Wasserführung der Kommune nie in den Griff kriegen. Wir blieben eisern draußen. Helmut brauchte jetzt das Gefühl, wie ein richtiger Kerl in den Stürmen zu stehen. Die Mißhandlung meiner Zigarette konnte ich mir allerdings nicht länger ansehen, ich schob ihn in eine windstille Ecke und bot ihm Feuer an. Es kokelte nur. Helmut sog wie ein Ertrinkender. Nichts zu machen. Er hatte beide Seiten angesabbert. Ich schubste ihn in den Regen. Wir beide lachten laut.

„Du solltest mit einer neuen anfangen, Helmut."

„Schon wieder? Nee. Ich hab noch von der alten die Schnauze voll!"

Was folgte, war ein echter Männerabend.

Es waren die herrlichsten Ferien, die ich je erlebt hatte. Sonja hatte nicht das Geringste geahnt. Ich hatte ihre Mitarbeiterinnen und Kirstens Oma angerufen und alles organisiert, damit die Chefin und Mutter für drei Wochen weg konnte. Und Sonja hatte vor Freude angefangen zu heulen und mich nicht mehr loslassen wollen. Natürlich machte ich aus dem Urlaubsziel ein Geheimnis. Zwischenübernachtung in Düsseldorf. Sie dachte zuerst, ich wollte zu Günter … Abends ins ‚Schiffchen' zum Starkoch Jean-Claude Bourgueil. Wir hatten bretonischen Hummer mit Kamillenblüten gedämpft und einen Salat von der Bresse-Taube in Schnepfen-Jus.

Doch war das nur das Hors d'Œuvre. Weiter ging es nach Frankreich. Zu Prinz Louis-Albert de Broglie an die Loire. Bei Tours hat der Prinz sein „Château de la Bourdaisière". Ein Großmeister der Tomate. In seinem „Conservatoire de la Tomate" wachsen fünfhundert verschiedene Tomatensorten, ich bin Stammkunde seines Versands. Sonja ahnte es wohl, sagte aber nichts: Ein Doppelzimmer kostet neunhundert französische Francs. Ich hatte für uns das „Chambre Cathérine de Medicis“ ergattert. Tapeten in Gelb-Orange, überall geblümtes Design.

Sonja war glücklich und hatte sich sofort in Weiß, Gelb und Orange eingekleidet. Wie fortgeblasen war bald mein schlechtes Gewissen wegen der Vertreibung Günters. Sie sprach kaum mehr vom Platzen der Ansiedlung dieses Riesenkonzerns, den Gewerbesteuerproblemen der Stadt, den Konjunktursorgen der Kaufmannschaft, und ich war stolz und sehr einverstanden mit mir. Wir genossen Pool und Sauna, Golf und Reiten und eine Ballonfahrt, Museen, Gärten und Parks und jeden Morgen das Frühstück für siebzig Francs. Wir fühlten uns geadelt und aller Sorgen enthoben. Überall fünfzehntes Jahrhundert und überall Lakaien. Dahin das bürgerliche Kleinstadtleben!

Dahin war allerdings auch mein Aktiengewinn von einem Jahr …

Besser als je standen dagegen meine Aktien bei Sonja. Ich stelle mir immer vor, wie ich einmal sterbe. Seit diesem Urlaub weiß ich, daß Sonja an meinem Bett sitzen, meine Hand in der ihren halten und das sagen wird, was sie so oft in diesem märchenhaften Urlaub zu mir gesagt hat: „Mon prince!“

Am letzten Ferienwochenende klingelte es vormittags an meiner Tür. Als ich öffnete, standen da meine Motorradjungs. Etwas nervös sah ich umher. In seinem Vorgarten stand Nachbar Wissing mit einem Wasserschlauch zwischen den Beinen und grüßte unterwürfig. Die Jungs wollten mich nur zu einer Spritztour abholen.

„Pepa“, sagte Heiko, „wir müssen diese irre Geschichte noch feiern!“

Ich bereitete gerade für den Abend Hähnchenleber in Tomatensauce vor. Die Leber war bereits abgespült, die Schalotten abgezogen, die Möhren geschält und der Thymian gehackt.

„Okay“, sagte ich, „aber nicht länger als bis um vier. Ich habe noch eine Einladung zu managen.“

Ich stieg in die hingehaltene Montur, und es ging los. Das Wetter war – wie immer zu Ferienende – traumhaft. Zum Biker-Treff nach Rhade sollte es gehen. Der Laden hieß ‚Checkpoint‘.

Als wir auf den Platz fuhren, drehte Heiko noch mal richtig auf. Und da passierte es.

Heikos abgefahrener Vorderreifen machte schlapp, das Rad brach aus, er konnte das Motorrad nicht mehr halten, und wir knallten auf den harten Platz.

Mich durchzuckte ein Schmerz. Tränen traten mir in die Augen. Ich lag unter der Kiste, Heiko noch oben drauf. Er brauchte einige Zeit, um sich zu befreien. Ich hätte schreien können. Endlich hoben irgendwelche Leute die Moto Guzzi hoch. Einer in Halbschale und Motorradbrille drängte die Leute weg. Er sei Arzt.

Es ging nichts mehr mit meinem Arm. Die Schmerzen waren höllisch. Stöhnend saß ich auf den warmen Pflastersteinen, während der Motorradarzt mich untersuchte. Der Arme verstand überhaupt nicht, warum ich, kaum daß er die Diagnose verkündet hatte, zu lachen begann und ihm antwortete:

„Ich müßte dem Asklepios einen Hahn opfern!"

„Mann, da gibt's nichts zu lachen! Wahrscheinlich ist das ein komplizierter Mehrfachbruch!"

„Ja, ja. Aber rechts. Und ich bin Lehrer!"

■ Georg Veit

Münsterland-Mafia

Ein Kriminalroman aus der Provinz

1999, 240 Seiten, br., 12,70 €
ISBN 3-89325-761-6

Eigentlich will er seine Ruhe: Peter-Paul Pfühl, genannt Pepa. Seine Leidenschaft sind sportliche Autos, Tomaten und seine Freundin. Alles natürlich mit Ruhe. Doch damit ist es vorbei, als ein Nachbarsjunge tot aufgefunden wird. Studienrat Pepa wird in ein Verbrechen verstrickt, das immer organisiertere Kreise zieht. Und Pepa steht seinen Mann.
Ein Krimi, der temporeich und launig daherkommt, es aber faustwaffendick hinter den Ohren hat.

■ Georg Veit

Zeit der Krammetsvögel

Roman aus dem 30jährigen Krieg

1997, 188 Seiten, br., 15,30 €
ISBN 3-89325-417-X

Frühling des Jahres 1634: Die trostlose, verregnete Stadt Coesfeld wird zum Schauplatz eines Aufeinandertreffens kaiserlicher, hessischer und schwedischer Truppen. Inmitten dieser Kriegsszenerie verbindet sich das Schicksal einiger an Stand, Alter und Bildung sehr unterschiedlicher Personen: Anna Krabbe – als Hexe beschimpft und Gefährtin des Stadtkommandanten Carl von Uffeln –, ihr Geliebter, der unstandesgemäß gezeugte Cornelis von Velen, dessen ihm zugeneigter Lehrer, Magister Matthias Gweitner, der Knecht Smelling und das elternlose Bürgermädchen Mette.
Ihre Ängste, Erlebnisse und Handlungen auf einem gefahrvollen Marsch reflektieren die Roheit und Bestialität des Krieges. Dieser Roman aus dem Dreißigjährigen Krieg wird auch zu einer Parabel auf Ereignisse späterer Jahrhunderte.